# 盛夏的果实

SHENGXIA DE GUOSHI

李萍 著

敦煌文艺出版社

图书在版编目（C I P）数据

盛夏的果实 / 李萍著. -- 兰州：敦煌文艺出版社，2018.5（2024.1重印）
ISBN 978-7-5468-1560-2

Ⅰ. ①盛… Ⅱ. ①李… Ⅲ. ①报告文学－中国－当代 Ⅳ. ①I25

中国版本图书馆CIP数据核字（2018）第062760号

**盛夏的果实**
李萍　著

责任编辑：侯君莉
装帧设计：蔡志文

敦煌文艺出版社出版、发行
地址：（730030）兰州市城关区读者大道568号
邮箱：dunhuangwenyi1958@126.com
0931-8773259（编辑部）
0931-8773235（发行部）

三河市嵩川印刷有限公司印刷
开本 720毫米×1020毫米　1/16　印张 17.75　插页 2　字数 313千
2018年7月第1版　2024年1月第2次印刷

ISBN 978-7-5468-1560-2
定价：68.00元

# 目　录

# 我的父母我的儿（节选）

## 与爱有关

### 一

几千年前，我们的灵魂在华夏大地相遇。一封家书就这样铺展开来，从甲骨文开始，洋洋洒洒，一直在延伸，在延续。

记忆的渡口，一叶扁舟载满一枚又一枚故事，关于爱的故事。

扁舟在漂，从南到北，从东到西。飞鸟划过流痕，啄食水滴上的阳光，啄食水滴上的虫鸣，啄食水滴唇角的喃喃细语。

啄食被延展，美好在飞飞停停中，让大地上的万物彼此深爱。

爱，晃晃悠悠的，在白墙黑瓦间，在帐房外，在蒙古包，在乡野小院，密集又高调地盛开。

于是，无关的人有了牵挂。

于是，一个温暖的眼神，一个浅浅的微笑，一个暖人的问候，拉开心情的幕布，认真传递每一分钟的爱。

## 二

爱是带不走的花朵，一直在烟火人间散发着诱人的味道。那种味道在熟悉与陌生之间游弋，像一尾鱼，温情在升腾，在冒泡。

黄河自西向东，拐弯，又向西，向东，再向东。蜿蜒出的欢歌，穿越，缠绵出一串世人都稀罕的音符。

长江也依着自己的性子，自西向东，情不能堪，摇曳出婉约的诗词。

一朵蓝莲花，盛开在钢筋水泥中，岁月一点也不幽暗。

一条路，梦想那么宽，像青草一样在发芽。

异乡人，把一卷老书接过来，翻了又翻，看了又看。抒写属于自我的歌谣，关于爱的歌谣。

于是，吟唱。万物之上，爱是最美的存在。

于是，爱之后，一个叫作“感恩”的词语，在横亘。

## 三

“感恩”是个特别的词语，在无字书中依旧纷繁。假装的生硬，假装的陌生，假装的淡然，在一次次擦掉又写上、写上又擦掉的方格里，被造句，被涂鸦，被浅吟低唱。

在夜里写诗。在晨曦里体悟。

在一杯白开水里浸润。

相视一笑的注目，足以燃烧陌生的前世今生。

诗情盛开在天空。紫色的心情，细碎的语言，捕获来来往往的千里迢迢，决绝地镶嵌进每一个晨昏。

不安的文字，湿漉漉的心情，湿漉漉的欢喜。

## 四

放牧的十万粒文字，都与感恩息息相关。

你，我，他，犹如草原上百万只牛羊，珍珠一般静美，啃噬、反刍季节。感恩的人，就是草原上那头最小的黑牛，那只最老的羊，身披绛红标记的再生羊，一直一直再生在万物的瞩目里。

那些风，那些记忆，沉淀了历史，也沉淀出一个鲜活的故事。爱的牧场上，五彩的经幡，在风中起舞。

琥珀一样的故事里，梦想与爱有关，爱成就了最美人间，思念承载了感恩翩然的舞姿。

此时，感恩正年轻，一点也不显老。山山水水，生生世世的交集，相拥，紧紧地，赐予无声无息的爱。

## 五

一个又一个故事在传唱，小城也在传唱。

异乡人初来乍到，被温暖眷顾，成为小城一员。一个不大的院落，十几名孤儿，一起沸腾了小院。小院的春秋，活泛成一段佳话。

一个又一个弃儿步入小院，与爷爷奶奶叔叔阿姨相依为命。爱很卑微，异乡人想离开，但拔不开脚步，最终成为小院的主人，挑起照顾孤儿的担子……

老人走了，异乡人成了家乡人，小院太小，又一个院子成为小院的后花园，延续孩子们的欢笑。

10 人，20 人，100 人，200 人，300 人，让小院生气勃勃，成民办的福利院。

1 人，2 人，10 人，20 人，几百人，素不相识的人，在异乡人的目光中邮寄爱。

十几年过去了，稚子成青年，一份家书，一个包裹，返家，又与小院相伴。

小院不老，一直很年轻，因为爱，因为感恩，一切在痴缠中曼妙！

## 六

我甩甩高原的水袖，成爱的花旦，感恩的花旦，不，青衣也行，能亮一嗓带有西北“花儿”的狂野，抑或一句悠扬的藏歌，哪怕一句，用一成不变的姿势，与所有人的目光耳鬓厮磨，只为来生延续爱，延续感恩。

或许，爱就是这么妩媚，感恩就是如此魅惑。否则，心怀大爱，感恩的人怎会拿时光的刻刀雕琢那枚青花瓷一样的青春呢？

或许，爱让痴情成感恩的女子或是少年，在遥望中迷醉光阴！那春夏秋冬的一天天，梦一直在拓展，一点也不顾及他人的感受，让马家窑的瓮灌满痴迷呢？

那么，就这样吧！

那么，就让所有的遇见，在感恩的怀里再度延伸爱的传奇……

# 你老了不怕，还有我

## 一

2017年7月20日，盛夏的酷热里，一切似乎都是汗津津的。

热腾腾的风里，连地面都升腾着热意。在临夏州民政局综合福利院（以下简称州福利院）的院子里，见不到几个人，难道157名老人都在各自的房间里歇凉吗？难道他们都被酷热拴在房间里了吗？

实则不然，那些来自全州各县市的特困老人，除了有些不爱动或是累了歇息外，都忙着在自己喜好的娱乐活动中。

州福利院是一个大家庭，院长马宁就是这个大家庭的家长，他的心思全在大家庭成员的身上，衣食住行，吃喝拉撒睡，事无巨细，都需要马宁操心。

马宁的大家庭不大但也不小，来自八县市的157名特困老人，320名3至16周岁的孤儿、困境儿童、留守儿童，以及40名农村特困家庭的重度残疾儿童，总计517人，他们构成了福利院的主体。

作为“十二五”期间州上的重点项目，州福利院自投入运营后，在社会民生保障方面起到了很好的带头作用，作为州级福利机构，在建设运营及推广上，也起到很好的示范引领作用。

马宁自从踏入福利院的那天开始，就被前任院长感动，他也从院长和同事们的身上学到了如何去爱、如何管护院里的老人和孩子，他明确地告诫自己，工作必须有很强的责任心和高度的爱心，只有两者融合到一起，才能让老人和孩子得到温暖，焐热他们的心。

焐热一颗心，需要多大的付出啊？但是马宁做到了，他以爱心真心，将大爱传递给院里的老人和孩子们。

马宁说："爱，是我们共同的语言。我们福利院的工作人员，不管是谁，都在用爱工作，用爱温暖这个大家庭!"

没错，爱是这个世界共同的语言，像花儿一样芬芳在临夏州福利院这个大家庭的角角落落，这里处处洋溢着幸福和快乐。

阅览室里，几位老人在看书看杂志，有看关于健康养生书籍的，也有看生活类的。一位老人在专心致志地看《药补不如食补》一书。看书的老人叫马顺西（化名），穿着深蓝色的中山服，戴着一顶深蓝色的帽子。他阅读完毕，起身离开椅子。他个头较高，尽管身板佝偻，腰有些弯了，但从他的穿着到言谈举止，一点也不像农民。

"阿巴（方言，叔叔的意思）又看书去了吗？看的什么书？"马宁对院里的老人"阿巴""阿姨"（四声）的称呼让人听着心里舒服。

马宁（右二）在重阳节为老人们洗衣服。

马宁在院里的日子每天都是这样重复的，在老人和孩子们住的楼上楼下转悠，尤其在老人这边，他用的心思多些，转悠得也多。说是转悠，其实也不是，他在留心那些老人们有无意外，他在留心他们有无异常。

阿巴长阿姨短的，马宁叫得亲切，那些老人答应得也亲切，没有任何血缘关系的人，在一个大家庭里很亲近。

“嗯，看了一会儿。”马顺西老人扬扬手，跛着右腿，一颠一颠地，斜着身子走进了自己的房间。

房间很干净，两张床，一个衣柜，两个床头柜，桌上放着电视，还有一对沙发配着一个茶几，洗手间里卫浴用品俱全。

老人眉间都凝着微笑，对着马宁呵呵笑着。

“哎，院长。你又在转啊？歇一会儿，来我们的房子里喝个茶。”楼道里有人在对马宁的背影说话。

马宁一听说话的声音就知道是谁，转身回话：“阿巴，茶我喝过了。你今天怎么没去锻炼锻炼？没有不舒服吧？我随便转转。”马宁给老人回话。

“好着呢，我亲戚来看我了。”老人很高兴地与马宁说话。

马宁打了个招呼后离开了，他还要去看看马索菲娅（化名）。

马宁知道，只要有人去福利院，或者只要有谁的亲戚来探望，这些生活在福利院的老人们，会炫耀：“这里条件好，到这里来享福了，你们也来吧……”

“你们是在享福，你们是最有福气的人。穿得好，吃得好，什么也不做。不用晒日头，不用操心天晴下雨，不用管庄稼长得怎么样，人让你们活了。”

“我们想来，可是不要我们啊，我们只有干不动了，才能像你们一样……”

享福？其实不用问，只要在福利院走走转转就该知道，住在这里的老人，尽管曾经经历坎坷，但入住之后，不仅在生活上得到照顾，精神上也得到了安慰。一日三餐，餐餐变花样外，还被工作人员牵挂着操心着，虽没有儿女，却有着不同民族不同年龄的兄弟姐妹做伴，衣食住行不用操心，什么都不去考虑，所以生活是幸福的。

在治疗室因为感冒输液的马索菲娅，和另外一位汉族老奶奶坐在病床上，聊天聊得嘻嘻哈哈。她们是五保户，生活没了依靠，才入住到福利院。

马索菲娅两口子上了年纪，不能下地干活，再也不能靠着双手吃饭，依照条件，两个人都成了福利院的一员，当然同住一室，跟家没有区别。她说她跟别人不一样，她有个女儿是领养的，后断了关系，再后来有走动，但家境不好，所以她一般不去。为何不去自己女儿家？问及缘由，她毫不掩饰地说："在福利院里住了大半年了，服务员态度好。去丫头的家，吃的不好不说，不敢对外孙们说什么，丫头不高兴，还要看脸色。"

福利院的工作人员比丫头好？真是那样的吗？

马索菲娅老人爽朗一笑，说："我们有个头疼脑热，院长知道了，药就送到房间里了，不用个人想办法。如果有时候在院子里不溜达，一天蹲在房子里，院长就跑到房间里问长问短。凭良心说，就是自己的尕娃丫头

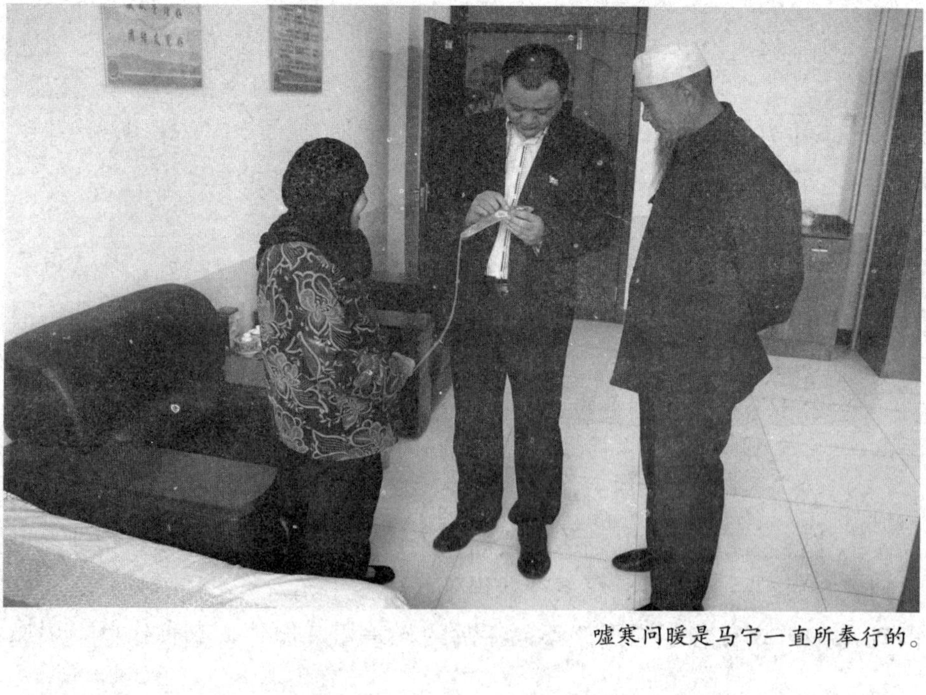

嘘寒问暖是马宁一直所奉行的。

马宁很重视与老人私下里的谈心。

(儿子、女儿)，也没有那么好。与庄子里的老人比一哈，我们的日子好得很……”

马索菲娅老人用盖头拭去了眼角溢出的眼泪。

好端端地，聊着聊着，她们居然都在抹眼泪。

家在和政县的王姓奶奶擦掉眼角的眼泪：“我的老者（老伴）走后，我一直一个人过日子，住得不好，害怕下雨，一下雨，房子漏雨；饭吃得随便，怎么能跟福利院的条件比？唉，年轻时受了许多罪，一个人过得不好，老了，在福利院过得好。院长们照顾得好，对待得好。还真算是享福，比一些有家的人过得好。不愁吃不愁穿，好得很。我老了才享福了。”

马索菲娅老人对凡是去福利院看望她们的人，都很热情，见到马宁，就忙着介绍，夸赞。马宁笑着，对于马索菲娅的热情表扬，笑着说只要背后不骂他们就成。马宁是微笑面对院里的每一位老人，他就是用微笑，温暖了每一位老人的心。

马索菲娅老人和王奶奶说了那么多，其实，说到底就是她们很满意福利院的生活，很庆幸老了还有一个能去的地方。而我们不用怀疑，不管是哪位老人，只要符合条件入住福利院，他们的生活都能受到很好的照顾，从他们的脸上读到的是幸福，读到的是踏实，与那些同样是孤寡的老人们一起，他们在一个起跑线上。那些被叫作服务员的工作人员，就像亲人，不是亲人胜似亲人，使他们温暖融洽地生活在一个大家里，过着幸福的晚年生活。

福利院的老人，他们太需要爱了，哪怕是一个问候，一个微笑，对他们而言都是满足的。

马宁感慨万千，“孝子”不好当，“父亲”也不好当，他感觉肩上的担子重，压力大，有时候面对福利院老人的日渐苍老，以及离世，心里不是滋味。

马宁说，每天面对院里的那些孩子，看着他们健康快乐地成长，感到欣慰。他心里怜惜那些孩子，但他知道老话说得没错：对于娃娃们，给好

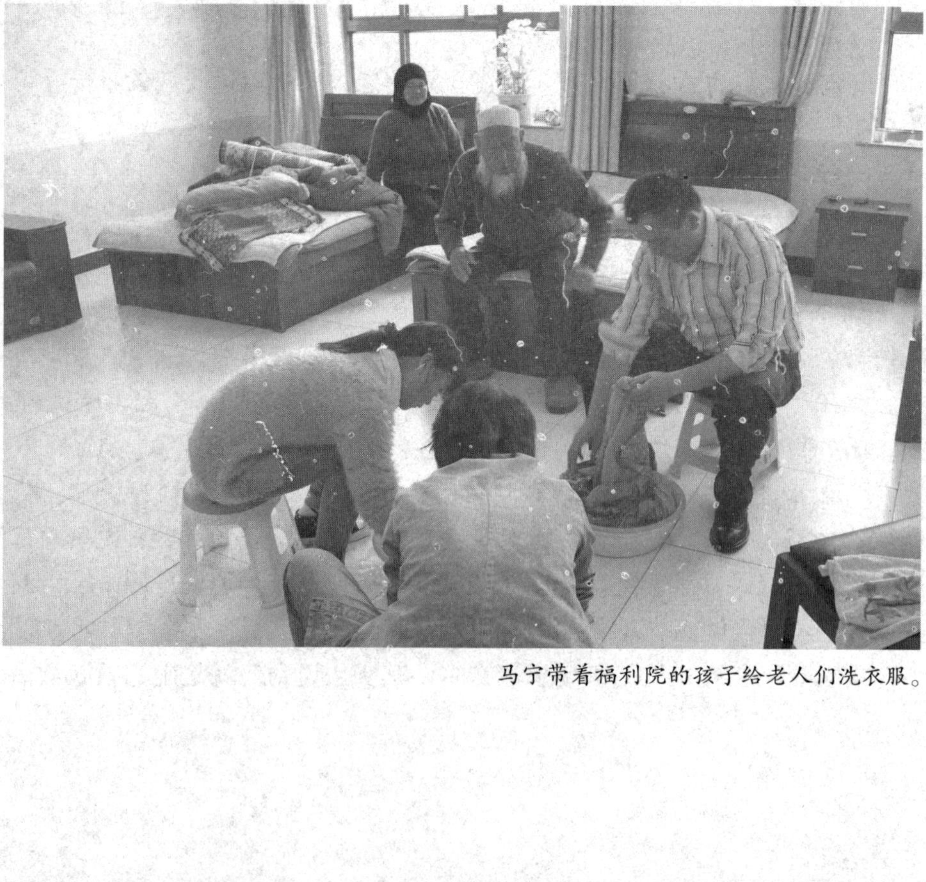

马宁带着福利院的孩子给老人们洗衣服。

心别给好脸。孩子们很会察言观色，他的一言一行，都会影响到孩子们的情绪，如果对谁说话的语气稍有不同，其他孩子就有想法，这些孩子很敏感。因此在老人们面前他是和蔼悦色的，在孩子们面前是严肃的，在残疾人面前是两者兼备的。

唐万福老人是位五保户，在州福利院已待了两年了。他的话很朴素："我在家的时候吃不上饭，饱一顿饿一顿。来这里以后，就开始享福了，三顿饭吃得好。穿得也好，给我们发衬衣、外衣，毛巾、牙膏等生活用品。在家时个人掏钱看病，害怕生病，这里稍微不舒服了，可以去卫生室，有大夫专门给我们看病，该吃药吃药，该打针就打针，该输液就输液。我们这些无儿无女的人，福利院的工作人员成了我们的儿女，照顾我们，这是党和政府对我们这些人的关爱，我们心里明白，也很感激……"

唐万福老人说着说着，停顿了好几次，声音有些颤抖，难以抑制激动。他与那些在福利院的老人和孩子一样，自从走进这个大家庭那刻起，就开始享受来自社会各界的关爱。

## 二

侯旭祖已是50多岁的人了，面对和政县福利院的老人，常常感慨万千。

2015年4月20日晚上，院里的两位老人吵了几句嘴。那晚，恰好侯旭祖值班。夜半，他查夜刚躺下，就听楼道里响着自来水龙头被打开的声音，声响还大。他很纳闷，水龙头怎么会被突然打开？约莫响了一分钟，又没动静了，他起身，立即去看。

让他大吃一惊的是，看到站在楼道里的是傍晚吵架的一位老人，是他在小便。他的迷糊病又犯了，不去房间里的洗手间，跑楼道小便。

"阿巴，你做什么哩？"侯旭祖虽然生气，但没有表现出来，跟往常一样。

“哦，哦。”老人站在那里，提着裤子，脸上没有表情。

侯旭祖知道，现在只有把老人扶回房间，让他躺下，让他睡着就没事了。于是，他踮着脚尖，踩着地上的尿水，扶老人进了房间，又安顿他睡下后，才提了拖把，去拖地。

一泡尿，尿骚味大，侯旭祖拖了3遍。冲洗好拖把后，他才返回值班室，躺下，睡意全无，直到天亮。

“孝子”不好当，侯旭祖感觉肩上的担子重，压力大，每次下班一进家门，就躺倒在沙发上。

“你一进门家门拉个脸，给谁看脸色呢?”

“就是，在福利院笑眯眯的，一回家，黑着脸。”

妻子的唠叨和女儿的埋怨，一股脑儿扔来，砸在侯旭祖的心上，但他假装没有听见，置之不理。

“你的那些先人们和娃娃们又怎么了?”妻子还是很理解他的工作的，也很支持他，唠叨之后关切地问道。

侯旭祖与出院后的老人攀谈。

“爸爸，是不是又有老人跑了?”女儿对他的工作也了如指掌，尽管时常提意见，说他不是自己的爸爸，是福利院那些孩子们的爸爸，可是依然关心。

侯旭祖其实很感激这娘俩，自从接受组织安排，接任福利院的院长后，他就没有顾过家，大多数时间在院里吃住，家里没米没面，他一概不知，倒是院里的伙食怎么调整，老人与孩子们外出浪山等等，诸多事宜，都安排得井井有条。不仅如此，女儿寒暑假的一些时间，也在他的“循循善诱”下，与福利院的孩子们一起度过。在她看来，女儿闲着也是闲着，到院里给学习较差的孩子们做辅导，帮助他们提高，是不花钱的好事。

于是，父亲在福利院工作，女儿也成了福利院的志愿者。

## 三

天忽冷忽热，昨天还热得要穿薄衫，今天却雨雪交加。对于上了年纪的老人来说，不敢出门，怕感冒，怕咳嗽，更怕几个喷嚏之后，鼻涕眼泪一股脑儿地赶到，太难受了。

于是，舒舒服服地待在家里，看看电视，在屋里转悠转悠，看看窗外，时间消磨得很快，也好打发。有家有室的人这般，广河县福利院的老人也是如此，院里的工作人员，就是他们的儿女。

马金山老人 2012 年入院，距今已经好几年了。天气不好时，马金山老人的旧病复发，所以窝在床上，不敢下地，更不敢出门。

他抬眼望望窗外，阴沉沉的天，一看就让人打哆嗦，再摸摸身底，热乎乎的，心里也热乎乎的。起身，把枕头放立，靠着，摆个舒服的姿势，从窗台上取下一本翻得发旧的经书，打开，一页一页地翻看。

深蓝色的滑雪衫，干净，而他的双手也是，指甲被修剪得恰到好处，不长不短；头发修理得极为齐整。

他若走在街头，谁会相信他们就是孤寡老人，是住在福利院的。谁又能想到他们被非亲非故的工作人员，像对待自己的父母一样细心照料呢？

如果福利院的院长们，没有秉承敬老爱老的中华美德，像马金山老人一样生活在福利院的老人们，会得到春天般温暖的关怀吗？他们会像那些儿孙绕膝的老人们一样过得舒坦吗？

马金山老人 80 岁了，眼不花耳不聋，身子骨硬朗，不犯病的时候，拄个拐杖，在院子里溜达，村里有干事了，回村看看。

一双眯缝的小眼睛，在他瘦小的脸上，与修整得耐看的胡须，形成对比——活脱脱一位美髯公，他也习惯于捋胡须，更喜欢与人交谈。尽管他饱受辛酸，但性格爽朗，加之他入院前，经常四处行走，经历加上眼界，很是健谈。

床单和被套，一样的花色，一样的款式，统一的设施，干净整洁的床上用品，看一眼就让人有舒服的感觉。

州福利院的副院长马亚东与杨维山聊天。

只有福利院的工作人员知道，只有住在福利院的老人知道。天还没亮，“服务员”们已经起床，开始了一天的工作。首先要做的，就是为那些做完晨礼的老人们清扫房间卫生，雷打不动。

一晃，午饭的时间到了，老人们开始去食堂吃饭。马学山老人今天是不需要动弹的，他的饭有人会打，当天值班的人，会准时把饭菜给他送来，等他吃完了，又会帮他把碗筷洗涮干净，一切不用他操心。

依照常理，老人吃饭，汤汤水水难免溅到衣服上，院里的工作人员不怕，像叮嘱孩子一样，反复念叨，让他们保持好个人卫生。

2010 年 4 月，广河县水泉乡牛康家村双目失明的孤寡老人马哈三，生病期间，因无亲属照料，只好入住福利院。在他生病的一个多月里，院里的男女职工，依照院里制定的三班倒制度，轮流陪护，不分昼夜。

依照常理，即使自家的老人生病，也会有分工的，但是福利院就不一样，轮到哪一班，哪一班就要无条件陪护。

工作人员守在马哈三老人身边，给他喂水喂饭，擦洗身子，接屎接尿，定时翻身按摩，勤换被褥。老人一天天病重，但工作人员并没有放弃对老人的照顾，坚持到了最后一刻……

2014 年 5 月，90 岁的马永明老人，因年岁已高，身体极度衰弱，无法直接进食，与马哈三老人一样，也得到悉心照料，在离世前，梳头、剃须、擦洗身子，一样不落，工作人员给予他生前最温暖的关怀……

州福利院的邓怀亮老人在房间用放大镜看书。

马金山老两口，除了不睡一张床，他们的房间就是他们的小家，尽管陈设与其他房间没有区别，但一进房间吸引人眼球的，是窗台上的花儿，绿油油的叶子，令房间又不一样。

人老了，干不动活了，被村上送到这里，开始享福了。两位老人都是70好几的人，但一点也不显老。也是，衣服有人洗，床单被套有人洗，吃完饭把碗交给厨房的工作人员，一抹嘴了事。什么都不做，吃得又好，身体又好，脸上不富态才怪呢！

他们的桌上摆放着的盆花，长得极好，其中一盆里的三叶草开得正艳，玫瑰红的颜色，点亮了房间。

院里的工作人员，对她的喜好了如指掌，说去年花开得很俊，花头大，颜色也好。老人一听被夸，有点不好意思，微微一笑，说是哄心。

哄心？心是哄的？不必质疑，也无须有疑问。他们就是在哄心，空落了一辈子的心，踏实了，有了着落，难道不是吗？他们的吃喝全被政府包了，用自己的养老金买些花儿养着，看着好不说，闲了给花施个肥松个土浇点水，不是哄心叫什么呢？

## 四

2014年春日的一个下午。窗外，春光下，花儿们争艳过后，一个绿油油的春天盛开了。风轻柔地跑进跑出，偶尔，调皮地撩拨一下室内。

东乡县民政局的牟彪局长，正在去东乡县河滩镇救助中心的路上，他的心被一位叫王梅的老人扯着。

老人与牟彪无关，却又息息相关。老人的衣食住行，老人的心情，老人的一切，多年来一直贯穿在他的生活里。

窗外，杨柳吐绿，花椒树都展开了嫩叶。赶早的油菜花儿，黄灿灿地呈现在视野里。

车行，风调皮地把春光送入车内。

“不知道老人这几天怎么样了？上周打电话问时说老样子。”牟彪在对司机小马念叨。

“这些日子忙，应该没事，有事的话马站长会打电话的。”小马一边开车，看一眼牟彪，安慰道。

牟彪神情凝重，眼神里有些担忧。

“唉，人人都会老。这位老人，在县福利院生活了很多年。没有想到，河滩救助中心一成立，她就迫不及待地往河滩跑。还是那句老话对呢——树高千丈叶落归根……”牟彪在感慨。

“人老了就那样的，总想回到出生的地方。”

“可不是嘛!”

在牟彪与小马的对话里，位于河滩镇尕陈家集的救助中心到了。

牟彪下车了，他1.8米的个头，麦子色的肌肤，给人安全和踏实的感觉。他没有直接进入救助中心，而是前后左右转了一圈，看了看救助站的环境。

排队打饭是州福利院老人的习惯。

牟彪所说的老人是东乡县福利院的，他对这位老人的情况了如指掌，对她的喜好也一清二楚。每次打电话提及老人，他会叮嘱救助中心的负责人，不能怠慢老人，老太太从小到大没吃过苦，是享过福见过世面的人，心气极高，老伴过世后，一直一个人过日子。老了，不能独自生活，便进了县福利院，但是听到镇上要修建救助中心，一直打听，想从福利院转到救助中心，回到本乡生活。

房间里很安静，陈设简单，两张床，一张空着，一张床的床头整齐地晾着3条毛巾，蓝色条纹、黄色条纹和白色的，床上睡着一位老奶奶。花白的头发，额头上的皱纹刀刻一样，嘴巴瘪瘪的，一看就知道牙已经掉光了。她的肤色发黄，皮肤看去细腻，不像饱经沧桑的人。

已是午后3点多了，老人依旧沉睡着，一双三寸小脚，裹得齐整，露在被子外面。

不用猜，老人的小脚告诉我们，她是高龄老人，她那三寸金莲就是标签。与所有生病的高龄老人一样，似睡似醒，噗噗地吹两口气，咂巴两下嘴，头转一下，眉头皱几下，看似很痛苦地皱皱眉，呻吟几下，说句胡

和政县福利院的老人们在用餐。

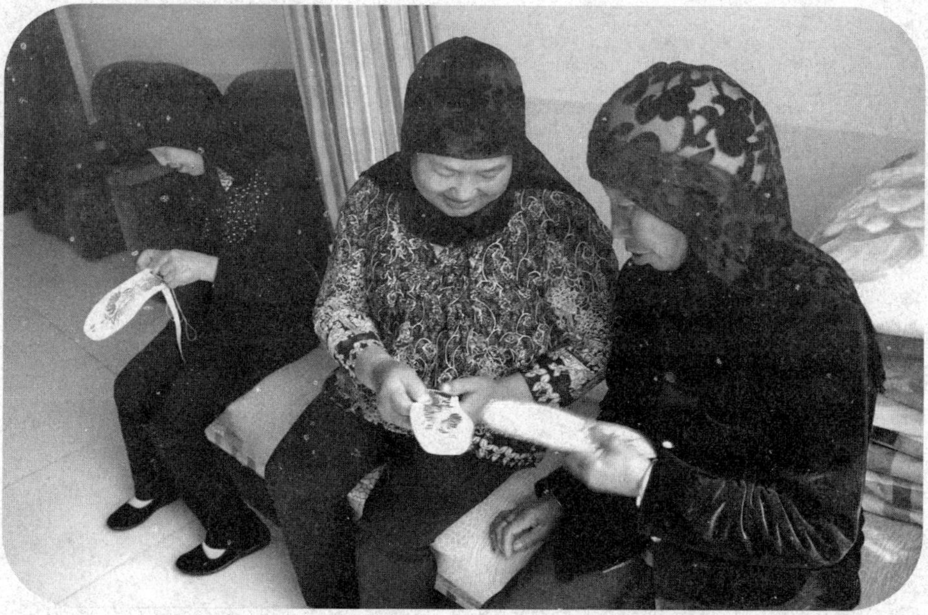

州福利院的妇女们闲暇了做鞋垫，交流针线活。

话，睁了睁眼，又睡过去了。间隔很短，几分钟或是十几分钟后醒来一次，说句话，喝口水，试着挪一下，试着抬抬身子，翻个身，又闭眼昏睡。

脚不是老人自己裹的，近一个月来，她自个再也不能盘腿坐着，更不能裹脚了。最近的一次是王星星给她裹得，小丫头虽然年纪轻轻，但一直给姨奶奶裹脚，所以会裹。

滴答滴答的时钟，百无聊赖地打发着暮春的午后。

老人只睁一下眼，嘴里含糊不清地嗫嚅了句什么话，就没动静了。

隔了两分钟，又睁开眼，瞭了一眼，目光捉到郭金梅，动了动嘴巴。

郭金梅凑到老人跟前，提高声嗓问："奶奶，阿木了？要喝些水吗?"

老人闭眼摇摇头，停顿几秒，才答复郭金梅："来人了?"

"嗯。来了个亲戚。"

"亲戚？哦。阿一个?"老人断断续续地问。

"你没有见过的亲戚。"郭金梅给老人掖一下被角，依旧提高嗓音说话。

约莫两分钟，老人又睁眼，说话不是特别清楚："壶里水有吗？给亲戚倒茶。"老人看似迷糊，心里很清楚。

半小时里，老人又在沉睡，看去瘦小。醒来，嘴皮动一下，郭金梅会凑上前问问。

"脊背痒，挖滴哈（挠一下的意思）。"

郭金梅会把右手放入老人的背部，挠几下。"唉，对着，再下一些，左面。"在老人的示意下，郭金梅的手指顺意挠着，老人看上去很舒坦："手再重些，多挖几下。"

不知道的人以为郭金梅和王星星是老人的亲戚。其实，郭金梅是救助中心的志愿者，自从老人从县福利院转来之后，郭金梅就成为老人的专人陪护，与王星星一起轮流照管。

"喝点清汤羊肉时……"老人自言自语。

没一会儿，郭金梅从集市上端来了一碗清汤羊肉，并俯在老人耳边说，清汤羊肉端来了。老人依旧躺着，动一下身子，一丝笑从她脸上掠过：

侯旭祖在院子与老人们聊天。

“买的？你先倒哈半碗。”她想让郭金梅也喝。

郭金梅没听她的话，取勺子，做好给老人喂饭前的准备后，才对她说：“奶奶，我们喝汤啊，你想喝的清汤羊肉。”

老人顺从地点点头，先咂巴一下嘴皮，然后张嘴等郭金梅喂她。

房间里飘着香菜和蒜苗香味，老人喝了几勺清汤，赞叹道：“香着。”

清汤里的羊肉被撕成小块，老人的牙掉得所剩无几，只是在舌尖上把肉片来回搅拌几下，咂掉肉上的汤汁，将肉块吐出来，交给郭金梅。

一碗清汤羊肉，老人只喝了几口汤，品了一点羊肉的味道，说了几句话后，又进入昏睡状态。

瓜熟蒂落是自然规律，老人像只熟透的苹果，在等候落地的那天。她不愿意去医院，说都一把年纪了，去什么医院，很执拗。卫生院的院长检查后也明示，老人的生命即将到尽头了。

近一个月的日子里，老人被郭金梅和王星星轮流守护，她要喝浆水汤，她要吃点蛋糕。有时，老人不许郭金梅喂她，要自己喝水。她自己的一把小瓷壶打碎后，院里给她买了一个，只要帮她握着壶，凑到嘴边，她自己会吸溜喝上一口或是两口后，示意不喝了，郭金梅把小瓷

州福利院的老人们晒太阳聊天。

州福利院的阅览室里看杂志的老人。

壶放回到床头柜上，她看一眼才肯继续睡觉。

一个月的日子，在那样的反复里，在乍暖还寒的春天，暖在房间的每个角落。谈及王梅老人，都说老人虽无儿无女，但凡是与老人打过交道或是见过侍候老人的，都感慨万千：“个人的娘老子（父母）哈都没有这么服侍过，给孤寡老人当孝子，真不简单……”

老人生病前，天气好的时候，她们会用轮椅把老人推到集市上转转、看看。而老人像对自己的亲人一样，有什么话说什么，一点也不见外，一点也无生分之感。她要么对县民政局的牟彪局长提些要求，要么对马站长说说想法，要么对郭金梅或是王星星说些她年轻时的故事。令马站长感到意外的是，她会要求他安排人把她的裤子给熨烫一下，还要把裤线熨烫得直直的，崭崭的。

老人是河滩镇尕大塬的人，她虽老来无伴、孤苦无依，可是生活安逸，不像一般的孤寡老人对生活质量没有什么要求，她想过得舒适安逸点。用她的话说，国家管吃管住，什么都管，不好好活着干吗呢？

州福利院的老人们在务劳各自种的蔬菜。

州福利院的老人们在打太极拳。

是啊，有政府买单，有国家给她养老送终，为何不好好活着呢？

老人对自己一点也不吝啬，想喝豆奶粉了，会让王星星或是郭金梅去买。她去集市转悠、下个馆子，也是常事。工作人员把她当成自己的奶奶，外出不让老人掏钱，亲如一家人。老人也会在每次吃东西前，谦让一番，叫她俩与她一起分享。

注视着床上迷迷瞪瞪的老人，看着她干瘪的嘴唇一张一合，生命之灯将熄未熄的样子，牟彪有些说不出的难受。

“你们千万不能离开半步，绝对不能在她生命的最后一刻让她感到孤单。”牟彪对郭金梅叮嘱了好几遍。

“领导放心吧，已经一个多月了，我们天天守着，寸步不离地守着。”救助中心的马站长一边应答一边汇报老人的近况。

“王星星和郭金梅是专门照顾老人的，两个人一步也不敢离开，就怕她有闪失，打饭都是轮流，就怕老人离世时旁边没人。”

侯旭祖在学习相关业务知识。

半小时里，老人时而醒着，时而入睡。

牟彪在老人房间坐了40分钟，看到王星星和郭金梅一会儿给老人擦脸，一会儿喂水，他感慨地说：对自己的父母，谁能做到长相守呢？谁能在病床前一步也不离开地守候呢？只有福利院的老人，在生病或是不能动弹了，才会被如此呵护！

到晚饭时间了，老人还是迷迷糊糊地睡着。郭金梅的饭王星星去打了，她要守着老人，牟局长当面一再叮嘱，要尽心竭力地照顾好老人。福利院的人都知道，老人在县福利院，没有受过委屈，在救助中心不能怠慢，就是走到生命尽头了，也不能有丝毫怠慢。

牟彪关注老人胜过关注他自己的家人，有人调侃时，他笑笑说："其实，就是那样的。家里的事一般都顾不上，父母生病什么的，都有媳妇和兄弟姊妹们，但是福利院的老人生病了，却要操心。"

"你说，福利院的那些老人，都在看着你，看着先他们而去的人病了或是走了之后，我们是怎样做的，做得好不好，好在哪里，都是他们在乎的。"

"所以说，福利院不仅仅只是让老人们吃好穿暖，更重要的还是要焐热他们的心，要让他们感到温暖，有家的感觉，不能让他们老了有凄惶感……"

牟彪的一段话，让调侃他的人点头称是，敬畏牟彪有一颗大爱之心。

了解老人情况的人，都无不羡慕又矛盾地感慨：如果能像王奶奶，有儿有女也好，无儿无女也罢，只要老有所依老有所养，一辈子算满足了……

人老了，哪怕无儿无女，倘若像王梅老人或像她一样在福利院生活的老人那样，能安度晚年，那该算是迟到的幸福！

马宁、侯旭祖、牟彪等一个个共产党员，用言行，用一颗真心，抚慰着那些老人荒芜的心灵。

# 宝贝，没关系，还有我

## 一

冬日，光秃秃的树木，给人以冷清之感。而暖心暖人的事，却在周身洋溢，犹如晴空下有些枝头若有若无涌动的芽苞，升腾着暖意和春意，一改冬日的苍凉和寒冷。

2016 年 11 月 23 日，星期天下午，壹基金温暖包启动仪式在州综合福利院启动，院长马宁很忙碌。他虽说年轻，但自从成为院长后，人变得成熟又稳重了，对福利院的工作，他有句话说得很好——一个人若对自己的

侯旭祖送孩子们出福利院去上学。

州福利院的工作人员在给小一点的孩子喂饭。

父母、孩子都不爱的话，何以面对孤寡老人和孤儿？何来的爱给他们？

是啊，如果连对自己的父母、孩子都缺失温情和爱的话，怎么去面对没有任何血缘关系的人呢？马宁那句看似轻描淡写却意味深长的话，让他及从事民政福利事业人员的形象瞬间高大起来。

院子里很热闹，河州义仓的爱心人士以及工作人员在布置会场。温暖包的箱子摞在那里，很显眼，而惹人眼目的是跑动的孩子们。

他们身穿蓝色的棉衣，橙色的围巾搭在胸前，帽子、手套、雪地靴，都新崭崭的。

许多志愿者举着相机，想拍个全景，一个七八岁大的男孩跳入镜头，做鬼脸，摆 pose。

志愿者马秀玲一点也不惊讶，移开相机，微笑地看着玩耍的男孩。男孩也笑着，眼神里没有惊慌，满是快乐和开心。马秀玲又举起相机，继续在咔嚓声中定格他的微笑。

旁边的几个孩子，也是穿戴一新，看到同伴的举止，也跑过来了。

州福利院的副院长康慧琴和费晓玲与孩子们在一起的瞬间。

马秀玲继续拍照，五六个孩子，他们毫无顾忌地摆着各种动作，剪刀手、双臂扬起，或是手指指向自己的脸颊。他们的眼神是澄澈的，在镜头前一点也不拘束。

拍了好几张，马秀玲翻看照片时，他们围过来，站在她的左侧，也跟着看照片。马秀玲放低相机，给他们看，他们很开心，心满意足的样子。

孩子就是孩子，看了几张后，他们又被同伴吸引，像几只麻雀，呼啦啦飞离马秀玲的身边。

双休日的州福利院是热闹的，有些孩子被亲戚接回家了，留下来的孩子可以玩耍，可以睡懒觉，可以做自己喜欢的事。

孩子们习惯福利院的每天就像大家习惯了每天的忙碌和奔走一样，尽管际遇不一样，但是在那方天地里，他们是平等快乐的。

活动如期举行，孩子们排好队列站着，几项议程过后，一首《感恩的心》，触动了大家心底深处最柔软的那抹情愫。

老师与孩子们一起，举起双臂，一边唱歌，一边表演。

很多人的眼睛潮湿，鼻头发酸，无法言说的心情，瞬间被电流击穿，心抽搐了一下。于是，目光有些散漫，似乎不知该放置在哪里。

孩子们表演得齐整，马秀玲的眼神被一个小男孩锁定。小家伙特别投入，闭着眼唱歌，手势也与其他孩子们一致，偶尔睁开眼，看看前方，继续唱。他的表情平和，手势一点也不凌乱，他的唱词应该也没错。马秀珍定定地盯着他，直到曲终，直到结束，他的表情一直是那样的。

小家伙大眼睛，鼻梁有点塌，脸上还有些雀斑，没有穿温暖包的棉衣，戴的棉帽有点旧，但干净，整洁。

马秀玲走向他，揽着他的肩头，问他多大时，他一点也没有怯意，说8岁。除了问年龄，问几年级，不敢问其他的问题，向州福利院的孩子问家庭情况就是无端的伤害，那些伤痛怎么敢碰。如果不是特殊情况，他们是家里的宝贝，是他们父母掌心里的宝……

孩子的微笑让马秀玲瞬间无语，马秀玲摩挲一下他的肩膀，夸他唱得好。他笑笑，一丝羞涩挂在脸颊。

为何要闭眼呢？是怕忘词吗？马秀玲忍不住问。

饭后散步是州福利院幼儿们的必修课。

孩子摇摇头，说不是，说喜欢那首歌。

马秀玲明白了，他就像有些歌手一样，演唱时会闭眼，他该是用心在唱，他是自己的歌手。因为她戴着耳麦听歌时偶尔也会闭眼跟着旋律哼两句，不是怕忘词，而是用心感受用心唱。

“好好学习。”马秀玲只有用这老套的词结束和孩子的对话。孩子点点头，与同伴一起走开了。马秀玲木愣愣地站在那里，有点不知所措。有人打断了她的发呆，说也注意到那个小家伙。

说起孩子的举动时，大家心里都不是滋味，都轻轻地叹气。

这是个并不大的院子，可就是在这个院子里，有个画面被多次描述并提及时，心总是隐隐作痛，尽管画面的主人公与很多人无关，可是凡是见到那一幕的人，心都像被蜜蜂蜇了一般，生疼生疼。

画面极为常见：放学归来，小花（化名）把书包扔到床上，一溜小跑，跑到大门前，靠墙站着，左脚尖蹭着地，右脚不停地画圈。伸长脖颈，眼睛紧盯着院外的路口，两只小手来来回回地搓着衣角。

夕阳撒在小花的红衣服上，美的光影里，小花的脸上，却拧着一股劲，眉头也拧成小疙瘩。

1 秒，1 分，10 分，20 分钟后，站在那里的已不是小花一个，而是好几个。

“咦，看，来了。”小花眼睛一亮，指着院外，向和她一起站着的莹莹（化名）大喊。

“妈妈。”

起起落落的声音，朝着院外大喊，稚嫩的童音，那一刻像百灵鸟的鸣叫，令听到的人赏心悦目。

电动门，隔着小花，也隔着一颗等候的心。可是，那一声声稚嫩的叫声带着欢呼声，渲染出一个夏日傍晚最美的画面。

院外被喊妈妈的人，老远就听到几个孩子的叫声，挥挥手，笑着，哎哎地答应着，加快脚步，连走带跑。

门缓缓打开，孩子们挤在门口，涌向她。她跨进门，双臂撑开，给了孩子们一个暖暖的拥抱。在小花面前，她半蹲着，可是小花的嗓子像被堵

好奇是孩子们的天性，州福利院的工作人员是他们的贴心人。

了一般，一声妈妈还没有喊出，双手就吊住她的脖子，嘤嘤哭开了。其他的孩子愣在那里，小花的眼泪鼻涕把她的衣领弄脏了还是哭着，几分钟后，才松手，仰脸，抽抽搭搭道："妈妈，我想你了。"小花的话没说完，她的眼眶湿润了，眼圈一红，眼泪也涌出了。

"妈妈，不哭，小花会乖乖的。"小花一边伸出小手给她擦眼泪，一边哽咽着说话。

"小花也不哭，妈妈不哭。"她把小花抱在怀里，自个哭了个痛快，小花被再三哄劝，才止住了哭声，一大一小，擦掉眼泪，手牵手，向院中走去。

"才两天不见，小花就想你了。"同事又是羡慕又有点酸溜溜地戏谑她。

"当然啦，我的孩子，跟我亲了。"她也得意地调侃着。

不知情的人以为，她们是亲亲的娘俩。其实，小花是个孤儿，那些与小花一起的都是孤儿。被喊作妈妈的人，是福利院的工作人员，叫马燕，是小花的护理员。自州福利院招收孤儿开始，父母双亡的小花，就被年事已高的爷爷奶奶送来，成为她班里的一员。尽管有的孩子有父亲或是母亲，可是情况特殊，与没有一样。所以像马燕一样的妈妈们，成为孩子们的定心丸，只要看到妈妈们，他们总是笑嘻嘻的。

一到吃饭时间，院里热闹开了，孩子们叽叽喳喳的谈论声，从不同的角落，三三两两涌向餐厅。

于是，一个热火朝天的吃饭场面拉开了。

“开饭了，开饭了。”王朝霞和同事将饭桶抬进来时，眼尖的马芬（化名）喊开了。

饭桌前，孩子们已经坐好了，等老师给他们盛饭。

“娘娘，吃饭。”龚登学笑着指着王朝霞喊叫。

“吃饭，吃饭。”王朝霞附和着。

龚登学的胸前早就围好了小兜布，他双手舞着，嬉笑着。

与龚登学一样，马翠翠歪着脖子等着，坐在轮椅上的费世珠静静地坐着，舞着小手。这 20 个孩子里，数龚登学最大，已经 12 岁了，个头也最高。

晚饭吃得相对简单，旗花面一碗一碗端到了自己能吃的孩子面前后，给他们发勺子时叮嘱：“小心，烫，吹吹再吃。”

“娘娘，我要吃。”龚登学又喊。可怜的孩子，虽说个头看着高，可是他最近才学会说 3 个字的话语。娘娘，老师，一个字一个字从口中挤出，实在不容易。

4 碗饭，凉在一边，那是和龚登学一样的 4 个孩子的，王朝霞和同事各自端碗，开始给他们喂饭。

她坐在小凳上，双腿并拢，左臂揽着马伊咪的身子，左手端碗，右手舀了一勺面，吹吹，把勺子凑到嘴角试试，才将勺子递到马伊咪嘴边。

“啊，吃饭。”她的声音不大，只有孩子和自己能听到。

“呵。”马伊咪张大小嘴，咽下一勺饭。小手伸手去抓碗。她把碗拿开，又舀了一勺，照旧吹吹，马伊咪又咕咚咽下，咂着小嘴巴，喊着妈妈。

“嗯，乖，吃饭。”她在与马伊咪说话间已将小半碗面喂下去了。

此时，王朝霞也给龚登学喂了一半，她和其他几位老师站着，各自忙着喂饭，还要叮嘱其他孩子。龚登学张大嘴巴，一勺一勺，快速咽下。

“慢些，慢些。”王朝霞边喂边说。

“妈妈，还要吃。”

“娘娘，我也要吃。”

马晓华和慈蕊歪着脖子，举着小碗，向王朝霞喊着。

“来，过来。”马丽向马晓华和慈蕊招手。

又小半碗面被舀到孩子碗里了，“乖，慢慢吃。”马丽笑着说。

龚登学被喂着吃了两碗。已经 12 岁了，吃饭要喂，穿衣要帮忙，上厕所等日常生活是不能自理的，他将来怎么办呢？

很多目睹这个场面的人，眼泪无声涌出，马宁虽说已经习惯了，但是他看到孩子的样子，也是眼圈发红，不忍再看，转身离开。

20 个孩子，基本吃掉了碗里的面，王朝霞和马丽才坐下来，吃饭。饭已经粘到一块了，她们毫无抱怨地吃了。

凡是去过州福利院的人，凡是目睹那一情景的人，都看不下去，都会跑到院子里发呆。饭后，王朝霞和同事们带着孩子，下楼到院子里活动。

天气好时，饭后带孩子们到院子里散步溜达，已是一成不变的习惯了。

有些爱心人士，会远远看着，安静地看着，对那些工作人员，对孩子们像亲妈一样的人，除了敬畏还是敬畏。王朝霞等看上去一点不烦躁，脸上洋溢的是开心。

面对那些孩子，女性的本能就是做到让孩子们能开心一点就一点，给予多少母爱就尽量给予，让他们幼小的心得到爱，让他们开怀，让他们享受童年应该拥有的爱，令一份没有血缘关系的爱彰显温暖，多么不易啊！

……

# 二

“咯咯咯，呵呵呵，哈哈哈哈……”

一连串清脆又稚嫩的笑声，一声声高一声声低，时断时续，在院子里飘荡着。还有一位年轻男性的笑声，伴随着高声的“慢些，慢些，别绊倒了”的叮嘱，在明媚的阳光下，感染着听到的每个人。

刚从老人房间出来的马宁，看到马亚东副院长在和苏菲也（化名）玩耍，看着苏菲也（化名）跑来跑去，他的眼眶湿润了。

“爸爸，爸爸。”苏菲也看到马宁，立即扔下马亚东，边跑边喊。

“慢些，慢些。”马宁大声喊着。

州福利院的孩子们在等着他们的“妈妈”盛饭。

州福利院的孩子们在公园里玩耍。

苏菲也小跑着，对于爸爸的喊叫，根本没有听见。

突然，苏菲也摔倒了，趴在地上，几秒钟后哭开了。

“爸爸，爸爸。”苏菲也没有爬起来，依旧在地上，看着马宁大哭。

苏菲也喊着爸爸，哭着。

马宁加快脚步的同时，马亚东已经跑到苏菲也的身边了。“叫你慢些慢些的，要去抢什么吗？这下可好，绊一跤心里舒坦了吧？”马亚东责怪着，拉起苏菲也，拍掉衣裤上的土，握着她的小手，又问痛了没有。

苏菲也不理会马亚东，只是哭着，抽抽搭搭。

马亚东把她抱在怀里，哄着，但苏菲也还是哭着。“爸爸，爸爸”的叫声慢慢小了。

此时，马宁已经走到他们面前了，他一边心疼地从马亚东怀里接过苏菲也，一边哄着，与抱自己的女儿一样。

怎么可能不一样呢？院里的每个孩子，哪个不是他们的孩子？院里的孤寡老人，哪位不像他们的爹娘？还有那些残疾人，哪位与他们的亲人不一样呢？

福利院的每一个人，都让他们牵挂着。

苏菲也一到马宁怀里，就不喊了，也不哭了，小脸蛋上挂着的一滴泪痕，被马宁擦掉了。

马宁看着怀里可爱的孩子，想到当初被送来时，跟小猫一样小。检查身体后才发现是个耳聋的婴儿。可怜的孩子，当初逗引她时，一点反应也没有，只是扑闪着大眼睛，被轮流抱时，看看这个，望着那个，哇的一声哭喊，鼻涕眼泪都下来了。马宁心里很难受，与大家一商量，给她取了个好听的名字——苏菲也。从此，与所有的弃婴一样，苏菲也开始在院里工作人员的照料下，再怎么叫喊都不回头的情况下，教她说话，一晃几年过去，只要大声说话，孩子就能听到。

马宁总是感慨，说院里每收到一个孩子，大家都很难过，尤其是智障和残障孩子，总希望一切是个误会，可事实不是误会，很残酷。

因为要商量事情，马宁把怀里的苏菲也放下了。

苏菲也起初在他们身旁转来转去，后来发现一只蝴蝶，又跟着蝴蝶跑着。蝴蝶飞走了，苏菲也摊着双手，走到马宁跟前，双手环住马宁的腿，摇晃着。

马宁伸手拉住苏菲也的小手，继续跟马亚东说话。苏菲也仰起小脸望着马宁，也不说话，跟他们站在院子里。

忽然，马亚东抬腕看了一下表，说："娃娃们要放学了，我去看一哈马老汉。不知道老汉今天吃不吃。"

马宁点点头，马亚东去老人那边了，他继续站在院子里。

"爸爸。"

"院长。"

"叔叔。"

孩子们放学了，三三两两回来，向马宁打招呼。马宁一一点头应答，一股温暖油然而生。想当初，他调入福利院的当天，就发觉一些孩子的眼神带有敌意，老远瞪着，也不打招呼，与眼下一见就满脸笑意、懂礼貌的情形大相径庭。

回忆着，马宁感到无比的轻松，在一位位曾经素不相识的老人和一个个陌生的孩子间，他们不是工作人员，倒像是亲人。

此时苏菲也挣脱马宁的手，跑向孩子们，姐姐哥哥地喊着。

"苏菲也。"苏菲也停下，转身找寻喊她的人。喊她的人已经藏起来了。她通过几次诊治，只要说话声音大些，她就能听见了。

孩子们放学归来，院子里一下热闹起来，叽叽喳喳的。还不到开饭时间，但是有些孩子已早早跑到餐厅。

“今天的是米饭，我要多吃些。”

“蒜薹炒肉！蘑菇炒肉！”

“啊哦，啊哦。”

孩子们七嘴八舌地议论着，欢喜着。喜欢吃米饭的喜上眉梢，不喜欢的也没有表示反感，只从鼻腔里发出一声“哼”，算是对那些喜欢吃米饭同学的抗议。

孩子们的眼神是干净又清澈的，他们知道自己的身世，明白自己的处境，但他们脸上的童真是抹不去的。

父母不在了，爷爷奶奶还在。爷爷奶奶老了，面对诸多难以解决的问题，一个个身心曾受到伤害的孩子在福利院里得到关爱，让他们受伤的心灵得到安抚。

看着高矮不一的孩子，看着孩子健康快乐地成长，马宁和同事们感到欣慰。

有时候，在暖洋洋的安坐中，马宁在回忆，虽说没有到要凭借回忆打发日子，可是有些场景，有些人会无端地跳出记忆的圆圈，那些与季节无关，与心情无关。

## 三

作为一位爸爸，作为一位妈妈，看到福利院的孩子，心会讶异地疼，会怏怏不乐，情绪不好，可是翻照片，看到孩子们自信的眼神，天真的笑脸，纯真的目光时，郁郁寡欢便一扫而光。

康乐县福利院孩子们的宿舍（他们习惯于管自己住的房间叫宿舍），不管是男生宿舍还是女生宿舍，一个房间 3 个床位，清一色的床单被套，床下的两个脸盆，颜色不一，是为了区分洗脸盆和洗脚盆，拖鞋也摆放齐整。

小小年纪，他们的自立能力很强！

对于假期，孩子们的态度不一样，有的盼望短些，有的盼着长些。

盼望假期短些，什么理由呢？详细了解才知，原来，那些孩子的父母都不在了，只有爷爷奶奶疼爱着，但是自从来到福利院，有了工作人员的关爱，有了同伴的关心，不管是生活还是学习，都很丰富，他们愿意假期短些，好回到院里生活。

理解那些盼望假期短些的孩子，他们与年事已高的爷爷奶奶，没有过多的话题可交流，但是在院里就不一样了，有管理人员，有玩伴……

马梅英，个头不高，一个身体单薄的小女生，读二年级，她是入院的孩子中吃过小灶的孩子。

2014 年 10 月 30 日，那天，跟每天一样，马梅英在丁老师的指导下写作业，一切按部就班，打扫个人卫生，依照作息时间上床睡觉。她跟同宿舍的马秀芳和马晓艳丽说了些悄悄话，就快速入睡。那夜，马梅英做了个梦，梦见自己穿上了福利院发的新校服、新鞋，她高兴地跳着玩着，突

耐心是州福利院工作人员的特质。

然，肚子疼。她忍了几分钟，还是疼，而且疼得越来越厉害了，于是她摁响了床头的呼叫机。值班的老师听到呼叫机响个不停，一看是109的马梅英，跑到马梅英的宿舍，只见马梅英蜷缩着身子，双手按在肚子上呻吟着。她赶紧叫院里大夫检查治疗，马梅英的疼痛一直没有减轻，怀疑急性阑尾炎发作了。他们及时把马梅英送到医院诊治，确诊为急性阑尾炎，必须动手术。动手术要监护人签字，院方联系到马梅英的奶奶，可是马梅英的奶奶怎么劝说也不愿意到医院签字，还说是福利院的事。沟通无果，看着病床上的马梅英，生怕耽搁不起，与医院接诊大夫商量，由院长签字，先给马梅英动手术。

马梅英被推进了手术室。

手术室里的灯一直亮着，院长和去医院的几名工作人员在手术室外紧张地守着，直到手术结束，马梅英被送到病房，大家才松了一口气。

此时，好几个小时在紧张与不安中过去了，天已亮了。在安排护理教师24小时轮流照顾马梅英后，院长长长地舒了口气，一颗心才安放下来。

马梅英的身边24小时有院里的护理老师轮流照顾，县民政局的局长也多次去医院看望，询问病情，询问马梅英的身体恢复情况。马梅英的小脸被疼痛折磨得蜡黄，术后几天，慢慢有了红润。

她还不习惯老师喂饭，如果液体输完得早，坚持自己吃饭，说自己吃得香……

几天来，马梅英没看到自己的奶奶，眼神里有些失落，也有些不开心。于是，院里多次给她奶奶做工作、讲道理，让她明白照顾住院的马梅英不仅仅是福利院的责任，她也有责任，劝说她陪护自己的孙女。老人后来才赶到医院，照顾马梅英。

从手术后那天起到出院的12天里，福利院给马梅英开小灶，格外照顾她的生活。

爱心体现在点点滴滴中，爸爸、叔叔、大大、阿巴、阿姨、姐姐，院长、老师，孩子们对福利院工作人员的称呼都不一样，但那一声声饱含依赖的称呼里，蕴含了多少感激！

除了在生活上照顾孩子们之外，对于学习，福利院也是尽心尽力。线启龙入院前就读当地小学，学习一般，入院后，成为县城小学五年级一班的学生。初入院，生活上很不习惯，后来，学习成绩快速提高，期末考试年级第一。老师感到欣慰，线启龙说学习成绩提高的原因，就是有了老师们的辅导，更重要的是在福利院里能安心学习，不像在家要帮着爷爷奶奶做家务。

清明节放假，线启龙回家，帮爷爷奶奶到地里压塑料薄膜，还干其他的家务活，俨然是家里的小小男子汉。

一花一世界，在福利院阳光的温暖里，一天一天，孩子们的日子又翻开了新的一页。

州福利院的工作人员与孩子们一起表演。

州福利院的工作人员像喂自己的孩子一样给院里的孩童喂饭。

## 四

夏日周末的傍晚，院里热闹极了，有些不爱看电视的老人在树荫下拉家常，看新闻联播的早就打开了电视。孩子们活蹦乱跳，玩跳绳的，还有各自玩耍的，从他们的脸上一点也看不出是孤儿。工作人员也各忙各的，显得井井有条。

马宁开始上楼转悠，看看没在院里活动的孩子在做些什么。

看望老人察看孩子们的宿舍，于他而言是习惯。这不仅是院里值班的工作人员的习惯，也是他们院长的习惯。当习惯成为习惯，就如起床洗脸刷牙一样，像一匹归家的马儿，即使牧场上的草儿再肥美，暮色四合时，会朝着马棚准时归来。

马宁上了二楼，一间宿舍一间宿舍地察看，走到206室，看到马晓花（化名）和慈美娟（化名）在宿舍里写作业，他心里不是滋味。

两个女孩乖巧懂事，学习好不说，对院里比她们小的孩子，也是照顾有加。

“你们怎么不去活动活动?”马宁明知故问。

“叔叔。”两人异口同声打招呼的同时，站起身。

“出去玩一会儿，明天再写。要会学也要会玩。”马宁老调重弹。

“嗯。作业不多，做完了去玩。”马晓花答复。

“嗯，嗯。那你们赶紧写完了去玩一会儿。”马宁出了她们的宿舍。

马宁很欣慰，院里的孩子们自立能力极强，又懂礼貌。

俗话说，家有家规，福利院也有规矩，有些孤寡老人，想去转个亲戚，想回村里看看，也不是说走就走，外出必须请假，只要老人们愿意，去亲友家走动是准许的。

一份责任，一份爱心让那些硬性的规章制度合情合理，变得柔性了。

侯旭祖在听取老人的意见。

福利院不是一个落脚点，而是家，是大家的家。

家是什么？家是心灵栖息的港湾，是灵魂歇息的温暖之地，把一个个心灵受到伤害的孩子接回家，给他们温暖，给他们爱，家的意义就在于此。

每当孩子们观看纪录片《舌尖上的中国》，那些美食从荧幕上闪过时，总让一些孩子看得直咂嘴。

州福利院的伙食听着就让人馋，大盘鸡、火锅、小炒、牛肉面……一日三餐，餐餐变花样，吃得好不说，营养搭配得也好。州福利院的老人和孩子以及工作人员加起来近600人，众口难调。马宁想到一个好办法，与院里的营养师和医生对菜谱多次讨论研究，每月开会，请老人和孩子代表参加，提意见，定菜谱。

马宁说，老憨憨和小憨憨（老人与孩子）都要考虑到，老人喜欢吃的软和点，孩子们喜欢吃麻辣的，尽可能变花样，满足他们。

每个县福利院的情况不同，饮食也会不一样，和政县敬老院几乎有个雷打不动的每周日晚餐惯例——火锅。

院里的孩子们喜欢吃火锅，可是平时时间紧张，吃火锅又费时间，于是，侯旭祖和大家一商量，周日的晚餐做两样，给老人做面条或是馓饭，给孩子们做火锅。总之，就是变着花样，根据院里老小的口味调整，满足老人想吃杂粮的念头，也满足孩子们想吃火锅的味蕾。

鸡肉、豆腐、冬瓜、海带、香菇、宽粉、蟹棒……凡是能下火锅的菜，都一一购来，清洗干净，一份份，端上桌。麻辣味、清汤味，自己兑的锅底，比起火锅店里的差不到哪里。

好吃的孩子们早就摩拳擦掌，帮着端菜，跟着厨师跑来跑去。孩子们就是喜欢吃火锅，尤其喜欢吃麻辣味的。

男生女生，自觉地分开上桌，和要好的伙伴坐到一起，挑选喜欢吃的菜，心里都美滋滋的。每次，吃得肚子装不下了，才撂下碗筷。

老人也没有亏着，周三午饭雷打不动的清汤羊肉，肉煮得烂，不怕咬不动。

“一碗羊肉汤里，清香的蒜苗和香菜绿绿地飘着，肉片和肋条骨头搭

临夏市新华小学的部分同学参观州福利院孩子的宿舍。

配着，肥瘦相间。喝一口汤，咬一口花卷，特别香。调料也适当，不咸不麻。再吃一片羊肉，生活赛神仙了。”甘线柱老人说着，喝了一口羊肉汤。

“娃娃们吃火锅，我们不爱吃，我们吃这个好。”老人说。

侯旭祖看着老人们喜滋滋的神情，他也高兴。对于院里的老人，哄得高兴不高兴，乐意不乐意，还需要技巧，既要掌握好他们的需求，还要了解他们的喜好，也是一件难事。

## 五

马金凯（化名）在看《爸爸去哪儿》，看到乐处他也乐着，看到姐姐哭，他还笑话。可是看到那些明星爸爸带着自己的孩子，参加活动，并一起玩耍，再看看自己。鼻子一酸，眼泪吧嗒吧嗒掉个不停。

“唉，怎么了?”同宿舍的王怀贤（化名）发现马金凯掉眼泪，用胳膊肘碰一下马金凯。

马金凯今年 11 岁，虽说是五年级的孩子，可是老爱哭鼻子，尤其看到别的孩子与爸爸妈妈一起开心的画面时，他总会哭。

王怀贤只比马金凯大一岁，但是他比马金凯坚强。

“走，我们去打乒乓球。别看了，我们不能与这些娃娃比，我们会的比他们的多，我们上电视的话，比他们能呢!”王怀贤悄声劝马金凯。

“走，走，走。”王怀贤将手臂搭在马金凯的肩头上，悄声劝说。

马金凯抬腕，用手臂揩掉眼泪，没有吭声，跟着王怀贤起身，悄悄地出了电视房。好多同学没有发觉他们的离开，依旧七嘴八舌地议论着，跟着电视画面里的情景一起笑着。

“你不要再想了，你看，我连我的爸爸都没见过，你比我好多了。”王怀贤的右臂依旧搭在马金凯肩头。

“嗯。”马金凯从鼻腔里发出低低的应声，跟着王怀贤下楼。

马金凯爱哭鼻子，看到同学的爸爸妈妈，他总是掉眼泪，也怕被问到自己的爸爸妈妈。但是王怀贤就不一样，他从小就接受了事实，跟着爷爷奶奶过日子，不怕别人知道自己的身世。

马金凯和王怀贤同年来到福利院，马金凯是回族，他是汉族，俩人很快成为好朋友，即使没有分到一个宿舍，可是上学、吃饭、玩耍都在一块，成了形影不离的好朋友。

谁说孤儿没有好朋友？谁说孤儿性格一定孤僻？谁说孤儿学习不好？马金凯是英语课代表，马依帆（化名）是副班长、语文课代表，学习成绩好。

马金凯和王怀贤在院子里碰到马依帆。马依帆一看马金凯的样子，就知道原因了，对马金凯说：“你是男子汉，应该坚强些。我们都一样的。”

马金凯有点不好意思了，挠挠头，拉着王怀贤，绕过马依帆跑向健身器材。马依帆也不说什么，回头看看，走向马麦燕（化名）。

马宁是熟知这些的，自从来到州福利院，他先了解老人的情况，而后仔细地了解院里每个孩子的家庭状况及他们的性格。他只是观察，仔细观察这些孩子们的成长，除非必要，像这样的情况，他不会出面，也不需要院里的工作人员安慰，孩子们会相互安慰。

马宁在院子继续转悠，他知道马麦燕又感冒了，也知道医护人员开了感冒药。马麦燕的个人卫生搞得一般，尤其一感冒，总是流鼻涕。

“马麦燕，又感冒啦?”马宁听到马依帆与马麦燕说话。

他站在不远处，假装没看到他们。

“你呀，怎么又感冒了?”马依帆给马麦燕拉拉衣服。

马宁看到，马依帆伸手给马麦燕擦掉了鼻涕。他心里一阵感动，这些进院前素不相识的孩子们，他们的身份是孤儿，一个“孤”字，蕴藏了多少的无奈，他们无法选择自己的出身，可是他们在福利院这个大家庭里成为兄弟姐妹。马宁感动的同时，他也感到欣慰，“院民互助”的课，上得好，也上得有成效。

就像他看到的马依帆，对于比她小 3 岁的马麦燕，她俨然是个大姐姐，她不仅没有嫌弃，还用自己的手背给马麦燕擦鼻涕。虽说擦鼻涕的一幕只发生在瞬间，发生在不到一分钟的时间里，可是细想，那是什么感觉……

马婧凤（化名）是生活在福利院中的孩子之一，几年前她来到这里，在老师和同学们的关心下，性格也变得开朗了，不再像以前那么自卑，学习生活也安定有序。福利院的老师们对马婧凤也很关心，有什么困难，他们会像对待自己的亲人一样，给予无私又伟大的爱。

福利院里大的孩子转眼 18 岁了，考上大学的，去职校就读的，或是离开福利院，步入社会的，都像地里的韭菜，割掉一茬又长出一茬来。

有人感慨：多么希望福利院里没有孤寡老人，多么希望福利院里没有孤儿，多么希望福利院只是个摆设，没有残障人员……

## 尾　声

秋后，不管年成好坏，丰收的喜悦总是挂在每个人的脸上，侯旭祖也不例外，院里的老人孩子也是，总是开心在秋天。

侯旭祖也被感染着。2014 年 8 月 10 日下午 5 点，他在办公室思考如何给院里争取点经费，好改变一下环境。

“嘭嘭嘭，嘭嘭嘭。”一阵急促的敲门声传来，打断了侯旭祖的思路。

“进来。”侯旭祖大喊，他以前说话声音小，现在成了大嗓门。也由不得他，院里的老人有的耳背，与他们说话必须大声，要不然没法交流，时日一久，他的嗓门不觉间大了。

门掀开了一条缝，侯旭祖还纳闷呢。突然，门大开了，马明（化名）一闪，随即关门，手里拿着一样报纸包着的东西，走到他的办公桌前。

州福利院的孩子们以表演《感恩的心》表达感谢。

吟唱《感恩的心》。

“叔叔，我给你拿的洋芋，新洋芋，刚煮熟，还热着，你吃。”马明把报纸摊开在他的桌上，抬右臂擦了一下额头上的汗。

5个洋芋，散着热气，一个上面还沾了报纸上的一行字。侯旭祖站起来，嗔怨：“你家远，还给我拿洋芋，我有洋芋。”

马明憨憨地一笑，挠挠后脑勺，笑笑，也不说话。

“你没吃吧？”侯旭祖问马明。

“吃了，吃了。”马明边答边后退。

“你肯定没吃。来，咱们一起吃。”侯旭祖从桌后绕过来，在马明肩膀上轻拍两下，对孩子的真心表示道谢。

看着孩子渴望的眼神，侯旭祖接受了马明的心意，与马明一起坐在沙发上，一人一个洋芋，剥皮就吃。

一个熟洋芋，还冒着热气，让侯旭祖吃得不是滋味。马明看着侯院长吃得极香，也没了拘束感，边吃边告诉侯旭祖，洋芋是他奶奶从地里挖来的，他帮着洗的，煮熟后他挑了5个好的，用报纸一包，跑来的。

就着洋芋话题，两个洋芋下肚，马明去宿舍了，侯旭祖却无心思谋经费的事，他忽然觉得自己的付出是值得的，站在窗前，感觉到从没有过的轻松。

“笃笃笃。”又有人敲办公室的门。

这次来的依旧是个孩子。这个孩子居然给他带来了煮熟的苞谷。他不知道说什么，只说谢谢。

那天，还真是邪了，以前，给他和同事们送个梨、送个馓子的老人和孩子有，但是那天人特别的多。

侯旭祖不会拒绝孩子和老人们送的熟洋芋、熟苞谷，那不仅是孩子们的心，也是孩子爷爷奶奶的心意。

有一天，县民政局的老同事过来谈工作，俩人还在办公室，马索菲娅敲门后就进来了。老人家拿着一个锅盔馍，放在桌上转身就走。

侯旭祖起身喊着："哎，哎，等一哈，等一哈！"老人却没有停下，扔过来一句话："亲戚送的馍馍，院长你换个口味。"说完出了办公室。

同事还调侃侯旭祖，侯旭祖不知说什么好，结果，院民董幸福也来了，居然拿着两个香瓜。

"院长，我没有什么好东西能给你，你对我们好，我今个从街上给你买了两个金蛋（香瓜），你吃个啊。"

州福利院的孩子们在相互交流。

侯旭祖一愣，随即沉默了，眼角闪过一丝感动。

“你花这钱干什么?”侯旭祖责怪董幸福。

“你看你说的，我在院里白吃白住，你们操心得这么好，我过的比起庄子里那些有儿有女的老人要好好几倍呢。这辈子没有个儿女，自从进了福利院，你们对我这么好，我去一下庄子，庄里人羡慕我吃得好，穿得好。我想了几天，没有好送的东西，两个金蛋，你们吃个。”董幸福说着居然声音颤抖，哽咽着用手背擦眼睛。

侯旭祖不知该说什么，拉着老人的手臂说；“巴巴，你怎么成了外人，我们是一个家里的人，你花冤枉钱干什么?”

老人也没有解释，但是侯旭祖懂得……

幸福是什么？幸福的样子又是什么样的？如何才能幸福？这些看似简单却难有标准答案的问题，想必每个人在不同的年龄段有不同的答案。从出生到蹒跚学步，再至耄耋老人，其间经历了人世间的风风雨雨，每个人对幸福的要求不一样，所以幸福指数也不一样。

对于孩童而言，有个快乐的家庭、快乐的童年，衣食住行与同龄人相差无几，学习还好，日子就是幸福的。然而，对于老人来说，幸福却成了一个难以定义的词语。儿女绕膝，有事可做，有人陪伴，有人疼爱，比起孩子们的幸福，老人们的幸福更为单纯和简单。可就是这样简单的幸福，也不是每个人都会享有的。

福利院的工作人员面对老人和孩子，让他们的老憨憨和小憨憨能与幸福的家庭一样享有幸福时，他们是幸福的！

马宁、侯旭祖等人，也得到福利院老人和孩子们各种方式的感谢。办公室的床单下，过些日子总会压着一沓鞋垫，所绣的图案大红大绿，雅俗并存；会得到一张贺卡或是几颗糖；走上工作岗位后的孤儿，时不时地回到福利院，或是以祝福短信和电话表达挂念。

最让人感动又心疼的，是有些小孩子，他们会送来他们最爱最喜欢的东西，眼睛里闪动的欢喜和怯意，那是他们表达爱时的幸福，也有怕被拒绝的担忧。他们收下礼物后，多半会开心地跑开或是哭了，每每那时，心再硬的人，眼圈也会红，也会湿润。

州福利院的孩子们放学后的娱乐之一是跳绳。

在临夏州一个个温馨的福利院里，一道道安逸的风景，描摹出其乐融融的生活，闪烁出我们中华民族仁爱、孝悌的传统美德；而曾被阴霾笼罩过一些日子的折翼天使们，在充盈爱心、孕育梦想的地方，呈现自由、纯真的童年剪影。

孤寡老人、孤儿、残障人士，面对他们我只是一个记录员，一个走访者，一个目睹那些老人和孩子的局外人，我很惭愧，我没能为他们做些什么，只有记录，用真心、爱心、耐心、关心记录福利院里的所见所闻……

祝愿那些福利院的老人们安享晚年，孩子们健康成长！

# 让爱在温暖中成为一首歌

一个人做与己无关但有意义的事，并坚持不懈是不简单的，那需要怎样的执着？

一颗心要拥有多大的勇气，在最美的年华坚持做一件事，那需要怎样的胸襟？

很多人，很多爱心人士，就是在坚持中升华着美好，在美好中充盈着坚持。他们很普通，也很平凡。他们是在平凡中塑造了不平凡，用言行让形象变得高大的人。

徐晓权就是这样的人。

海伦·凯勒说过：“任何人出于他的善良的心，说一句有益的话，发出一次愉快的笑，或者为别人铲平粗糙不平的路，这样的人就会感到欢欣。这是他自身极其亲密的一部分，以至使他终生去追求这种欢欣。”

徐晓权在追求欢欣，为临夏县先锋乡的大徐小学而努力，他以爱的歌谣谱写他的人生，也谱写着大徐小学的美好。

这是唱响在徐晓权和他的爱心朋友张文龙等人心中的歌，关于大徐小学的歌，一首首，一曲曲，在爱的温暖中绽放成一朵朵花，盛开在万顷塬的角角落落……

## 一

2017 年 5 月 31 日，星期三，初夏的风挟裹着温热，在大徐小学的操场上，与孩子们的叽叽喳喳一起欢快着。

“大大（伯伯）在台上。”

“哥哥要发言了。”

“巴巴（叔叔）今天看上去特别高兴。”

……

尽管老师们一再要求不许交头接耳，不许说话，可是孩子们还是掩饰不住高兴，对于熟悉的徐晓权，免不了偷偷议论一下。

孩子们说的“大大”“哥哥”“巴巴”，指的是同一个人——徐晓权。

徐晓权不是什么大人物，可是在临夏先先锋乡大徐村男女老少的眼里，他是大人物，他是大徐村的骄傲之一。作为从大徐村里走出来的青年，20 年了，徐晓权朴素的特质一点也没变，他谦虚恭敬的态度，让大徐村里的老老少少，对他喜爱有加。

大徐小学庆祝“六一”儿童节的活动开始了，与每年的庆祝活动不一样的是，徐晓权这次以朋友之力，改变了捐资助教的方式，给了孩子们一个惊喜。

徐晓权（左）与校长何建成一起欣赏毕业生赠送的手工纪念品。

“同学们，今天，我们迎来了又一个属于你们的节日。在阳光灿烂的日子里，祝福你们健康快乐地成长，愿你们好好学习，天天向上……”徐晓权言辞诚恳地发言。

掌声响起，大徐学校的师生，从内心感激徐晓权，因为徐晓权的引领和带动，因为徐晓权的奔走，这几年来，许多爱心人士为大徐小学兴起的捐资助学之风，已经在村里乃至乡里成为佳话，成为茶余饭后的谈资。

初夏的风，把徐晓权那句最简单的话语，送到了大徐小学的角角落落，就连操场上的麻雀都听到了徐晓权发自内心的祝福。

谁没有童年？谁不想拥有一个快乐的童年？谁不希望自己就读的小学环境优美，设备齐全？谁不想在窗明几净的教室里学习？谁不想自己的老师优秀？

大徐小学的孩子们也想坐在宽敞的教室里，希望有阅览室，希望上电脑课，也希望与电视上的孩子们一样，有自己的校服……

孩子们的希望因为有了像徐晓权这样的爱心人士，他们的希望变成了现实，他们可以穿上属于他们自己的新校服。

孩子们是无比高兴的，快乐的。

老师们也是期待的。

校长何建成更高兴，他喜滋滋地看看孩子们灿烂的笑脸，再看看老师们，还有参加学校活动的家长们，他感到幸福。作为大徐小学的校长，改变学校的校容校貌，提高学校的教学质量，给大徐小学的师生一个良好的教学环境，一直以来是他所努力和追求的。当他的想法逐步变为现实，当他的愿景成为事实，他比谁都高兴，比谁都兴奋。

下午的阳光正好，坐在操场里一点也不感觉到炎热，一切都在按部就班地进行。

“现在请我们的少先队员给我们的爱心人士佩戴红领巾。”主持人话音一落，那些孩子捧着鲜艳的红领巾上台了。

这是徐晓权第五次在大徐小学佩戴红领巾，他的内心是激动的，就好像回到了童年时代，就好像第一次戴上红领巾唱《少年先锋队队歌》一样，无比自豪。

少先队员上台，徐晓权等弯腰低头，认真地享受佩戴红领巾的过程。

激动是会传染的，在场的所有人在那一刻是激动的。

孩子们精心准备过“六一”的节目精彩纷呈，5 年了，每次，除了特殊情况，徐晓权一次也没落下。每次他都会带着他的朋友，带着朋友的捐资，与全校师生一起过这个有意义的节日；每次，徐晓权和他的朋友，都变换方式和形式，总是给大徐小学的师生惊喜。

孩子们穿上校服了，一个班一个班，整齐划一，何建成特别高兴，就像他自己穿上了品牌西服。

那天是个大喜的日子，尽管校服在会前都穿上了，但是孩子们还沉浸在喜悦中，摸摸自己的，然后动动同学的衣袖，再相互看看，相互夸赞，还窃窃私语。

“我们的新校服颜色比我表姐的好。”

“我今天穿上新校服，还要戴红领巾，今年的‘六一’真好。”

“我穿着新校服回家了，要用妈妈的手机照一张相片。”

……

年级不一样，孩子们的想法也不一样。

到了发放礼物的环节，别说孩子们，就是徐晓权和他的好朋友邓世勇，以及学校里的 12 名老师，都与孩子们一样高兴。

“谢谢。”

“谢谢。”

孩子们接过礼物，行队礼，言谢。此时，“谢谢”二字字重千金，因为那不是敷衍，也不是礼节性的，而是发自内心的感谢。

孩子们的喜悦感染着邓世勇，如果不是徐晓权，邓世勇怎么都不会想到会在大徐小学的操场上，面对大徐小学的师生和部分家长，一起庆祝孩子们的节日。

他侧身看一眼徐晓权，很是感慨，如若不是徐晓权，他与大徐小学没有交集，与大徐小学的师生没有任何关系，别说现在拿出 2 万块钱给孩子们买新校服，就是走走看看，也不会跑到大徐小学来。

邓世勇对徐晓权除了朋友间的感情外，又对他多了几分敬重。面对徐晓权这样一位心怀大爱的朋友，他也跟着做了一些有意义的事，是值得的。尽管看似不起眼，可是那种成就感是不一样的。

徐晓权看看自己的朋友，再看看堂兄徐拯坤，以及徐拯坤动员的马福祥，他很欣慰，他是从心底感谢，感激几年来对大徐小学捐资助教的朋友们，因为他们，大徐小学兴起的捐资助学之风，被夸赞，被传颂。

他的母校——大徐小学，近几年来，在他的努力和那么多仁人志士的帮助下，已不是昔日光景，而是让村人满意，让老师尽心尽力教书育人的一所小学。

浅蓝、深蓝、纯白，不一样的设计，校服上衣胸前的“大徐小学”，背部的英语单词“sports”，以及双臂和裤脚处的设计，都很有创意。

清爽，有清风拂面之感。

所有在场的人，徐晓权、邓世勇、徐拯坤、马福祥，校长何建成、老教师潘尚博，大徐和徐马两个村村委的人，还有前来观看孩子们“六一”演出活动的家长，及学校的老师们，眼里闪烁着不一样的光芒，那是发自

对于课外书的需求，徐晓权征求校长何建成的意见。

内心的，不是敷衍更不是假装。

他们目睹了大徐小学一路走来，得到的关注和关爱，他们是感激的。

徐晓权对有人质疑或是调侃他时，简单地答复："谁都知道，再穷不能穷教育，党和政府致力于发展教育，都知道'造福桑梓，功在千秋'，可是教书育人不仅仅是国家的事，不仅仅是学校的事，也是我们大家的事，我们的大徐村和徐马村能多走出一个大学生，那是我们两个村的财富。我们两个村的孩子不能输在起跑线上，我们的孩子，哪怕起跑得慢些，但是只要我们努力，尽一点绵薄之力，也是有意义有价值的。"

"一年之计，莫如树谷；十年之计，莫如树木；终身之计，莫如树人"。徐晓权和他的朋友们在用心为大徐小学的美好未来努力着。

每次去学校，每次提及大徐小学，徐晓权的思绪一下子就回到在大徐小学读书的情景，那个年代，别说没有校服，就是学校的课桌，都是破破烂烂的……

发放校服之后，17名精准扶贫户同学上台领取了夏河县玖盛商贸公司马福祥经理给每人资助的500元现金。

徐拯坤给一名父亲智残、单亲的特困生每学期资助500元的承诺。

初夏的风里，很多幸福的画面被定格，很多瞬间的微笑被铭记。

大徐小学，因为一些人的到来而变得美好，鸽哨滑过，欢喜被传递。看着可爱的孩子们，徐晓权的回忆被拽入，他在大徐小学的点点滴滴，像胶片一样闪过脑际，还有他18岁那年铭刻的故事，也渗透在记忆里。

## 二

9月，炎热渐渐淡去，烦躁也随之渐渐消弭。天高云淡，秋高气爽，风吹过来，田野里特有的味道，在肺腑生出温暖的感觉。徐晓权总是喜欢在这样的日子里，站在万顷塬上，注目一切。

2016年休假期间，徐晓权没闲着，他比上班还忙。至于忙些什么，熟

徐晓权利用休息时间在自习课上与孩子互动。

知他的人都知道，他在为大徐小学如何过教师节而忙。

9月1日，星期四，徐晓权站在老家的院子里，望望天，看看云，听听鸟鸣，伴随鸽哨划过的声响，心怀诗意生活的每一天，都变得那么美好。

陪父母说说话，听父母唠叨，对于徐晓权而言，是很幸福的一件事。令他喜欢听父母絮絮叨叨的原因之一，就是可以从父母的絮叨中听闻村里发生的事，以及父母讲述他们年轻时的事，陪他们一起回忆他们的人生，感叹时光飞逝。

每次回去，吃了母亲做的浆水面，便坐在院子里听父亲说话。徐晓权知道，父母在慢慢老去，自己的工作又特别忙，回家的次数相对少，所以休假了陪陪父母，听他们说说话，他心里会舒服点。

他们父子聊天已成习惯了，父亲给他讲村里的故事，他给父亲聊工作、家庭，还有所见所闻。

坐在院子里，炕桌上的两个盖碗茶，一个是他父亲的，一个是他的。他们父子喜欢刮碗子，春尖茶或是八宝茶，茶叶在茶碗里沉浮，喝几口，续开水，再刮再喝，感觉人生特别惬意。

天高云淡，院子里秋菊开得正好，徐晓权感觉特别美好，忙碌许久，能那样坐着与父亲喝茶、说话，是幸福的事。

他清楚地记得，2012 年的 8 月底，一个秋高气爽的日子里，他接到父亲的电话："给你说个正事，徐老师来我们家了，说了很多关于大徐小学的事，这个事你要放在心上。"

"你是我们大徐村里走出去的人，你们姐弟三个人都有出息，考上了学，捧上了国家的金饭碗，日子过得顺心。你们的日子过得好，你们的娃跟着你们享福，吃的喝的穿的都好，念书的学校也都好，我高兴。我的孙子们与村里的娃们比，一个在天上，一个在地下，没法比！"

"徐老师说大徐小学条件差，各方面比较困难，想让你联系一下村里走出去的一些人，支持帮扶一下。你要认真对待，不可马虎。"

"爸爸，我明白你的意思。我就给徐老师打电话，详细了解他的想法。"

挂了电话，徐晓权窃喜，他之前也有想法的，只是忙，没有提出更没有付诸行动，现在他的老师也有那样的想法，他觉得应该当回事去做。

徐老师叫徐永俊，是大徐小学的老教师，是徐晓权的小学老师。作为大徐小学曾经众多优秀的学生之一，徐老师觉得徐晓权是有担当的人，他相信徐晓权有能力做好帮扶大徐小学的事。

当徐老师目睹学区的其他学校举行捐资助教活动时，心里就揣摩，大徐村和徐马村走出去的人才那么多，无论是官员还是企业家，只要每个人出一点点的力，那么大徐小学的现状就会改变。他从学生中一个一个地捋，捋过来捋过去，最后选中徐晓权。他打算让徐晓权出面组织，为小学做点事。于是就去徐晓权的老家，把自己的想法道出。

徐晓权没有把父亲说的事置之脑后，而是在最短的时间里给徐老师打通了电话。

电话通了，一阵寒暄后，他们直奔主题："徐老师，我父亲打电话给我说了您的想法，您觉得怎样做合适呢?”

“你交往的朋友多，让他们出些钱，给我们大徐小学办些事情，花钱不多，但是对老师和娃娃们的意义大呢。”

“嗯，您说的我明白，我以前也想过，忙得没顾上。”徐晓权听了徐老师的话，也如实告诉他曾有过的想法。

徐老师继续说：“娃娃们也可怜，遇不到好老师。条件不要说跟城里的娃比，就是与学区里别的学校的比，条件差、老师们也没好心情教，一个个来了不到一年就调走了，娃们怎么能学好呢?”徐老师感慨地说。

“就是，就是。我们村的娃娃一个个也聪明着，应该有个好的学习环境，也应该有好老师上心地教他们。”

“如果老师们的心热了，不信不好好教，也不信娃们不好好学。”

……

他们通话时间较长，说的都是掏心窝子的话。

“好滴瓜（很好），你就当回事了做，一年只有一个教师节，一个儿

徐晓权时时征求村党支部书记和主任的意见和建议。

童节，你动员你的老板朋友们扶持一下。”徐老师很高兴，一再叮嘱徐晓权。

“嗯，我这两天联系，争取教师节慰问一下老师们，或者教师节后给学校置办些教学用具。”徐晓权满口答应。

随后，徐晓权就大徐小学的事，专门回了老家，与徐老师面对面交流讨论关于捐资助学的事。

徐老师、徐晓权的父亲、徐晓权，最初对大徐小学捐资助学的话题从他们三人之间开始了。一粒爱的火种，就这样相传开来，大徐小学的师生得了爱的温暖。

每每想起那天，与父亲、与徐老师坐在院子里刮着盖碗子说大徐小学的事，徐晓权的心情就很舒畅。他是热爱大徐小学的，因为他也是大徐小学里走出去的一名学生，他也在大徐小学的教室里跟着老师背过古诗、算过数学题、在操场上奔跑过，与现在的学生一样，每天准时到校，放学后打打闹闹地回家。

说起大徐小学的师资力量和硬件设施，徐晓权与徐老师一样，的确有些担忧，尽管学校里没有他们家的孩子，可是让村里的孩子输在起跑线上也是很悲哀的事。

学校在巷道里，坑坑洼洼的土路，一下雨或者下雪，别说孩子们头疼，就是大人们也发愁，更别说家住在临夏市的老师们了。

晴天满是土，雨雪天尽是泥，在那样的条件下，老师们还有心思继续留在学校已经很不错了，至于教学质量，好像不是多大的事，孩子们学得好不好，是孩子们自己的事了。

徐晓权听徐老师说那些话时，心里就在盘算，先与张文龙联系，好好谋划一番，先从庆祝教师节开始，慢慢对大徐小学进行捐资助学。

当徐老师与父亲的话题转到拉家常上时，徐晓权在心里思谋，一己之力解决不了任何问题，必须依靠大徐、徐马两个村的村民，只有大家齐心协力，才能不半途而废。

## 三

说起张文龙，徐老师倍感欣慰，他教过的那么多学生里，张文龙也是典范，作为甘肃省方圆拍卖公司的总经理，一位从徐马村走出去的人，张文龙也是村里的骄傲，他把公司打理得井井有条，生意做得如火如荼，回老家时常与村里人聊天、话家常，传递省城的一些信息，与乡亲们很亲近。

张文龙是个热心的年轻人，与徐晓权年龄相仿，年纪轻轻就有自己的公司，而且在兰州发展，由于他的人缘好，口碑在业界极好，所以事业顺风顺水。他是以一颗谦恭之心和感恩之心面对客户的，摒弃了生意场上逢场作戏的陋习，用人格魅力和真诚赢得信赖。

张文龙曾经也想过为大徐小学做点事，他也是大徐小学的毕业生，有能力为母校做点贡献，理所应当，但是他的想法仅仅是个想法，因为太忙了，等他静下心来想这件事时，学校不是放寒假就是暑假，时日一长，一些想法就弃之脑后了。对大徐小学他是有感情的，他没有忘本，他记得在大徐小学的点点滴滴，那会条件差没有办法，现在有条件可以改变现状，他是积极的。他也不愿看到村里的孩子学习条件比起其他学校的差，孩子是无辜的，他们没有选择的权利。再说了，那些孩子里有的喊他巴巴（叔叔），也有的喊他哥哥，即使没有血缘关系，都是乡里乡亲的，还是有情分的。

张文龙与徐晓权一样，内心是纯净的，也是朴素的，更是简单的，他忽然觉得有了归属感，有了踏实感。

东家有事、西家需要帮忙时，他会满口应承，尽自己最大的努力去做，不会拒绝或是推辞。缘于此，他备受乡亲们的敬重，大家喜欢他与喜欢徐晓权一样。

那天回家，徐晓权的心情久久不能平静，恰好张文龙打来电话，他们就在电话里简单说了捐资助教大徐小学的事。挂了电话，他的心更加坚定了，他很兴奋，几乎一宿没有合眼，在盘算，在思谋，在计划。

第二天，张文龙就来了，他没有食言。徐晓权也给他的朋友们打电话，请他们吃个便饭，商量个事。

事情就是这么简单，他的几个铁杆朋友都如约而至到他和张文龙邀约的地方，落座后，一听徐晓权的想法，也都动心了，都答应尽力帮扶。

徐晓权很高兴，张文龙也高兴，他们都很高兴能为大徐小学做点什么，很高兴携手做有意义的事。

他俩又联系了三位朋友，他们也是大徐村和徐马村的人，坐在一起，仔细研究讨论每人出资多少，具体以何种方式进行捐助。

“4000 块怎么样?”徐晓权提议。

“行，4000 块。”张文龙赞同。

“好。”他们的朋友也赞成。

5 个人每人 4000 块，合计就是 2 万块。2 万块钱是个不小的数字，给

徐晓权抽空给孩子们分享他的童年故事。

大徐小学的老师们过教师节没有问题。

事情就这样说定了。

徐晓权一高兴，多喝了几杯酒，但说话条理分明，没有夸大其词，字字句句都与大家心里想的无二致。他的酒意上来了，他的心开始变得柔软，由理性变得感性，为何大徐小学的孩子们下雨、下雪天上学还那么费劲？为何大徐小学的老师们遇到雨雪天要提前一天到校？很多个为何让徐晓权暗下决心，不管怎么样，要想办法把大徐小学捐资助教的事坚持做下去，不能半途而废，他不相信改变不了大徐小学的状况，也不相信大徐小学的学风会一直差。相反，他坚信不出两年，一切都会改变。

徐晓权也是开心的，他们在碰杯中，感觉到彼此的倚重。大徐小学将得到贵人相助，这些贵人不是别人，而是曾经坐在教室里写字、画画、做算术题，在操场上滚铁环的学生。

徐晓权觉得无论在工作上如何卖力，工作成绩怎样突出，也不及此

大徐小学的微机室里也有徐晓权的身影。

刻，为大徐小学做些事情有成就感。

就从那年开始，大徐小学被徐晓权和张文龙及他们的朋友关注。每年的“六一”儿童节和教师节，他们都会给大徐小学的师生一个惊喜。

2012 年的教师节，徐晓权、张文龙和他的朋友们带着为大徐小学老师们买的礼物去了，并参加了学校组织的座谈会。

那是一个诚恳的座谈会。先锋乡的相关领导参加了，大徐村和徐马村的“两委”成员参加了，学区的相关人员也参加了。

座谈会开得很成功，没有走过场。会上，大徐小学的校长及教师代表徐永俊等人，除了对徐晓权等人的捐助表示感谢外，也诚恳地提出了学校缺电脑、课桌、图书等实际困难。

面对座谈会上徐老师等人提出的困难，徐晓权和张文龙没有拒绝，而是答应逐步解决。

老师们的笑脸，学生家长们的鼓掌，让徐晓权和张文龙成就感满满。尤其张文龙，他内心更是激动。

张文龙没有想到，他们生意人有时候吃一顿饭就要花掉 1 万块钱，吃吃喝喝之后，偶尔会有一丝失落。但是现在只出了 4000 块，却让他有了成就感。

2012 年的教师节对于大徐小学意义非凡，对于徐晓权和张文龙等人也意义重大——大徐小学的师生首次迎来了爱心人士。徐晓权和张文龙等人在心底又悄悄开启了继续捐助的模式。

那次之后，在一次回村中，徐晓权与大徐村的党支部书记、徐马村的党支部书记，及村里有声望的徐仁等人小聚时，他们都对徐晓权和张文龙在教师节上的捐助很是感动，都一个劲地替村里人、替自家的孩子道谢。

酒过三巡，各抒己见，对大徐小学采取什么样的方式，又在何时进行帮扶，建言献策。

于是，两村的爱心人士，在徐晓权家，一起协商要通过改善办学条件，要以留得住教师、吸引住教师、引进来教师为目的，同时要激发起教师的工作热情、激发起学生的学习积极性，以及形成家长们尊师重教风气等举措，通过各界的力量，一步一步改变大徐小学的落后状况，慢慢提高教育教学质量，促进学校的全面发展。

改变大徐小学的状况是村里人都关心的，只是他们能力有限，一直没有一个好的方式方法，由徐晓权和张文龙牵头，对大徐小学做捐资助教的事，他们除了积极响应，出谋划策，还抱有希望。

村里人熟知徐晓权的办事能力，也知道他虽在临夏州上班，但质朴的品格和心性一直没变，没一点架子，凡事有求必应，从来没有拒人于之千里之外。

## 四

2012 年的教师节过后不久，当大家以为徐晓权和张文龙把学校缺电脑、课桌、图书的事忘了时，学区学校的账户进账十几万元，那是徐晓权

捐资助学大会一幕。

和张文龙等人筹措的，用来给大徐小学置办电脑、课桌和图书的钱。

让大家意想不到的是，那么多钱，十几万元！

回想起那次徐晓权和张文龙动员爱心人士慷慨解囊的过程，大家还记忆犹新，也对他们的热情捐助心存感激。

记得那次座谈会之后的一天，徐晓权和张文龙等人与学校领导协商后，决定为大徐小学购置30台电脑，筹建学校微机室，置办100套崭新的课桌椅、15套办公桌。

大徐小学的师生很兴奋，听到此消息的人也很兴奋，徐老师最高兴了。

30台电脑、100套崭新的课桌椅、15套办公桌，一台电脑5000元，30台就是15万元，全部置办算下来要20万元。于是，徐晓权和张文龙经过商量后，开始分头行动，给临夏市和临夏县的企业家（从大徐小学毕业的学生）一一打电话，把捐资给大徐小学筹建电教室的具体想法直言不讳地说清楚，并明示了一个人1万元的标准。

人间最真的心和最真的情无时不在，徐晓权和张文龙打了十几个电话之后，十几万就敲定了，不管出于对大徐小学的感恩还是对他们两个人的热心的回应，凡是接到电话的企业家们，没有推诿没有搪塞没有拒绝，3天之内就把钱打到指定的账户了。

他们的计划很周详，鉴于张文龙的时间比较自由，又是徐马村的人，所以具体事宜均由张文龙协调。

给学校筹建微机室，对于大徐小学是大事，而购置什么牌子的电脑，什么材质的课桌板凳等等，如何订购，如何托运，这些都不需要徐晓权和他的朋友们操心，做这些，张文龙特别在行。

接下来的日子，张文龙事无巨细，亲自上阵，去选电脑，然后与朋友们沟通，与大徐小学的领导们沟通，就像给自己家里添置家具一样，张文龙特别用心。

张文龙知道，每个人赚钱都不容易，爱心款更要一分一分细算，不能随随便便就花掉。

当电脑、课桌板凳、办公桌等购置齐全，从兰州一路托运到大徐小学的巷道口时，村里沸腾了，学校也沸腾了，孩子们欢呼雀跃，老师们喜笑颜开，村人都围在那里，像过节一样高兴。

村里像办喜事，学校像办喜事，其实就是在办喜事。电教室电脑的配置等各个方面来说在临夏县的小学中是领先的，是排在第一的。大家喜气洋洋，兴高采烈。孩子们跑进跑出的，村民也非常高兴，学校是他们大徐、徐马两个村的学校，上学的孩子是他们家的孩子，学校的条件改善了，受益的是他们的孩子，他们又怎能不高兴呢?

热热闹闹中，课桌凳被搬进了教室，办公桌被摆放在办公室，电脑也被搬进电教室。徐晓权高兴，张文龙高兴，他们的朋友高兴，校长高兴……就连大徐小学校园里的那些树梢都流动着喜悦。

“我们的新课桌真好。”

“我们有电脑了。”

“我们有书可以看啦!”

……

10月下旬的一个星期六，大徐小学来了一批客人：临夏县教育局的相关领导、先锋乡的相关领导、学区的领导，徐晓权、张文龙等人，学校的部分教师代表，还有大徐、徐马两村“两委”班子成员，学生家长和村里德高望重的人，一起见证了电教室的诞生，为之鼓掌，为之称赞。

此时，徐晓权和张文龙等人，心里的踏实感前所未有，十几万元的电教室成为佳话和美谈，他们为之付出的一切都是值得的。

那年，张文龙 31 岁，他用实际行动证明他的真诚，证明他的一颗真心。

电脑桌和电脑拉来的那天，徐晓权和张文龙留心到通往学校的路，一点也不好走。记在心里，思忖许久，但还没有想出一个好方法去改善。因为改造路要牵扯到很多村民的地，对于农民来说，地是神圣的，要无偿占有，思想工作比较难做。

找了个合适的机会，徐晓权和张文龙又坐在一起谋划，解决大徐小学师生出行难的问题，打算为学校铺设一条水泥路，好让师生们免受“晴天一身土，雨天一身泥”的难堪。

也是大徐小学师生们的运气好，恰逢国家实施的一些项目，只要村民愿意无偿让出自家的一些地，那么从学校后面开一条路是没有问题的。

这些活又是张文龙去做的。修路要征地，要拓宽，牵扯的农户较多，问题也很多。如何说服农户让出自己的地，对张文龙也是挑战。

他走访了解情况，而后苦口婆心地劝说。他说得很真诚："我的孩子在兰州，不会回到大徐小学来上学，我之所以出面做这些，因为我是大徐小学毕业的人，同时我也是徐马村的一员……"

"还有，你们又不掏钱，路修好了，你们家的孩子上学不需要你们送，下雨了也不怕滑倒，下雪更不怕，一切不都是为了自己的孩子吗?"

……

尽管有些农户同意张文龙说的，但是无偿让出自家的一些地，他们还是有些心疼，还是想不通。张文龙没有泄气，他理解村人的想法，土地就是庄稼人的命根子，如果换作他，也会那样。

事情没有就此搁浅，在大徐和徐马两村"两委"成员做了思想工作后，在张文龙真诚地再三劝说下，凡是关系到那条路的农户，最终都同意让出自家的地。

好事多磨，张文龙没有回兰州，公司的业务也由属下打理，他一门心

张文龙与群众交流修路事宜。

思为那条路忙碌。

修路的过程中，总是有些小插曲的，由于个别群众的不理解和阻挠，张文龙居然哭了。七尺男儿，为了一条路，为了与己无关的路，居然在人前落泪，那是怎样的一个场面？

那天，张文龙面对一位村民一时没有想通而处处阻挠、束手无策时，他当着许多人的面脱下鞋，让在场的人看。

袜子磨破了，露出了脚趾头。他可是一个公司的老总，本该在生意场上风风光光的，却为了一所小学的一条路如此狼狈。他看一眼自己裸露的脚趾头，感到委屈，落泪了，擦干眼泪，对着那位村民说：“我完全可以不修这条路，我的父母在兰州，我的孩子在兰州，我的家在兰州，我又不走这条路，我凭什么要在这里吃苦流汗的？还不是为了我们两个村的孩子吗？……”

面对张文龙，有些村民感到惭愧，他们觉得张文龙说得一点没错，他

送孩子们出校门也是徐晓权喜欢的。

一个公司的老总，为了改善别人家孩子的上学条件吃苦受累，他们有什么理由阻挠呢？他们被感化，开始全力支持张文龙。

想起修路及新农村建设的种种情景，张文龙感慨万千：“一个月天天跑来跑去的，我的别克车的行程达到 8 万公里，这在我的行车生涯里也是史无前例的……”

路修好了，徐晓权和张文龙无比欣慰，他俩看到师生和学生家长个个面露喜色，相视一笑，喜悦溢于言表。

田野，村庄，都让徐晓权和张文龙有满满的幸福感。他们热爱乡村，热爱他们的家乡。

日子就像一首歌，有高音也有低音。

让人生不留遗憾，让与群众的每一天都精彩成诗句，让时光在漫山遍野的花丛中愈加鲜红，徐晓权说此生足矣，张文龙说一切都很值得……

张文龙的一席话最是动情：“知识改变命运，看到大徐小学的改变，我的社会责任感强了，更有成就感了，除了高兴还是高兴。从一根小小的铅笔到书包，我们所做的都是有意义的事，我从孩子们的眼神读到了信任和感恩，我也从村民们的评价中肯定了自身的价值。尤其是村民们教育自己的孩子时说的‘长大要做徐晓权和张文龙一样的人，向他们学习，做一个有用的人’，每次听到这些我是幸福的。”

“还有，我们小小的善举，对村民的触动是很大的，他们在忽略一些小利益，不像以前，做事开始有顾忌，他们会主动参与到小学建设的一些具体行动中，他们参与的热情高涨，观念也慢慢改变……”

张文龙所言没错，大徐和徐马两村村民的观念在改变，不再认为教学是老师们的事情，他们也开始以感恩之心面对，用实际行动感谢张文龙他们所做的一切。

前些日子，张文龙收到了大徐小学全体师生的祝福，当张文龙又喜得贵子时，他们及时送上祝福，让张文龙感到温暖和幸福。

最让张文龙感到骄傲的是——他得到了临夏县教育局和先锋乡党委赠送的“捐资助教先进个人”的牌匾。虽说是一个牌匾，但是充分肯定了他的付出是值得的，同时也激励他不忘初心，继续捐助大徐小学。

日子如此美好，徐晓权和张文龙朋友之间的情谊因为大徐小学而愈加深厚，只要有时间，他们会坐到一起，讨论和交流各自的想法，那些想法都是与大徐小学息息相关的。

## 五

18 岁的时候，徐晓权与所有的少年一样，血气方刚，憧憬美好的明天。作为家里的男丁，他的分量很重。譬如作为一家的代表，大年初一去给本家的爷字辈、叔字辈磕头请安，是非常重要的事，因此，喝点酒也在情理之中。大爷家两杯，三爷家两杯，还有大伯，三叔四叔，一圈转下来，磕头请安倒是小事，每家的两杯酒，就能让大年初一的上午一晃而过。

大年初一的酒，喝得徐晓权轻飘飘的，但是惬意的是被长辈夸赞、祝福，并寄予厚望。

一一请安之后，徐晓权美滋滋地往家赶，他答应过奶奶，要用自行车载她去庙里上香，说好早点送她去，可酒粘住了他的手脚。奶奶等得着急了，再不去的话，庙门锁了，这一年的第一天就上不到香，怎么成呢？眼都盼绿了，才看到他晃晃悠悠地回家。

还不等骂，一个笑脸一声奶奶，老太太踮着小脚，乖巧地坐在自行车座上，紧紧地抓住他的衣裳，被他载着向庙飞去。

喝了酒，胆子也大，从奶奶坐上自行车后座的那一刻起，在赶到庙前的一小会时间里，一路飞驰。真幸运，庙门只是关了一扇，另一扇还敞开着，庙官提着锁子，准备关门上锁。一声阿爷，叫的庙官心里暖融融的，所以又推开了那扇门，让他搀着奶奶进庙，上香。

上香完毕，才捎着奶奶慢悠悠地回家。这是他的责任，从 18 岁开始，风雨无阻。

步入工作岗位，如他所言，临夏州 85%的山山洼洼都留下过他的脚

徐晓权为需要哪类课外书而征求孩子们的意见。

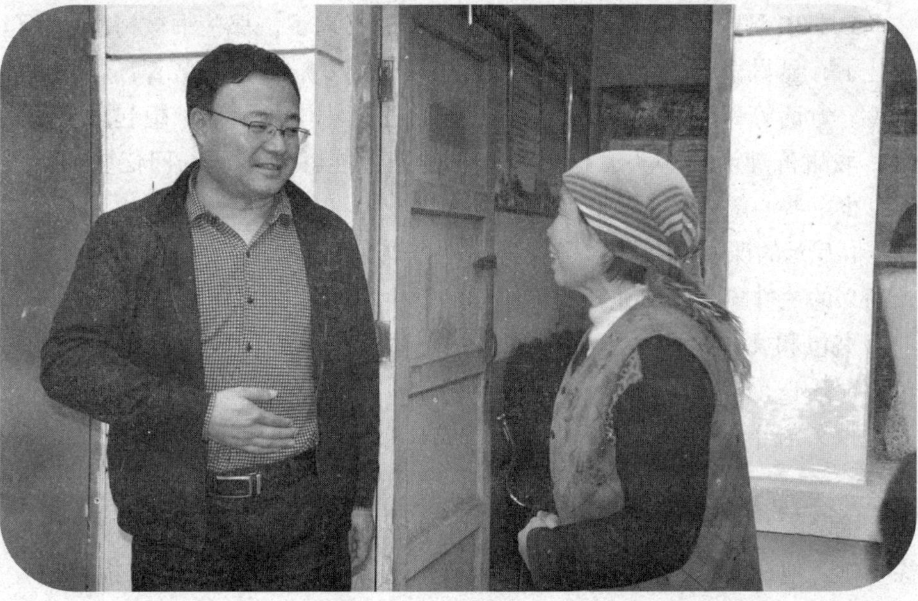

徐晓权与个别孩子的家长谈心。

印，无论勘查项目还是地质勘测，行走成为家常便饭。这样的生活经历，积累了他能挑大梁的经验，也让他接触到了底层最真实的生活。

四季里，徐晓权都在忙碌，他本是一个闲不住的人，即便下雪天他也是有事干的。

那年的那一场雪，终于在很多人的期盼里，翩翩而至。

一切就在雪落的那刻活泛起来，包括一些感受。

“雪来得真是时候。”徐晓权对着沸沸扬扬的雪花感慨，那一刻他的心境仿佛在瞬间凝固，及至一片灿烂。

春花谢了，牡丹花儿芬芳之后，芍药又上演着柔美，日子很温馨，孩子们在数着日子，盼着“六一”儿童节的到来。

2015 年 5 月中旬，在“六一”儿童节到来前的半个月，张文龙抽空回临夏，与徐晓权、何建成一起商议：儿童节给大徐小学的孩子们买些课外书、书包和学习文具，给老师们也送一份纪念品。

如此商定之后，何建成等着“六一”儿童节的到来，而张文龙在百忙中还是亲自去了西北书城为孩子们挑选书籍。

5 月 30 日这天上午，张文龙带着他买的书来了，那些书被精心地用丝带扎了，显得喜庆。《小学生作文选》《红楼梦》等四大名著，还有世界名著、童话等等，他看着那些书，想起自己读小学的情形，想起自己的童年，酸甜苦辣涌上心头。他感到开心的是他能够使孩子的回忆多一点温馨，少一些心酸。

1 万元的课外书，让孩子欢喜，也令老师开心。能读课外书是多么让人高兴的一件事，张文龙让大徐小学的学生有了读书的喜悦。

书包和文具，每个学生都有，一个都没有落下。孩子们摩挲着新书包，很开心。

张文龙开心，徐晓权开心，何建成开心，师生们开心，在场的家长们开心……

徐晓权与张文龙一次次地让有爱心的企业家朋友，一次次出手相助大徐小学。他让朋友们帮忙时说的话很有水准，让朋友们不好意思拒绝。

“要那么多钱干什么啊？还不如拿出一桌饭钱，给大徐小学的师生们

徐晓权与孩子们的家长交流。

改善一下条件。我们大徐、徐马村可是有名的文化村，对大徐小学的友情赞助是可贵的，助学是很荣耀的，如果不是我，你们想拿出你们的钱捐资助教，还找不到这么好的文化村。

你们想想，2 万块钱对你们来说是小意思，可是拿出 2 万块钱，给大徐小学买课桌、电脑，那是无价的，大徐小学的师生会感念你们，会记得你们的好，大家也会感激你们的。

为教育出力出资是高尚的事，虽然大徐小学的师生与你们没有直接的关系，但是你们用爱心温暖了一颗颗陌生的心，让他们得到关爱和帮助，想想这是多幸福的事。

因为你们，我们大徐小学的孩子们受到良好的培养，将来有出息了，反过来他们也会帮助需要帮助的人，传承你们给予他们的帮助，让善意传递，让爱传承。想想这样的功德，现在所做的难道不是最有价值的吗？”

……

徐晓权的那些话，令他的朋友们受到感染，受到鼓舞，都积极响应他的倡导。

儿童节送书之后，2015 年 7 月份，他们又筹措到 3 万元，给学校购置了书柜、阅览桌，建立了阅览室，在校园里安装了校园广播，购置了两台电脑；教师节上，又动员甘肃嘉盛路桥工程有限公司第三项目部的李志强总经理捐赠 2 万元用于教师节的表彰奖励。

……

往事历历在目，徐晓权想起为大徐小学做的点点滴滴，心里温暖，也很踏实，更有成就感，他以自己的人格魅力，为大徐小学做了力所能及的事，尽管做得还很少，可是他在努力，在坚持。

朋友们熟知徐晓权的初心后，有时候会调侃他："你就是名副其实的'编外校长'，叫你徐校长吧？"

徐晓权笑笑，他心里装得多着呢，"六一"儿童节怎么过，教师节怎么过，暑假让老师们去开眼界，这些都在他的微笑里萦绕。

一个人的人格魅力会影响很多人，会带动更多的人去做有意义的事，徐晓权的朋友们通过他，帮到了大徐小学，精神上得到升华，体会到做公益事业的价值。

"这份心操得多了，是值得的，做有意义的事特别踏实，没有失落感。"

"多有成就感，为娃娃们掏点钱，应该的。"

"2 万块钱不多，花在点子上了，心里舒坦。"

每每此时，徐晓权习惯性地会扶一下眼镜，双手搭在一起，哈哈一笑，肯定了朋友们的肺腑之言。

## 六

5 月，万顷塬上的牡丹花儿争相盛开，在香气浓郁的日子里，徐晓权的心里涌动着满满的幸福感，他依旧会抽空回老家看望父母亲，也会陪父母去徐亚宁爷爷的牡丹园里赏牡丹，让父母开心。

每年如此，一年都没有落下。

"爷爷，快到'六一'了，我们又有新书包了。"徐亚宁高兴地告诉爷爷徐仁。

徐仁在侍弄牡丹，他打算给最大的那株牡丹支个凉棚，让牡丹不受日头和风雨侵袭，花期长些。

“亚宁，你们就这么喜欢过‘六一’啊?”徐晓权听到了徐亚宁的话，问他。

“哥哥，同学们都盼着呢!”

“嗯，你们喜欢就好。”徐晓权摸摸徐亚宁的头，很高兴。

“娃娃们这几天就喊着，都等着呢。你说你们的鼓励对娃娃们有多重要，亚宁的同学们来喊亚宁去学校，说的就是儿童节你们要送新书包呢!”徐亚宁的爷爷又补充了一句。

徐晓权没有想到，孩子们盼望过“六一”儿童节的心情如此强烈，虽然很多家庭条件并不差，买自己喜欢的书包没有任何问题。

牡丹花儿开得正艳，粉的，红的，很娇艳。徐仁一边热情地招呼徐晓权的父母，一边对徐晓权说：“亚宁有3个书包，他换着背呢。”

徐晓权盯着一朵牡丹在思谋：要不变一变，不买书包了，别的学校的孩子们有校服，大徐小学的孩子们没有，校服应该比书包和文具更受孩子们喜欢，估计老师们也喜欢。有校服了，举行个仪式，或是广播操比赛，看上去整齐。

他办事干脆利落，不喜欢拖泥带水，于是先打电话给何建成校长，征求他的意见。何建成除了惊喜还是惊喜，他们老早就想着孩子们能有套校服，也想了一些办法，无奈力不从心而搁浅，既然徐晓权提出来，作为校长，他不高兴才怪呢!

徐晓权的优点之一就是：他不会在一棵树上打枣。所以，他联系了在甘南打拼的朋友。

于是出现了“六一”儿童节上孩子们穿上校服庆祝节日的那一幕。

关于徐晓权一次次为大徐小学所做的点点滴滴，大徐、徐马两个村的人都知道，大徐小学的师生都知道，何建成心里跟明镜一样，知道徐晓权的良苦用心，所以，当学校的硬件都比学区的有些学校好时，他觉得没有理由再让学校在各方面都落在其他学校的后面。

一切开始慢慢改变。

2012年来到大徐小学当老师的何建成，深切地感受着学校的变化，他也知道在徐晓权和一些爱心人士帮扶之前，学校的状况别说学生的家长担忧，就是他也有着隐隐的担心。

三年前，大徐小学由于地理位置偏僻，交通不便，校园没有硬化，下雨天师生两脚泥，连续晒几天尘土飞扬，破旧的课桌凳、破旧的办公桌椅，没有电教室，硬件条件很差。教师严重紧缺。在大徐小学任教的许多教师是民办转正的老教师，而且一些教师时刻做着离开学校的打算。教学质量较差，学校的校风、教风一般，2013 年综合排名倒数第一。

老师如此，学生也不思进取，得过且过，作业书写潦草，学习上没有紧迫感、责任感。

因此，大徐小学成了先锋学区内的脏乱差学校，社区群众的抱怨声很大，学校成了令学区领导和社区爱心人士最头疼的地方。

如果一所学校成为令人头疼的地方那是多么的悲哀，谁愿意在那样一个环境里工作，谁又会在那样的环境中好好学习呢?

然而，徐晓权和他的朋友们改变了那些不堪，那些不堪在潜移默化中改变。

徐晓权在阅览室与孩子们一起阅读。

学校教室里除了有新课桌凳、电脑，有了阅览室，有了课外书籍，同时，校园操场红砖铺就，还有通往学校的巷道，也被硬化成水泥路。

令人更高兴的是，2014 年深秋，徐仁从自家的牡丹园里挖了 1000 多株花树，送给学校，在他的指导下，一株一株栽植在学校的校园里。由于是行家栽植，次年初夏，芍药就开花了，别说老师们看到高兴，就是孩子们，也会在芍药花前品头论足地站上一会儿。

令人欣喜的是，孩子们在悄悄改变，不仅学得好，而且思想品德方面也有了大转变，教师节那天，他们自己掏钱买了彩色气球，挂在教室，还在黑板上写下祝福的话。老师走进教室就有感动，感动孩子们的祝福，也感动孩子们的用心。

不仅如此，孩子们写作文的水平明显提高了，他们通过阅读那些作文书、漫画书，作文写得得心应手，不再像以前语句不通，或像记流水账一样。

……

大徐小学的改变，让人意想不到。

2016 年的中秋节前，六年级的杨凯下午到校时，居然往班主任的办公室提了好多水果——红枣、葡萄、苹果。

“杨凯，拿水果干什么呢?”

“马上中秋节了，我妈妈让我带给你们吃。”杨凯一边回答，一边放下水果跑了。

杨凯跑出班主任的办公室时，眼睛里闪着兴奋的光，脸蛋红扑扑的，显得特别高兴。

他因为他妈妈让他给老师送了一些水果而兴奋，他的兴奋一方面来自他对老师的敬重，另一方面来自他妈妈对老师的尊重，他高兴自己的妈妈那样做。给班主任送水果，只有他的妈妈想到了，他多自豪啊。

就在杨凯送过水果没多久，何建成的办公室里又有家长送来了一箱啤特果，说是自己树上的，不值几个钱，让老师吃。

果皮发黑的啤特果，一个个散发着独有的香味。

这样的例子多了，与之前没法比。前几年，孩子的家人怎会对老师如此呢？在背后议论，除了失望还是失望，哪有喜欢。

大徐村主任徐文英心里也有“一本账”：“大徐小学的大变样，离不开徐晓权、张文龙和他的爱心朋友，他们掏钱给娃们送书包和学习用具，还给老师们过教师节，尤其是买课桌凳、电脑、买校服，这些使大徐小学变化很大。另外，村委会也是大力支持学校建设，该出力出力，希望将来在徐晓权的带动下越来越多的爱心人士加入到大徐小学的‘捐资助教’活动中，那样的话不愁大徐小学没有进步和发展。”

大徐、徐马两个村有800多户，3500余人，在那样大的两个村子里，大家对大徐小学由前几年的失望到现在的信心满怀，都经历和目睹了徐晓权等人为学校所做的种种。

“2016年的教师节，徐晓权联系一些企业家，由他们出资让老师们去西安旅游，还请我们村的‘两委’班子成员一起去，我们忙，没去。让老师们开眼界是好事，这样的好事只有大徐小学的老师才有……”徐文英说得诚恳。

徐晓权与学校老师们交谈。

何建成每次回忆起那次去西安的旅游，仿佛刚从西安回来一般，津津乐道，让听的人好生羡慕："那次，我们全体老师加上退休教师，一共16人，西安5日游。从来没有旅游过的退休老教师们特别高兴，大雁塔、兵马俑、华山等景点，一个不落地都去了。我们离开家时只拿了换洗的衣服，其余的一概不管，徐晓权和他的朋友付钱给旅行社，导游安排了一切，我们只是该浪时浪，该吃时吃，不操心地浪了5天。那次的旅行，让老师们开了眼界，扩大了视野，感觉有了底气。另外，老师们上课时讲讲在西安时的所见所闻，是对孩子们的另一种知识的补充。除了我们大徐小学的老师，哪有爱心人士这样给老师们过教师节的?"

作为校长，何建成提起这几年的变化，总是感慨万分，他的很多困扰和难题，都让徐晓权等人解决了。

在徐晓权和他的爱心朋友们的义举之后，家长、孩子、老师都在改变，那些改变发生在细枝末节上，相互的尊重，相互的喜欢，抹去了成见和不悦。

大徐小学取得的成绩是有目共睹的，2012—2013学年，学区第五名，1门单科第一；2013—2014学年，学区第三名，3门单科第一；2014—2015学年，学区第二名，7门单科第一；2015—2016年，学区第三名，一至五年级合格率学区第一，5门单科第一名；2016—2017学年，学区第一名，8门单科第一，4门单科第二，4门单科成绩进入了全县前十名之列，五年级英语全县第三，16门单科成绩均名列在全县前50名之内。

学校教师也取得了骄人的成绩，获得了许多荣誉：2014年，张文秀老师获得全国英语竞赛优秀指导奖；2015年，唐永霞老师被县委县政府评为优秀教师；2016年，韩月旻老师和潘尚博老师在"携手共建中国梦，民族团结一家亲"书画和征文活动中获得优秀指导奖；2017年，韩月旻和何建成被临夏县委县政府评为优秀教师，张文秀老师被县委县政府评为教学质量先进个人，潘尚博老师被临夏州教育局评为优秀班主任，何建成被评为先锋学区优秀校长，学校所有教师都获得了学区的表彰奖励。

学生取得的成绩也是有目共睹的，2014年9月，杨世娟获得全国英语竞赛小学组三等奖；2016年5月，王星星和王新月在"携手共建中国梦，

穿上新校服的孩子们。

民族团结一家亲”书画竞赛中分别获得一、二等奖；2016 年 12 月，王新月再次在“携手共建中国梦，民族团结一家亲”征文竞赛中获得优秀奖；2017 年 10 月，大徐小学附属幼儿园的石静姝参加“丝路情、冠军梦”甘肃省第三届体育舞蹈（国际标准舞）全国公开赛中，获得幼苗单人单项组一等奖。

今日的大徐小学，是一所值得点赞的学校，全体教师团结一心，积极地以主人翁的姿态奋战在教学第一线，工作上兢兢业业，一丝不苟，为巩固和提高成绩绞尽脑汁想办法；学生们心存感恩，以学好知识、练好基本功、考出优异的成绩才能回报许多爱心人士的资助为学习动力，同学之间形成了一股“比、学、赶、帮、超”的学风；教风、学风正了，校风好了，社区群众在徐晓权等爱心人士的影响和带动下，尊师重教已蔚然成风。大徐小学形成了校长苦抓硬逼，教师苦教苦追，家长苦供，学生苦学，社区群众积极配合协助，爱心人士大力赞助和支持的办学特色。

徐永俊老师是大徐小学的名誉校长，他虽然退休了，但是他依然牵挂着大徐小学，对自己的得意门生徐晓权为大徐小学所做的一切，除了欣慰，更多的是骄傲。他说作为老师，能有徐晓权这样德才兼备、富有爱心的学生而感到高兴和自豪。而徐晓权记着徐老师当初的嘱托，一直竭尽全力，在为大徐小学的师生们做自己力所能及的事。

徐永俊很骄傲，谈及徐晓权和他的热心朋友们的所作所为，他说作为大徐小学学生的一名家长，他不希望徐晓权等人的捐助会中断，希望继续保持他们的这一善举并发扬光大。因为这样的善举，鼓舞和带动着大徐和徐马两村的群众，使尊师重教的风气越来越浓，不需要谁组织或是提醒，大家会自发给老师送去自家的特色小吃，水果玉米、刚上市的新洋芋等。除此之外，学生难搞的卫生或劳动任务，家长们自发自觉地帮着去做，这些都是看得见的。值得一提的是，每当学校里的特困生遇到困难，学生们都自觉献爱心，家长们对于孩子的行为也很支持，捐助的金额较多，这就是爱心的传递，是善举的影响和带动……

一滴水可以折射阳光，一份爱会温暖所有，爱是最美的歌谣，是盛开的花朵。徐晓权、张文龙和其他爱心人士播撒的爱心种子，在发芽，在开花，在结果。

# 用梦想书写靓丽青春的歌者

读书的黎霞。

在临夏只要一提到海伦教育，提到黎霞，几乎众所周知。

黎霞创办的海伦教育，已成为临夏地区规模最大、拥有完善课程设置、师资力量雄厚、教学效果鲜明的专业英语教育机构。

黎霞不是一名简单的女子，不是一名普通的海伦教育教师，她是海伦教育的创办人、校长、名师，海伦特色教学法的研发者、专利获得者；是北京著名培训机构优秀培训师、《剑桥少儿英语》的口语考官、西北五省优秀民办教育联盟首席少儿英语师资培训官；是“首届临夏州十大青年创业奖”获得者，共青团临夏州第十二次大会代表、临夏州青企协会员、临夏州青年联合会委员，“临夏州青年岗位能手”“临夏州五四青年奖章”获得者，临夏州青年联合会常委、中国少年先锋队甘肃省第七次代表大会代表，“甘肃省青年岗位能手”获得者。

黎霞拥有很多桂冠，但她戒骄戒躁，埋头前行，根据经验和实践，调查研究后撰写出的理论文章——《如何提高少儿英语教学中的非智力因素》《少儿英语教学中的快乐活动性原则》等论文在省州级刊物发表。

10年之间，海伦教育从最初的48名学员到现有的2000多名学员，已培训优秀学员几万名。不仅如此，部分优秀学员还在省内外及全国的各类大赛中屡屡获奖，成为海伦教育的佼佼者，成为海伦教育的骄傲。

一部分、一些人、很多人，喜欢海伦教育，因为海伦教育所推崇的理念很特别，也很吸引人：海伦教育——不只是英语，让我们一起遇见未来！

让我们一起遇见未来！多么温暖的话语。

“万千孩子因为海伦成为更好的自己；万千孩子因为海伦遇见更好的未来。树立教育旗舰标杆，打造行业全新标准！”这是海伦教育的办学目标。

风起，花落，海伦教育幽香自然。

风起，花开，黎霞淡然依旧，情怀依旧，成为小城的歌者，吟唱着动人暖心的歌谣……

## 一

夏末的风，夏末的云，夏末的景致，都让人赏心悦目。黎霞沉醉于美好中，舒心地打量着狭小的学校，满心欢喜。

此时，黎霞的干练，沾染了海伦教育的喜色，军嫂独有的气质，在风中变得柔和，她的心头涌上无限的柔情蜜意。

女人的温柔在瞬间让云朵都有了无限的美好，决断、有条不紊、豁达，似乎与黎霞扯不上干系，她有的是温柔，连甩甩额发这样习惯性的动作都柔和了。她居然那般喜欢海伦教育的所有。

怎么不喜欢呢？海伦教育的点点滴滴，都有她的汗水和心血，比自己

黎霞在海伦教育第八届英文演讲电视风采大赛上讲话。

的家都上心。家似乎是客栈，她的身心都在海伦教育的发展上，她的心思都在那些学英语的孩子们身上。

因为海伦教育也是她的“孩子”，还是第一个“孩子”。

在老大与老二之间，她偏向于老大。

黎霞想到家、想到父母、想到公婆、想到丈夫、想到儿子，歉意又涌上她的心头。可是，站在海伦的任何一个角落，一切都那么顺眼，哪怕角落里的花花草草，都显得亲切和可爱。目睹自己辛辛苦苦与同事们一起打拼出的成果，她很欣慰，所有的苦都没有白吃，所有的累都不算累，所有流过的汗水，都是值得的。

夏收的季节，黎霞也收获着所有。

2016 年 7 月 10 日上午，黎霞又在校园里转悠，谋划拾掇拾掇院子。虽说院子有些小，可是打造的精致点、温馨点，让海伦教育里里外外散发独特的气息，是她所追求的。

黎霞想了好久，如何打造才能耳目一新，何时收拾最好。她一直思谋着。

暑假要集中上课，乘着暑假之前改变一下。为了让海伦有更好的发展，为了让第一次步入海伦的孩子们有一个好印象，必须在教室布置和墙壁张贴画上有所创新，有所改变。那样的话，不仅老师们有耳目一新之感，学英语的孩子也会感到惊喜。

黎霞的爱，简单，却点点滴滴渗透着换位思考的理念。

爱，就是一个特有的标签，稳稳又甜蜜地贴在孩子以及孩子家长的眉眼上。

爱，是一个符号，替代一切，满心欢喜地让黎霞成为一朵花，也盛开在专属她的岗位上。

环境可以影响人，更能造就人。黎霞超常发挥，费尽心机，与同事们商议，一项一项，尽可能地做到疏而不漏。

炎炎夏日，黎霞并没有因怕热而躲在家里发号施令，而是与同事们一起干活，裁剪、拼图、张贴、悬挂，直到所有的教室都焕然一新。她没说休息一天再干，而是与大家一起坚持，将想法逐一付诸行动。

晚上，黎霞和她战队的成员没有闲着，而是坐在一起，认真地讨论，认真地思考如何去做，怎样做才会做得更好。激烈讨论，充分发挥想象力，激发创造力，各抒己见，为把墙壁装饰好而做周密的安排部署，就像准备打仗一样。

就像一名看林人，也像一名巡视员，黎霞每天都要在校园里“巡查”，就像习惯了每天必须吃饭一样，巡查必不可少。

微笑洋溢在园中的每个角落，也绽放在每位老师的欢声笑语中。

让人世间的美妙，洋溢在海伦教育的每个角落，不管是孩子，还是教师，都能感受到温馨和美好。

享受世间的美妙是最真实的生活，一幅画，一个摆件，凡是生活中所见所闻的事物，黎霞会想方设法，贴上美的标签。

压力是动力，在压力面前，黎霞和她的同事们集思广益，把教室布置得简单又大方。

黎霞虽说年轻，但是10年来教英语的丰富经验，令她变成年轻的老教师，她有资格和资本给初学英语的孩子们输入简单又有意思的学习方式。

学英语的孩子喜欢，家长喜欢，黎霞和海伦的老师们更喜欢。

## 二

2016 年 7 月 30 日，星期三。与以往的任何一天没有区别，与以往每一个日子一样，季节赋予的美好，都在风中。

海伦教育与日常一般，一切井然有序。

盛夏的天空那么高远，深邃，澄澈的蓝天，衬托出的安静，让心变得安然。黎霞沉浸在这样的时刻，她的唇角浮起一丝微笑。

风吹过来，让她的额发起舞。她突然觉得一切都那么美好，那方天地里的一草一木，甚至孩子们下课休息的小院子也变得可爱了。

院子里安静，孩子们都在教室里。享受这片刻的宁静，很难得。每天，听孩子们叽叽喳喳的吵闹，听孩子奶声奶气地读英语，黎霞即使有偶尔的烦闷，也会被这稚嫩的声音感染，烦忧一扫而空。

一只鸟儿飞过，一些花儿依然在绽放，美好又安静。

黎霞，就是一朵娇艳的玫瑰，亭亭玉立，盛开在临夏大地。成为妻子，成为母亲，成为举手投足间渗透着成熟女性特有柔和光芒的职业女性。

作为海伦教育的校长，一位年轻的校长，黎霞用自己的方式行走，用自己独有的方式让海伦英语披上华丽的羽衣；用特殊的方式让前来学英语的孩子得到学英语的快乐。

工作是琐碎而平凡的，但她用自己的一片爱心和热情收获了丰硕的果实，痛并快乐着。

她突然想到从前，思绪一下子跳到 10 年前。

2001 年初秋开学时，黎霞拿着兰州教育学院实用英语系的通知书，步入大学校园，充分享受着大学生活。从临夏到省城兰州，从眼界的开阔到方方面面，黎霞像只小鸟，为找到飞翔的高度而兴奋。她暗下决心，一定要学到真本事，一定不能虚度大学时光，一定要有所作为。

黎霞在尽情地挥动双翅，为自己加油，为自己鼓劲，为振翅高飞做准备。她在汲取知识的同时，由着自己的性子把喜欢的英语尽可能地发挥到极致。

于是，在图书馆、教室、宿舍、食堂、操场，黎霞让英语的气息充斥在有她的角角落落。

双休日，黎霞不上街不看电影，不忙着谈恋爱，她的时间都给了自己的梦想。勤工俭学做家教，让她感觉到了前所未有的快乐，面对那些孩子，面对自己的角色，以及从孩子家长手中接过酬劳的过程，都使她对自我价值有了一个新的认识。

黎霞渐渐地喜欢上中小学生英语辅导的差事，她认为家教有挑战性，既锻炼了自己，又肯定了自我的价值。一次、两次，一名、两名，次数越多，学生越多。

黎霞渐渐摸索出了一套她独有的辅导方式。时日一长，开始挑战自己，用“创新”一词来诠释她的勤工俭学。

春风浩荡，黎霞的大学生活变得既充实又有意义。

2004 年 4 月 20 日清晨，黎霞醒来，窗外阳光明媚，推开窗户，清新的风扑面而来，黎霞内心突然很激动，在这么一个美好的清晨，她突然有了一个想法——创办英语教学部，让更多的人和孩子们学好英语。

阳光，风，让一切变得美好。

黎霞是不服输又敢于挑战自我的人，所以她要创办英语教学部的想法，不仅仅是个想法了，她要让想法变成现实。

于是，黎霞找到了与她一样有胆识和胆略的同学方玉娉，把想法一一道出，立即征得方玉娉的同意。两个女孩子一拍即合，开始着手准备英语教学部。

经过 20 多天的努力，黎霞和方玉娉两人联手创办的英语教学部蹒跚上路，开始接纳学习英语的学生。

美好洋溢和伴随的日子，一闪而过，转眼，毕业季到了。2004 年 7 月，黎霞以优异的成绩毕业，与千千万万刚刚走出大学校园的毕业生一样，开始面临就业的压力与选择，也面临着人生的抉择——留在兰州继续从事家教，把家教当作一项事业去做，还是回家乡当一名英语老师?

黎霞很迷茫，也感觉无所适从。在省城兰州发展无论对当下还是对将来，在开阔视野方面无疑是最好的，可是委身于家教，跑来跑去辛苦不说，想要有所发展似乎很难，因为无法发展，家教再好还是家教，局限性太大了。反之，凭着大学文凭，在临夏做一名英语教师，一点也不难，但是也没有什么特别之处。

黎霞不甘心在兰州做家教，也不甘心在临夏做一名英语教师，她有她自己的想法，她要以她的聪慧和特长，以所学的专业，开创一个新的天地。

当时，黎霞的父母都在临夏县一中从事教育工作，两位老人希望她能参加全州大中专毕业生到农村任教的招聘考试，做一名小学教师，捧上事业单位的饭碗。

面对父母的想法，黎霞陷入了思考。一方面，她不想辜负父母，不想拂了父母的心愿；另一方面，她觉得当时农村小学大多没有开设英语课程，自己所学的英语专业没有用武之地，大学三年辛辛苦苦学到的知识很快就会被荒废。

黎霞处于两难之地，无法选择。

在与同学聚会时，黎霞悄悄地了解了临夏地区少儿英语的教育现状，进行认真调查，发现临夏的英语教育比较薄弱。于是，经过一段时间的思想斗争，她做了一个大胆的决定——在家乡创办一所英语学校!

## 三

黎霞开始对创办英语学校做一些准备，她要打有把握的仗，要打赢这个仗，还要打得精彩打得漂亮，要让人刮目相看她的这场战役。

创办一所英语学校？黎霞的想法被闺密方玉娉得知，既惊讶又佩服，也很担忧，在种种无法预料的状况面前，该怎么办？如何去办？

黎霞却说：“我想自己闯一番事业，在家乡创办一所英语学校。”

方玉娉是黎霞的闺密之一，2008 年结婚后离开临夏，现在在烟台大学任教。她当初被黎霞的胆识所打动，所以大力支持，鼓励黎霞为实现梦想去奋斗，并愿意在时机成熟时一起创业，与黎霞并肩作战。

黎霞很感动也很高兴。

女儿毕业回家了，黎霞的父母喜笑颜开，她喜欢吃的饭菜都上桌了，黎霞高兴地举筷享受着，但对想创办英语学校的想法只字不提。

黎霞是个聪明的女孩，她知道什么时候提出最合适，刚毕业回家，休息两天，享受享受家的温暖和父母的疼爱，等那个喜气劲过去了，再摊牌。

刚回家的那几天，黎霞看望亲友，与同学聚会，可是心里却盘算着也等待着父母问她工作的事。

8 月 10 日这天的午饭，黎霞没让母亲进厨房，而是亲自下厨，蒸煮煎炒，用不怎样的手艺简单准备了父母爱吃的一桌菜。饭毕，在父母的赞许和欣慰中，黎霞摊牌了。

“我要在临夏创办一家专业的少儿英语教育机构，以‘海伦’命名。”黎霞一边瞄着父母，一边轻描淡写地道出想法。

黎霞在 2016 年中国少年先锋队甘肃省第七次代表大会上。

“什么？你要创办一所英语学校？开什么玩笑？”黎霞的母亲不同意。

“一个女孩子，当英语老师有什么不好，偏要办学校。学校是那么容易创办的吗？如果容易，比你优秀比你有本事的人多了去了，怎么不见有人创办？”黎霞的父亲也不赞同。

“我不想就这样平庸，我不甘心这样让青春虚度，我要挑战我自己。”黎霞表明自己的态度。

“一个女孩子，那么要强干什么？”她的父母怎么都不赞成她的想法。

“一个没有梦想，没有目标的人，一辈子碌碌无为，没有价值。我要让我的价值体现出来。”黎霞一再坚持。

这天的摊牌没有结果，黎霞有些郁闷。夜里失眠，她去客厅倒水喝，听到父母房间里的说话声。

“还是让丫头去干，她有主见，想干喜欢的事，就让她去干。”

“我也是这么想的。”

“我们表面上还是反对，这样可以磨炼磨炼她的意志。如果她坚持，说明丫头还真会创出一片天地。”

“就是，我们越反对，说不定她越坚持呢。”

“不过，她的想法是个好想法，有创意，应该有前途，值得试试。”

“那就让她去试吧！”

……

黎霞忽然眼眶湿润，她没有想到自己的父母看似反对，暗地里实则支持她，反对是在磨炼她的意志，变着法子给她加压。

她悄悄地回房间了，创办英语学校的想法更坚定了。

父母这样的支持方式，让黎霞很感动，但是她假装不知，面对父母的反对，坚持自己的坚持，开始托人物色教学地点。

黎霞的亲友们不知她父母的态度，以为老人坚决反对，所以轮流给黎霞做思想工作，开导她别钻牛角尖，安稳地做一名英语教师。还说创办英语学校不是简单的事，女孩子那么要强干什么呢？找个好小伙子嫁了，好好过日子。再说，父母不同意的事，不要坚持了，听老人的没错……

黎霞知道亲友们也是好心，也心知肚明父母的态度，尽管有时候有些反感，尤其是个别亲友的轮番轰炸，让她差点说出她偷听到的父母那晚的对话，但她忍住了。

她父母的态度没有改变，还是坚决反对。然而他们反对得越厉害，黎霞心里就越高兴，也愈加坚定了信心，揣着明白装糊涂，叫板得有些戏剧性。

有时候，黎霞面对父母的表现想笑，可是她忍住了，只是偶尔会笑着调侃他们，让他们别装了。

父母板着脸说："不同意就是不同意。"

她笑说："不同意就不同意，我不会动摇，我会坚持我的想法，很快会付诸行动。"

"就你能，你要能办成，天下能干的人都要饭去了。"

"安分点，还是当老师算了。再说了，这么长时间了，你只是嘴上叫喊，也没见你有什么实际行动。纸上谈兵的事，还是尽早算了。"她的父亲说话不留情面。

黎霞嘴上不说，心里嘀咕：等着看吧，我是实干家，不是纸上谈兵的演说家。

一天一天，一周一周，两个月过去了，两位在基层教育战线工作了一辈子的老人，从不支持到不管，由着黎霞折腾。

其实，他们是明智之人，也很民主，他们不愿看到孩子学非所用，所以对黎霞的想法心里还是赞成的，只是用反对激发黎霞的斗志，让她不至于半途而废。

亲友们看到黎霞不到长城非好汉的决心，因为不知黎霞父母真实的想法，所以私下里劝说黎霞的父母，说孩子只有尝到创业的酸甜苦辣和各种艰辛，才能理解家人的苦衷，或许才会放弃。

黎霞的父母对亲友的宽慰笑笑，只是说随她去，以管不了也没法管就不管了的说法和做法回应亲友的好心。

黎霞在行动，在奔忙着，得到父母正面同意之前，她很忐忑。两个月后，父母在家庭聚会上字正腔圆地同意后，黎霞给自己定了目标，也给自己鼓劲和打气，绝不能半途而废，绝不能让亲友笑话，绝不能辜负父母的苦心，绝不能遇到难题就退缩。

就这样，黎霞用实际行动在青春的信笺上写下壮美的诗句，令她的梦想变得触手可及。

## 四

秋花盛开，继而冬花也盛装出行。

黎霞特别忙，忙得忘记了打扮自己，忙得忘记了花前月下，忙得忘记了K歌、旅游、看风景、与同学们聚会，她的身心都在海伦英语培训班的事上。一天一天，忙得忘乎所以，忙得手忙脚乱，忙得没有心思去考虑别的。

她是个倔强的女孩，她不服输也不肯放弃理想和追求，她不愿意轻易撒手。

2006年3月20日，在康乐县附城镇的一所幼儿园里，黎霞在租来的一间教室里，迈开了海伦教育的第一步。

之前，黎霞有一些打工赚的钱，她一直没舍得花。租到幼儿园里的教室，也很不易。难题也随之而来，如何收拾教室呢？

她看着空荡荡的教室，有些茫然。

雇人雇不起，自己存的钱不多，要置办教具，到哪里去借钱呢？

她在教室里来来回回转了好几圈，盘算着如何才能降低开销。万事开头难，自己动手，苦些累些算不了什么，不吃苦怎么可以呢？于是，黎霞决定先不雇人，自己动手，实在忙不过来了再雇人。

倔强好强的黎霞，购买涂料，决定自己当粉刷匠。

她头戴报纸叠的帽子，身上、手臂上、脸上都沾上了涂料，像一只小花猫。初一看就是名副其实的刷墙工，谁也想不到居然是一名创业的女大学生。

累不算什么，博得尊敬才是黎霞想要的。

幼儿园的老师们看到黎霞自己粉刷教室，一个人忙来忙去，想帮她一把，可是不知道怎么去帮时，黎霞找到她们，索要她们做手工剩下的材料。

面对这样一个女孩，谁会忍心拒绝呢？好多老师都以自己的方式支持黎霞。黎霞抱着那些废旧材料，很感动。

站在焕然一新的教室里，黎霞笑了，笑得开心，笑得让人心疼。

洁白的墙壁，映射着黎霞憔悴的脸庞。风都怜惜黎霞，撩拨着她的额发，似乎让她腾出手歇歇。

自己制作挂图，别出心裁又独树一帜的风格，让幼儿园的老师很是惊讶，也很佩服看似弱不禁风的黎霞居然有那么强大的干劲。

飞雪飘飘的日子，黎霞的好友们在家享受温暖时，黎霞却在忙碌。她害怕心里有哪怕一丝的退缩，为了不让父母担心，就整天待在租住的房子里。

各项工作准备就绪，可是要去哪里招学生呢？黎霞遇到了她创业路上

黎霞与同事们在银川学习。

的第一个难题，没钱做广告，只能拿着自己设计印刷的招生简章在街头、幼儿园门口做宣传，却因为没有成功的培训业绩和不同于学校传统的教学方式，被家长们屡屡拒绝。

黎霞难忘那一幕幕……

“大姐，看看，英语辅导班，收费低。”

“大爷，给您孙子报个英语辅导班吧。收费很低的。”

“您好，请看看，英语辅导班。给孩子报名试试。”

“宝贝，想学英语吗？来姐姐的辅导班吧，特别有意思。”

“宝贝，喜欢学英语吗？”……

黎霞站在街头，或是在幼儿园门前，对接送孩子的家长、对孩子，发传单、动员报名。

“不，学英语干什么？”

“不报不报。”

“孩子还小，大一点再说吧。”

“嗯嗯，我回家商量一下再说。”

……

黎霞面对这样的拒绝，面对这样的疑惑，面对着这样的困境，没有退缩，反而信心满满。她想到父母的良苦用心，想到美好的明天，又鼓足勇气，反思之后，选择身边的朋友和认识的学生家长作为切入口进行宣传，每天无数次地重复海伦英语的教学理念，耐心解释办学思路和互动教学、体验教学、参与式教学的优势。

1名，2名，3名……终于，海伦英语有了第一批的16名学员。

那一刻，黎霞笑了，笑得自信，笑得开心，笑得幸福。既然有16名学员支持她的梦想,她不敢有丝毫的懈怠，而是给自己鼓劲，给自己打气，给自己加油，不辜负自己。

从布置教室到招生、再到开班讲课，黎霞在忙碌中度过。白天忙着招生，晚上制订教学计划。每一天醒来到入睡，很辛苦。在宿舍里，她尽可能放松，赶跑疲惫。有时，她也会哭会流泪，会委屈，想到遇到的种种困难，会消极，会难过，会有点懈怠。可是，哭过之后，次日醒来，她依然是活泼、充满阳光的，那些消极情绪被抛之脑后，又精神饱满，以全新的状态投入工作。

黎霞在附城镇站住了脚，让她的海伦英语培训班被很多人熟知。一些孩子家长，从持疑惑态度到满意，对她的能力竖起大拇指。

从备课到实际教学，她不敢有一丝懈怠。终于，海伦英语“兴趣+效果”的教育理念和全程英文授课的教学方式、肢体游戏等灵活多样的教学方法，受到了学生的欢迎和家长的认可。

冬去春来，黎霞的眉眼都渗透着甜蜜的微笑，成功的喜悦洋溢在她的言谈举止中，即使接个电话，她都感到快乐。

“你为何要在康乐县办辅导班呢?”大学同学不解黎霞的决定，书信往来或是打电话时问她。

“在康乐县办辅导班，当然有原因，一来我的老家在康乐县，相对于临夏市亲戚和熟人较多，可以借助亲情开拓事业；二来康乐县在洮河流域，文化教育氛围较浓。”黎霞的答复让她的同学对她有了新的认识，调侃她蛮有心计的，看得远，想法成熟，做法也有理有据。

黎霞没有辜负自己，她用耐心和信心，用实力在康乐县迈开了步子，迈出了稳稳当当的第一步。

接下来的每一天，都是那么的美好，黎霞沉浸在创业的艰辛和美好中，累得直不起腰也快乐着，乐此不疲地给孩子们教英语，以她在大学期间做家教的经验，摸索出自家独有的教学方式信心满满地教。

她像一朵玫瑰，在幽幽地开，静静地开。她的海伦英语培训班也是一朵玫瑰，一朵铿锵玫瑰，悄悄地盛开在一些孩子和家长的心底。

## 五

第一桶金的收获，让黎霞忘记了从早上 8 点上课到晚上 6 点的辛苦和艰难，也让她对今后海伦英语学校的发展充满信心。

就这样，挺过了最难的创业初期，黎霞迎来了希望的曙光。她自己也没有想到她的英语教学方式会受到那么多学生的喜爱，会得到家长们的认可。为了更好地适应教学形势，黎霞将眼光投向更远。她先后赴北京、上海等各地考察学习，开拓自己的眼界，借鉴外地办学经验为己所用。

康乐县海伦英语辅导班逐渐步入正轨，黎霞决定拓展更大的市场，将新的发展目标定位在了临夏州州府所在地——临夏市。

临夏市可不像康乐县，调查摸底并不简单，也不是一朝一夕的事。所以，在半年多的时间里，她奔走在康乐县与临夏市之间，对全市 10 多家幼儿、少儿英语的教学班、培训机构进行了摸底。

在调查过程中，黎霞发现当时所有的英语教育机构，采用的都是传统的教学方法，海伦英语如果凭借独特的教学方式进入临夏市，发展潜力巨大。

又是一个挑战，巨大的挑战。

黎霞做好应对各种状况的心理准备，于 2007 年初，让海伦英语进驻临夏市。

一切没有想象中的那样艰难，但也不易。已经有招生经验的黎霞，与她的同事们招到了首批 48 名学员，设立了两个教学点，开始拓展她的事业。

一切按部就班，一切得心应手，一切顺理成章。黎霞的海伦英语在临夏市掀起一股暗流，家长们抱着试试的态度，把孩子送入海伦英语。

意想不到的收获，意想不到的惊喜，令家长们对海伦英语信心大增，不用黎霞做宣传，家长和孩子们口口相传，生源不是问题。

面对眼前的美好，黎霞感到心安，也感到特别有成就感。可是她没有裹足不前，没有满足于现状，而是自我加压，准备去外地学习。

2007 年 9 月，黎霞远赴千里之外的北京，在集幼、少儿、成人为一体的大型综合性培训机构——北京巨人教育集团，学习最尖端、最前沿的英语教育。

在北京巨人教育集团学习期间，黎霞放下校长的身段，把自己当作一名普通的学员，全方位地学习英语教学的最新理念和教学方式。学得认

2016 年 7 月，黎霞在河西学院建立教师培训和孵化基地授牌仪式上。

真，学得踏实，学得充实。

学成归来的黎霞，对海伦英语今后的发展道路和办学理念有了不同以往的规划。

黎霞面向社会高薪聘请英语专业的大中专毕业生，建立了一支全新的教学团队。

面对输入的新鲜血液，面对高薪聘请的教师，黎霞既严肃又认真且诚恳地说：“希望每一位到我们海伦英语学校的教师，希望年轻又有高学历的你们，认真对待每一名到我们海伦英语学校的孩子。无论是幼儿园的还是初中生，都请给予爱，让孩子们喜欢你们，热爱你们。也希望你们都能掌握最先进的英语教学方法，成为业界中的精英。更希望你们在这种不断突破和提高的过程中，更好地实现自我价值，为今后的创业发展奠定坚实的基础。海伦英语学校不是我黎霞一个人的，是我们大家的。一起为我们的海伦加油!”

黎霞的话一说完，立即掌声四起，她很感动，突然有了当初创业的感触。

2011 年，临夏海伦英语学校逐步迈入规模化的发展之路。

如何让英语教学变枯燥灌输为主动接受，黎霞有着自己的教学认识。通过长期的教学实践，她总结和积累的学习英语的方法，在教学环节中发挥出良好的效果。培养学生产生浓厚的学习兴趣，具有愉快的学习心情；建立积极的参与意识，培养自主的学习方法；具备渴望展示的欲望，达到互相交流的目的。

黎霞说：“我们给学生一种快乐学习的氛围，校园就像是一个知识的超市，学生想要的知识都有。我们一是培养学员的学习兴趣，二是学习方法，教会学生怎么去学。传统教学要求学生死记硬背，我们重视听、说、读、写综合能力的培养，学习讲究技巧，启发学生学会英语的拼读写法，这样学生不仅能做到熟练发音，而且还能拼写出单词，学习效果非常好。”

“学外语最佳的年龄段是 3 岁至 12 岁，海伦英语实行全英文教学，学员提高得很快。有的孩子在海伦英语学校坚持学习了 8 年时间，其中有不少学生在各级英语大赛中获奖，在各自的学校里英语成绩优异。”

与黎霞聊天，说得最多的就是英语教学和孩子。

黎霞的想法和做法都很真实，又不简单：“听凭命运的摆布，这不是我的性格。父母是老师，出生在这样的家庭环境里，我从小就梦想成为一名教师。上大学时生出创办英语学校这个想法，经过几年的打拼，我不仅离自己的梦想越来越近，而且看到因为新的教育理念，使更多的青少年学生不再为学不好英语而苦闷，为此，我感到非常有成就感。孩子们在进步，同时也改变了我们。”

孩子们在海伦教育学校的进步，也慢慢激发着海伦教育学校老师的敬业精神，他们全身心地投入教学工作。

海伦教育，成就着热爱英语学习的一部分孩子，也成就着海伦教育的老师们，彼此之间的成就，彼此之间的热爱，彼此之间的尊重，把海伦的教育理念彰显得淋漓尽致：

爱——以爱的情感唤醒孩子的心灵欢愉和爱的能力！

自由——以自由的空间激发孩子的创造热情和成长渴望！

信任——以信任的关系启迪孩子的自我觉知和内在智慧！

荣耀——以荣耀的内化点燃孩子的生命喜悦和激情！

爱，自由，信任，荣耀，构筑起海伦教育精彩的每一天。

看到好的理念被大家认可，并得到尊重，得到热爱，黎霞是开心的。

在开心中，黎霞与她的“战友”们，黎霞喜欢用“战友”这个词，这个词是有温度的词，这个拉近了她与她的老师们的距离，没有职级之分，她在学校与其他老师一样，为海伦教育的天使们累并快乐着。

于是，海伦的文化跃然纸上，并经过大家的讨论，推崇开来——

我们的海伦，我们的家！

一家人，一件事，一辈子！

努力到无能为力，拼搏到感动自己！

温馨的文化理念，温暖的大家庭理念，从最初的质疑到被折服，海伦教育的孩子们和家长，愿意把孩子继续送入海伦，让孩子接受海伦英语的教学模式。

一家人，一件事，一辈子。这些就足够了。一辈子有多长，无须界定，只要爱在，海伦的爱在，黎霞的爱也在！

## 六

生活中的美好是难忘的，黎霞铭记那些美好，记得那些感念。

有时，黎霞觉得累了，想歇歇脚的时候，她想到父母那晚的对话，想到对自己的期望，她又浑身是劲。

她心存感恩，她感念每一位帮助过她的人，她感谢在她创业过程中关注她、支持她的每一位。她说很多人都是她生命中的贵客，是值得她尊敬的人。

爱情让黎霞享受着人生，她拒绝了好多倾心于她的男孩子，选择了一名军人，尽管她的伴侣因为忙碌对家的照顾极少，她也无怨无悔，如同当初选择海伦英语一样，她是义无反顾的。

那些曾经追求过黎霞的男孩子，一些成了黎霞的挚友。他们被黎霞的精神感染，愿意做她一辈子的朋友，他们说黎霞在为人处事上的豁达，对事业的进取心，鼓舞着他们，也激励着他们，他们很钦佩黎霞在海伦教育上所倾注的一切。

爱不是占有，而是欣赏。

那些男生给予她的友谊，令黎霞感动，她不敢炫耀也不愿炫耀，而是十分珍惜，更多的是感恩。感恩那些生命中的遇见，感恩美好的人间，感恩一切。

因为感恩，所以懂得感恩的意义。当一切步入轨道，有序发展时，黎霞思谋了好几天，与“战友们”商量，要让海伦的孩子学会感恩，要让他们懂得什么是感恩。

2013 年，黎霞与北京有关方面联系，通过多方协商，决定在临夏市举办一个活动，活动的主题是海伦教育感恩励志亲子拓展训练。

2013 年 7 月 14 日是一个难忘的日子，令黎霞和她的同事们难忘，令参加活动的孩子和家长难忘。

那天下午，临夏市新华街的广场上热闹非凡，部分孩子与家长一起聚集在广场上，参加黎霞组织的“海伦教育感恩　励志亲子拓展训练”活动。

1 点多钟，骄阳似火，烈日下，早早赶到现场的家长和孩子们都热切地期待活动开始。

“拓展训练是个什么训练？”

“励志？怎么个励志法？”

“没有听过的活动。感恩？励志？这个海伦学校的名堂多。”

……

一个多小时的现场布置与准备，一直到 3 点，活动才开始。

活动在主持人好听的普通话中开始了，黎霞做了讲话，阐述为何开展

2015 年黎霞与中天健签约。

此项活动及目的。

“这么毒的日头，赶紧开始，直奔主题多好。”

“这个女校长的讲话还精彩，不知道活动内容是什么？怎么个感恩法?”

窃窃私语的家长，急切等待的孩子们，让感恩励志会与所有的活动一样。

家长们在现场交头接耳，议论纷纷。路过的人，也驻足观看，到底是怎样的一个活动。

最先的活动是激发团结心、包容心的小活动，与亲子活动有差别的是把无关的人组成一个组，齐心协力争夺名次，无论是家长还是孩子，无论熟悉还是陌生，都沉浸在活动的惊喜与好奇中。

黎霞满意地笑着，自信地甩甩她的短发，仔细留心参与家长和孩子们的反应，也愉快地享受她率先在临夏市乃至临夏州举办的感恩励志活动。

活动中无论大人还是孩子，个个满脸通红，汗流浃背，手臂上也沾上了尘土，但是都笑得开心。大人们似乎找到了童年的感觉。

“接下来，我们要进行最后一项活动。”主持人的声音响在广场上，好听，又很煽情。

“我们的感恩之旅即将起程。我想先问问大家：在接下来的时间里，在场的每一位同学，你们能做到全力以赴，把你们最美好的一面展现出来吗？你们能做到吗？如果能做到，请用你们热情的掌声回答我!”

掌声响起了。

“很好，那么现在，把我们的双手高高举过头顶，用我们最热烈、最迷人、最激情的掌声，开始我们的活动!”

伴随着歌曲《感恩的心》，家长们站成两行，主持人的语速减慢：“当我们长大，我们亲爱的妈妈却慢慢变老，她的背驼了，腰弯了，满脸皱纹，再也走不动了……”

骚动的人群立刻安静了。

孩子站在大人身旁，仰头望着自己的爸爸或是妈妈，有的孩子居然眼泪汪汪，大人的眼圈也红了。

“呜呜，妈妈。”站在前面的小女孩扑到妈妈的怀里放声大哭。

“宝贝，别哭。”她的妈妈蹲下抱着小女孩，一边为她擦眼泪，一边哄她。

“现在，我们的爸爸妈妈要右手握左手，然后左手握住对面爸爸或妈妈的右手，就像小时候我们玩坐轿子那样。爸爸妈妈听清楚了，一定要握紧对方的手，等一会儿孩子们要从你们的手背上踩过去，你们不能松手，也不能帮孩子们。谁要是从手臂搭成的桥上掉下去，必须重新开始。”

“爸爸妈妈的手背或许会被踩破，爸爸妈妈的手会被踩疼，踩在爸爸妈妈手背上的是自己的孩子也可能是别人的孩子。”主持人在讲活动细则。

“任何人不可以中途退场，不可以让比赛停下，只有一个孩子都没掉下去，全部走完，才算结束。”

大人面面相觑，都很疑惑，没有见过也没有听过这样的活动。但是依照要求，右手握紧左手，左手握紧对方的右手，搭成手臂桥。

孩子们排队而站，等待爸妈们搭好手臂桥，准备从手臂桥上踩过去。

“感恩的心，感谢有你。”《感恩的心》在反复播放，让大家听得鼻头发酸。

活动开始了。

第一个男孩子扶着大人的肩膀，小心翼翼地踩在了第一对爸爸妈妈的手臂上，他们不是他的爸爸妈妈，他也不是他们的孩子，但是他的小手紧紧地扶住，生怕掉下去。

“抓好，小心。”大人们在叮嘱。

他们的手臂，承担了一个孩子全部的重量，他们没有松手，反而握得更紧了。

第二个小女孩也上去了，但她害怕，停下不走了。眼泪汪汪，可怜巴

感恩会上家长与孩子的开心瞬间。

感恩会上的一幕。

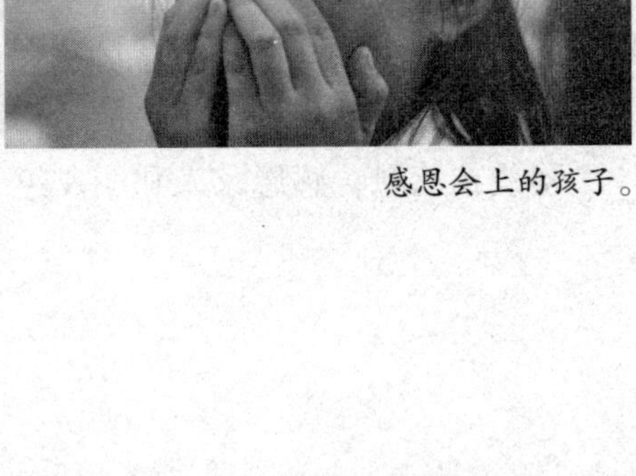

感恩会上的孩子。

巴地看着陌生的叔叔阿姨。

“呜呜，我不走。”小女孩开始哭泣。

“不能停下，要走的。”主持人鼓励，大人们也鼓励。

“呜呜，叔叔阿姨会疼的，我不走了。”小女孩还是哭着，不肯向前挪步。

“没事，没事，放心走，我们不疼。”鼓励在继续。

“没关系，你要走过去，还不能掉下去，掉下去要重新走。”主持人鼓励的同时在强调。

再三鼓励下，小女孩抽泣着挪步。

第三个孩子、第四个孩子陆续扶着大人的肩膀踩在他们的手背上挪步。

突然，第一个孩子掉下去了。于是，全部返回，重新开始。

大人们在炙热的太阳下，脸色与孩子们的一样红彤彤的，最前面的人的手背上已经被孩子们踩得脏兮兮的。

活动高潮，是让孩子们走过参加活动的父母用手搭起的桥。起初，有些孩子们感到好玩，但是随着音响里《感恩的心》的歌声和主持人的旁白，以及爸爸妈妈们被踩得不忍目睹的手背，泣不成声。大人们也眼圈发红，默默地流泪，那些在场的人，看着，听着，开始热泪盈眶，不停地擦拭眼泪！

这才是真正的感恩教育……

海伦教育和黎霞，率先让孩子和家长对“感恩”有了认识。

主持人的结束语让大家唏嘘不已：“如果人人都献出一点爱，世界将会变成美好的人间！爱，是世间最美好的东西，爱，让整个世界充满着幸福，洋溢着和谐！在我们享受爱的时候，要感恩，感恩那些付出爱的人，感恩那些让社会更美好的人！”

是啊！感恩是一盏灯，照亮了你我前行的路；感恩是一棵树，让我们累了的时候有个栖息的地方；感恩是一股甘冽的清泉，能够滋润你我干涸的心田；感恩更是一种动力，推动你我去努力拼搏、进取！

黎霞在感恩，感恩家人和朋友给予的爱。

家是港湾，家是灵魂和身心歇息的港湾。黎霞有一个温馨而幸福的家，作为军嫂，她习惯爱人因为忙碌而极少帮她，照顾不到家，但她心疼爱人比她忙比她累，她感谢爱人的关注和支持以及信任，她感恩公婆从西安赶过来给她照看孩子，她感激有思想的父母，感激父母给予她健康。一路走来，因为孩子，因为美好，黎霞的期望与所有的家长一样，只愿孩子有一个健康的身体、健全的人格、美好的德行。

爱人的陪伴，公婆的支持，对于当下，黎霞特别满意，她用一颗感恩的心面对每一天。

生活中没有不难的事，难是必然，也是挑战。

黎霞在拼命，为了海伦，她觉得所有的付出都是值得的。尽管两年前因身体不适而动手术之后，她在慢慢转变，她明白自己要的是什么，她更努力，更注重生活品质。

黎霞追求的教育方向和理念，也是从自身的成长得到启发。

关注生活，关注家庭，关注海伦教育老师们的生活，令黎霞想要慢下

感恩会上父母与孩子的合作。

来，她说：“每个人仅不是为了自己，而是为家庭，为亲人。像她一样努力的人，健康第一。不说赚取多少钱，不是事业成就有多大，而是能够帮助到多少人。”

黎霞的心路历程决定了海伦教育未来发展的方向，愿意成就更多的人是值得她自己尊敬的办学理念。

黎霞在拼搏，在进取！

海伦教育在拼搏，在进取!

## 七

日子就像一首歌，一首心仪的歌，历久弥香。

空闲时，黎霞也会哼着歌曲，快乐的像只鸟；有时健步如飞，干练得

2012 年，黎霞获得首届临夏州十大青年创业奖。

令人佩服；有时，她会带着自己的宝贝散散步，从繁忙中剥离，享受生活。

韩红的《海阔天空》，张靓颖的《我的梦》，是黎霞爱听的歌，也是爱唱的歌。

在歌声里，在喜悦中，她收获着充实的人生。

在歌声里，她给自己打气，向着既定的目标努力奋进。

风吹过来，她的目光炯炯有神，有着知性女性特有的坚毅和自信。她习惯性地撩她的额发，也喜欢甩甩额发，她的自信里飘逸着欣喜。

海伦教育在不断发展，黎霞一刻不忘自身的学习和提高，因为，她从没有满足现状，而是继续前行，加强学习。2008–2010 年，她在西北师范大学英语教育专业完成了本科段的学习，并且在创办之初到现在每年都要到全国各地去进行学习和考察，带领海伦不断朝下一个目标前进。

创新一直伴随着海伦教育的发展，集体备课是黎霞倡导的，也是海伦教育的创新，更是海伦教育的习惯。每周四，她们集体同时备课，之后，周五演课，相互补充，相互促进。每两周进行一次业务培训，寒暑假集中培训，共同讨论教学中遇到的问题。不仅如此，派老师们定期前往北京等地深造，探索先进的教学方法，树立正确的教育理念，不断提高教学水平。由于完善科学的管理系统、雄厚的教研团队、培训团队，及严格的招聘、培训、管理、考核执行体系，使其成为临夏地区一流的英语培训品牌。

从海伦英语到现在的海伦教育，足足走过了 10 个年头，这期间这所民办机构共培养学员 30000 多名，大部分学员以优异的成绩，在相应年级名列前茅。教师及学员在省内外及全国英语专业竞赛中频频获奖。良好的教育教学效果受到了孩子和家长们的好评。

黎霞的创业梦想实现了，但是她并没有因此而满足，她想通过自己的努力，创造更多就业机会，使海伦教育成为更多大中专毕业生创业、发展的平台。

目前临夏有教育部门认证的培训机构 30 多家，各种家教培训学校 100 多家，而海伦教育成为其中一所较为专业和师资力量雄厚的英语培训机构。从刚开始不足50平方米的教室，到现在建筑面积分别达800平方米的独立校舍和面积达1000多平方米的实景教育港，海伦教育已拥有30多名教师团队、52个班级、2000多名学员，面向二年级到九年级的学生，以北京尼克国际少儿英语、剑桥少儿英语、高效动漫新概念和朗文国际英语教程等，分13个级别7个阶段进行教学……

每次想到成绩，黎霞是欣慰的，她满意当前的自己也满意当前在海伦教育的每一位教师。

所有的美好在一步步向前，黎霞对教师的招聘和任用，有着独到的想法和做法，她说：

“英语专业毕业的人，包括适合岗位的教师，在招聘入校之后，要通过层层培训，这对于他们是一种煎熬，一种磨砺。我们每年招聘近100人，看似较多，可是坚持到最后的没几人，因为好多人无法接受层层的培训和考试，所以中途退场离开的不少。剩下的人算是精英，在接受培训的过程中，她们中间的人或许还会离开。尽管如此，尽管招聘录用机制很严苛，但是几年来，那些被录用的人能坚持，并留下来发展，没有离开，这也是我所欣慰和自豪的地方。”

留在海伦教育的教师都是精英，都是像黎霞一样执着的人，李春涛、周光霞、毛秀娟、张芬芬、陈玲燕、吴芬玉……她们一直在，从开始到现在，她们是黎霞的亲密战友，她们都是开拓者，她们都有为梦想而前行的特质。

还有些教师，比如一起创业的杨秀萍、秦敏、陈瑶……她们都因在“三支一扶”或是“特岗”考试中成绩优异，被录取后离开了海伦教育。尽管她们离开了，但是她们的心也牵挂着海伦教育、牵挂着黎霞、牵挂着曾经的姐妹，常常联系，偶尔听课，重温在海伦教育的美好日子……

海伦教育教学的模式，被沿袭下来，成为海伦的文化和工作习惯，大家很敬业很认真。入校之后，接受海伦内部教学理念及教学方法的严格培训，每年的每个阶段，还会派去北京、上海等地及省内外接受培训、学习。这几年来，已造就优秀英语教师近百名，先后解决近30名大学生及下岗职工就业，并面向省内外进行少儿英语师资培训。

有人问黎霞：“黎校长，你花那么多钱派他们去学习、培训，如果有一天他们离开了海伦，你不是损失了吗？你不是亏了吗？不是白掏那些培训费了吗?”

面对朋友的质疑，黎霞坦然得令人惊讶：“我们海伦，除了成就孩子之外，还要成就更多的教师，更多哪怕在海伦上一天班的教师，我要让他们在海伦学到东西，哪怕一点点。海伦作为教育机构，要成就更多的人。经过这几年的发展，那些在海伦有发展前景的教师，自身价值得到体现，都生活得很好。”

体现价值，更好地生活，这些或许就是黎霞和她的海伦的“战友们”最真切最完美的追求。

黎霞在追求完美，她的追求不单单是让更多的孩子学好英语，除此之外，她想让她海伦教育的教师们，无论从精神生活还是物质生活方面，都有一个质的飞跃。

黎霞很心疼从事教师职业的人，因为她的父母就是教师，在教育战线上奋战了一辈子，所以她从懂事时就体谅父母的辛苦，长大了对教师职业敬畏有加，理解大家所说的教师很辛苦、收入也一般的说法。对于教师职业又累又辛苦，还上不了台面”的说法，黎霞有感悟，因此，她有点“野心”，也有点“私心”，她要的不仅是优秀的教师，而是优秀到极致的教师，让海伦所打造的教师“在海伦是顶呱呱的，走出海伦是响当当的”。所以，每次开会，黎霞总是强调价值，她让在海伦的教师们有开阔的眼界，能实现自身价值。海伦教育的教师们是幸运的，因为她们的身后有黎霞，有海伦为他们打造的一个平台。

“我的肩上挑着的不仅是孩子，还有海伦所有教师的未来。所以不能辜负来海伦的人，让他们在自身职业发展的同时，价值得到体现，薪酬得到极大提高，这是海伦的目标，也是海伦未来发展的方向。”

海伦不会禁锢有发展前景的教师，而是打造一个让他们飞得更高、飞得更远的一个平台。如果有一天，如果觉得海伦不适合他们的发展，她们有更好的发展机遇，黎霞说她不会挽留，而是高兴地送他们离开。

话虽如此，但是黎霞坚信，目前她的海伦是最适合他们的，不管在薪酬方面还是打造的学习平台方面，海伦的教育理念，折服了步入海伦的教师们，他们在享受海伦给予美好的同时，也最大限度地发挥着自身的能力。

“经过几年的努力，海伦与一些大学，比如与河西学院建立了教师培训和孵化基地，以后不仅有教师的培训，还计划让学子与海伦校友之间展开多种方式的交流、培训和学习，海伦搭建的这个平台，让孩子们以及教师，在海伦的平台上接触到更多更优秀的人，让思想的火花碰撞。那样的话，就会有更多优秀的人代表临夏，站在省内外大型的舞台上，站在全国甚至国际的舞台上，把临夏宣传出去。”黎霞平静地讲述。

伟大的设想，不，不是设想，因为已经在实施之中。如此热爱家乡，热爱临夏，黎霞是一个简单又不简单的人。

黎霞为什么有此想法呢？让黎霞产生这个想法的原因是什么呢？问及，黎霞很坦然，也不隐瞒。她说原因很简单，她这几年外出学习、培训，参加大型会议和比赛，发现很少有甘肃人，更别说有临夏人。因此，

黎霞在“放飞爱心书　送希望”爱心捐助活动大会上。

她在设想，海伦能否通过自身的努力，培养推出一批代表临夏的孩子，他们可以骄傲地说来自临夏。通过孩子，借着孩子的光芒，照亮临夏的未来。通过孩子，引进更多的教育人才，参与到临夏的发展当中。

## 八

在关注大学生就业的同时，黎霞始终不忘发挥自身优势，关注公益、回报社会。2009 年 4 月，与省内优秀少儿英语培训机构联合，邀请中国剑桥少儿英语之父、中国儿童英语教育拓荒者、《剑桥少儿英语》主编邱耀德教授首次开启在甘肃全面系统的师资培训。2010 年 5 月，与西北五省优秀少儿英语培训机构联合，邀请国家级一级心理咨询师、著名家庭教育专家郝奇志导师，开启对“少儿英语教育心理学”的师资培训。2010 年 5 月 23 日，与临夏新华小学教育集团、慈善机构联合主办“临夏首届少儿家庭教育专家公益讲座”。2011 年 6 月 1 日，联合临夏州慈善协会在东乡县马兰小学举行了“放飞爱心　书送希望”庆“六一”爱心捐书活动。2012 年 5 月 28 日，联合北京郝奇志女士及全国爱心人士、临夏州慈善协会在东乡县赵家小学举行了“爱心接力‘典’燃希望”爱心字典捐助活动，为东乡贫困地区的近 10 所学校、上千名孩子捐赠图书 800 多册、字典 1200 多本、影碟等学习用品上百套，并选拔优秀的教师为孩子们带去了一堂堂生动、有趣的英语课。

对以后的发展，黎霞已经有了自己的打算，她要把海伦教育打造成与国际接轨的最先进的专业教育培训机构，不仅让临夏地区的孩子享受最前沿、科学的教育，更要让海伦教育走出临夏，为临夏的未就业大学生提供更广阔的就业机会和平台，为临夏的民办教育做出自己的贡献。

很多人好奇海伦教育的办学理念和教学方式，也好奇黎霞的创业之初。每每被问及，黎霞说：“美国残障教育家海伦·凯勒的文章《假如给我三天光明》给我留下的印象格外深刻。我毕业后走向社会，面临就业问题和学校创办之初，感到前途渺茫，但想到海伦的经历，就用她的精神和毅力来励志，用她的名字给学校命名，以此激发我自己战胜困难的勇气，树立远大的奋斗目标。”

海伦教育就是在黎霞那样的想法中诞生的，其办学理念和宗旨也由此而来。

她心怀挚爱的事业，顶着前方难以预知的阻力，凭着满腔热情，脚踏实地，一步步向自己的梦想靠近，为自主创业奠定了坚实的基础。

经过青年期的迷茫与困惑，黎霞处世更加稳健干练，一路走来经历了艰辛，她克服各种压力，以坚强的毅力战胜自我。

关于家庭教育，黎霞很是感慨：一来她从事的是教育，二来她自己也有了孩子，所以很关注家庭教育。黎霞发觉临夏的落后不是没有钱，而是文化上的落后，思想上的落后。要转变文化的落后，就要转变思想。如何转变，就要依靠大家。

“我们的父母都是好父母，是爱孩子的，只是他们爱的方式往往与目标方向背道而驰。”

黎霞在海伦开展的家庭教育讲座，包括每一次的家长会、每期班会，

黎霞与家人在一起的幸福时刻。

都给家长介绍教育理念，就是想让家长通过学习，为了孩子而改变，与孩子沟通。只有家长变得更好，才能让孩子成为自己。让每个人成为更好的自己，让每个人遇见更好的未来；让孩子成为更好的自己，让孩子遇见更好的未来。海伦教育的理念不止贯穿在英语学习中，而是让我们一起遇见未来！万千孩子因为海伦成为更好的自己！万千孩子因为海伦遇见更好的未来！

梨花情缘。

因此，海伦教育学校为树立教育旗舰标杆，打造行业全新标准而努力，黎霞和她的同事们为之奋斗。

2017年，黎霞带领海伦人开启“书香童年　护苗计划”公益绘本阅读之旅，为成就更多的孩子和家庭，让临夏因为阅读而受人尊重。

关于绘本阅读“书香童年　护苗计划”公益活动，黎霞说等书吧装修升级好之后，她计划每周抽时间组织绘本阅读活动，计划免费开放，免费供所有有需求的家长和孩子，让孩子们阅读，让更多的孩子受益。

黎霞计划培养绘本讲师，让更多的老师和爸爸妈妈，以及热心肠的有心人，把活动深入到社区，或者幼儿园，甚至小饭桌，抽空给孩子们讲，那样的话，用阅读习惯成就孩子。通过努力，让孩子们看得更高，从小懂得被关注被关爱，懂得回报。

绘本阅读“书香童年　护苗计划”公益活动的事，看似天马行空，可是事实上，滴水穿石，相信通过黎霞的努力，海伦教育又一个令人欣喜的计划会成为现实，会引领书香阅读延伸美好。

黎霞不满足现状，她在计划海伦生存发展的100年，那是她明确的目标。100年里，成就多少人，培养出多少人，在海伦的平台上，有多少像海伦人一样努力学习、回报社会的人。除此之外，让海伦的教师给未来的孩子提供一个良好的平台，给孩子们传递海伦精神。将来有一天，海伦培养出的孩子，因为海伦而受益。

赤子之心，通透无比。

黎霞的海伦教育，是黎霞的全部，是她喜欢干并为之努力奋斗的事业，与名利无关。尽管很累，可是海伦教育蒸蒸日上的发展方向，令黎霞欣慰。

从黎霞的影子中找到自己，让繁华在疏密间显现自我，凸显自我，也令许多年轻人感到弥足珍贵。

黎霞在用时光做注解，低调到奢侈华丽。

选择璀璨，选择坚持，时光复制粘贴的美好，被黎霞描摹得诗意又美

2017年8月，黎霞与闺密们在草原上的瞬间。

好。

明媚心情，心情明媚。

很多故事，依附风，依附黎霞的心，在美好的分分秒秒里，让她的人生散发光芒，也让海伦教育感动了众多的人。

于是，黎霞和海伦教育成为歌者，像海伦教育的寄语——

教的，不只是英语，更是文化；

予的，不只是知识，更是希望；

爱的，不只是学生，更是信仰；

盼的，不只是成长，更是未来。

文化，希望，信仰，未来，让海伦教育变得如沐春风般的温暖……

# 做一盏明灯温暖时光

2000年的盛夏，陈其豹怀揣梦想来到陇上江南刘家峡。17年来，他由异乡人成为故乡人，作为一名初中英语教师，在和一个个孩子们的遇见里，安稳、沉静地让时光之花盛开，让穿过季节的风，伴随着他的吉他弹唱。初心，在黄河水的缓缓流动里，一如既往。

陈其豹的座右铭：
Something attempted, something done.
有所尝试，有所作为。

17年来，陈其豹在初中英语特色教学的课堂上，为一个个纯洁的心灵，重复教书育人的执着。他的爱在孩子心田上挥毫泼墨，淡然又安静。他的爱再次撼动月色，一次次地穿越美好的时光。

17年来，陈其豹在收获，他的播种令他的掌心果实累累，2009年获全州中小学优质课评选活动一等奖、临夏州中小学教师优秀课件评选一等奖、临夏州中小学优秀论文评选一等奖；2000–2010 年荣获全国中学生英语能力竞赛优秀辅导教师称号；2011 年获得第二届全国青少年英语读写大赛辅导金奖；2012 年度荣获全州中小学教师优秀课件评选一等奖、甘肃省信息技术与课程整合多媒体教学课件评选二等奖；2016 年 8 月被聘为永靖县初中英语名师工作室领衔名师；2016 年获得全州中小学幼儿园教师优秀课件评选一等奖；2017 年 5 月荣获临夏州初中英语教学技能大赛一等奖……

17 年来，在蓝天下，陈其豹尽可能地把日子过成诗，把光影雕琢成画，让美好不容置疑地弥漫在空气中，闭眼就能嗅到芬芳。让那些过目不忘的景致，流动成温情，舞动成温暖，还有那明媚的蓝，沉醉在每一节课、每一学期、每一学年……

17 年来，陈其豹是一盏灯，一盏点亮孩子心田的明灯……

## 一

2011 年 10 月 10 日的下午，阳光洒在客厅里，暖洋洋的。面对窗外缓缓流淌的黄河水，陈其豹一时兴起，抱起心爱的吉他，站在阳台上开始弹唱《贝加尔湖畔》。

这是一个平常的周日下午，妻子金彦霞与女儿陈美桥斜躺在沙发上，一边看动画片，一边听陈其豹弹唱，做陈其豹最忠实的听众。

陈其豹是永靖县刘家峡中学的英语教师，不熟悉他的人，谁会想到他会弹得一手好吉他，自弹自唱的通俗歌曲深受师生和朋友们的欢迎呢？

左手娴熟地转换着和弦，右手指划开的是《贝加尔湖畔》的悠扬，他浑厚又有磁性的中音，舒缓、低沉地铺展开来。

“在我的怀里　在你的眼里
那里春风沉醉　那里绿草如茵
月光把爱恋　洒满了湖面
两个人的篝火　照亮整个夜晚

多少年以后　如云般游走
那变换的脚步　让我们难牵手
这一生一世　有多少你我
被吞没在月光如水的夜里
多想某一天　往日又重现
我们流连忘返　在贝加尔湖畔
多少年以后　往事随云走
那纷飞的冰雪容不下那温柔
这一生一世　这时间太少
不够证明融化冰雪的深情
就在某一天　你忽然出现
你清澈又神秘　在贝加尔湖畔
你清澈又神秘　像贝加尔湖畔”
……

陈其豹陶醉在音乐中。

美好的时刻，美好的下午，他很享受。

手机在嘀嘀作响，提示有短信了。可是陈其豹没有理睬，他在享受生活，享受周末，享受美好。那也是他想要的生活——安静，幸福，简单。作为一名中学英语老师，他与妻子携手一路走来，从大学开始到踏上英语教学之路，在工作中的相互鼓励支持，在生活上的相亲相爱，以及他所取得的成绩，都让他感恩生活的美好。

“手机显示有好几条短信。”金彦霞提醒陈其豹。

“或许是移动公司的吧？”陈其豹左手提着吉他，右手接了金彦霞递过来的手机，有些不情愿。

“陈老师，您好，我是马建花（化名）。”

“您现在有时间吗？”

“我想问您一个问题。”

“一个问题。”

陈其豹是站着看了那4条短信的，看完他的表情有些凝重。马建花是他带的班里的住校生，其父在一年前的车祸中不幸去世，这对一个刚上七年级的孩子来说打击实在太大，在相当长的一段时间里，马建花久久不能从丧父的悲痛中调整过来。那段时间，他格外留心马建花的学习生活，谈心、生活上“不经意”地关照等，通过多种途径帮助马建花，对她进行心理疏导，给马建花打气、鼓励。一天天，一月月，经过近一年的努力，马建花的脸上总算有了笑容。

如果不是有什么难题，马建花不会连发 4 条短信的。马建花遇到什么难题了？陈其豹有点疑惑，赶紧回复。

“马建花，有事你说，我在家闲着。”

“马建花，我刚才弹吉他没有看到，有什么事吗?”

1 分钟，2 分钟，5 分钟，手机还是没有响，马建花没有回复短信。陈其豹有一点点的自责，他觉得应该在听到手机短信时就该立即回复。

10 分钟过去了，马建花依旧没有回复。陈其豹思忖了几秒钟，便拨打马建花的手机，可是无人接听。就在陈其豹担心时，马建花回了短信。

“陈老师，对不起，我现在不方便接您的电话。”从马建花的语气中，陈其豹感到马建花至少没事，他松了口气。

“马建花，发生什么事了?”陈其豹又发了短信。

“如果，妈妈再婚我该怎样面对?”马建花道出了她的问题。

再婚，马建花的妈妈再婚？马建花有抵触情绪了。陈其豹心中有底了，马建花对她妈妈再婚一事有看法的话，要合理引导，不能敷衍。

“你妈妈再婚是个必然的趋势，作为女儿，你要接受现实并尊重她的选择。”尽管有些犹豫，但是陈其豹还是很客观地回复了马建花。

“为什么非要这么做？我接受不了！”马建花回复得很快。

“我能理解你接受不了的心情。但是每个人的人生路上，会遇到很多困难，比如你失去爸爸，你妈妈失去丈夫。还有很多人，他们的境况和遭遇比你的要严重很多。再说了，你妈妈作为女人，生活中会有很多艰辛和不便。失去你爸爸，你妈妈比你难过，你长大了会有自己的家庭自己的生活，可是你妈妈呢？她一个人有多孤独呢？让她一个人面对生活的很多难处，你忍心吗?”

“如果你在身边还好，可是如果不在呢？你妈妈怎么办呢？如果你妈妈真能遇见对她好并愿意接纳你们的人，你该理解，也应该接受，更应该祝福你妈妈！”

陈其豹一连发了两条短信。虽然他有些担心马建花接受不了，可是如不那样回复，若马建花还有其他想法的话，接下来的思想工作不好做。

“爸爸算什么？我的世界中不允许出现另外一个男人，那样的话，我和妈妈的感情会变淡，我不可能忘记爸爸去接受他。”

短信交流到此，陈其豹意识到马建花的情绪比较激动，凭借发信息一下子难以让她平静，也难以让她接受。所以，思虑再三，陈其豹便再没有回复短信，他要与马建花面谈，一定要彻底解开她的心结，一定要让马建花放下思想包袱，否则，会影响她的正常生活和学习。

第二天一到校，陈其豹找马建花谈话。马建花很意外，有些不解班主任在早自习找她谈话是因为什么，但是陈其豹一说话，她就明白了。

“马建花，昨天在短信中一时也说不清楚，就没有回短信。”

陈其豹在课堂上答疑解惑。

“陈老师，没有关系的，我不该打扰您的。”马建花有些难为情。

“你妈妈的事情，你要理解。她也不想让你难过，她想着你能接受。”

“你与妈妈那么贴心，你要是思想上背包袱或是心里有意见，她会难过的。”

……

陈其豹在给马建花做思想工作。

刚开始，马建花沉默不语，到后来慢慢说她自己的理由。最后，在陈其豹耐心、细致的开导下，马建花认可了陈其豹的观点，接受了母亲要再婚的事实。

此后，陈其豹留心观察，起初的几天里，马建花有些消沉，也不怎么说话，总是坐在教室里。但是没几天后，她的脸上开始露出笑容，与往昔一样，上课发言积极，课间活动也与同学们说说笑笑的。

陈其豹很欣慰。

## 二

2017 年 9 月 10 日，陈其豹收到的短信祝福和电话很多，其中一条就是马建花发的，短信说她考到了兰州职业技术学院，学的是动漫制作技术专业，感谢老师给予的温暖。

陈其豹喜欢分享同学们的喜悦。所以，无论在何时何地，只要他听到他的学生们的好消息时，他会舒心地笑笑，会拿起吉他弹唱，以歌唱表达他的欢喜。

让爱的光芒洒满教室的每一个角落，这就是陈其豹“爱的教育”的付出，就是陈其豹在“爱的教育”中获得的幸福。

陈其豹说：“爱学生是教师的天职，没有爱就没有责任感，班主任作为班级的组织者和管理者，应该有更无私、更真诚的爱。爱是班主任教书育人的动力源泉，也是哺育学生健康成长的法宝。作为一名班主任，应该做爱的使者，进行爱的教育，让自己的一举一动都洋溢着诚挚无私的爱，从而让孩子们的心灵充满爱的阳光，体味到爱，享受到教育的真爱，在爱的天地里健康茁壮地成长。”

谈到班主任的话题，陈其豹有自己的观点。

“做一位有情怀的教师，多一些耐心，勇敢付出爱心，当你的心变得柔软，教育就是柔软的。教师，绝不仅仅是一份维持生计的职业，是将藏在苟且的假象中的诗和远方还原在学生面前。”

回忆十几年的班主任经历，陈其豹说得淡然坦诚，从现实生活中，从点点滴滴中，把他所推崇的班主任工作的主旋律——“爱的教育”贯穿其中。

爱是班主任教书育人的动力源泉，也是哺育学生健康成长的法宝。

公平对待——让每个孩子的心灵充满爱的阳光；

关心关爱——让单亲孩子感受到更多的关怀；

不离不弃——让后进生不再孤独；

赏识鼓励——让自卑学生重塑自信；

平易近人——让学生在新型的师生关系中快乐成长。

让自己的学生健康快乐地学习生活，是陈其豹所追求的。因此，严爱有加的交流与关心，算是他的一大“法宝”，而善于观察又不失时机地发现问题及时解决问题，又是他的特点，一些不起眼甚至被忽略的现象或是苗头，都逃不过他的眼睛。

2014 级带的班里，有个女生叫金合圆（化名），有一阵子，陈其豹发现，金合圆的情绪有些不对，尤其是每天放学后，不像其他学生那样麻利地收拾书包冲出教室，而是在磨蹭。

陈其豹观察了几天，侧面打听、了解金合圆的情况。原来，金合圆的父母离异后，她跟着父亲过。为了生计，她的父亲不得不去外地打工，留下她一个人在出租屋生活。当大多数孩子在享受着自己爸妈做的可口饭菜时，她却要自己做饭。在这种缺乏关爱的环境里，金合圆精神萎靡、消极自闭，所以出现了陈其豹看到的那一幕。

考虑了几天后，在一次班会课上，陈其豹把金合园的情况婉转地告诉了全班同学，同学们对她的坚强肃然起敬，对她的不幸也深表同情。

之后，陈其豹时不时地与金合圆谈心，对她说“家庭的不幸也许不是坏事，勇敢的孩子正好借此磨炼自己的意志”的道理。

一次次地，在校园里或是在办公室里，陈其豹耐心地开导金合圆：范仲淹两岁丧父，母亲因贫穷而改嫁，他在破庙读书成长；世界文豪列夫·托尔斯泰两岁丧母，9 岁丧父；大名鼎鼎的高尔基幼年流落街头，上的是“社会大学”……还告诉金合圆，意志磨炼对于一个人成才和事业的成功都是极其重要的，而在逆境中成长起来的人，一般来说意志都比较坚强。

在陈其豹的开解和同学们的关心下，金合圆慢慢有了转变，后来她向陈其豹保证说：“陈老师，我一定好好学习，坚强面对任何困难，请你放心……”

此后，金合圆真的变了，变得开朗乐观，变得勤奋，积极参加班集体活动，脸上有了笑容。看到金合圆的转变，陈其豹无比快乐。

像金合圆一样，在陈其豹带的那一届学生里，有 8 名学生是单亲家庭

陈其豹听刘家峡中学校长肖怀达对英语教学的意见。

子女。他通过教育帮助那些单亲家庭的同学，更好地面对因家庭的变故带来的伤害，减少父母离异带来的创伤，调整他们的心理，使其尽快达到心理平衡，促进他们的身心得到健康的发展。除了把每个单亲家庭学生的情况跟任课老师说明，让他们与他一起关注这些学生之外，充分利用集体的力量来感染单亲家庭的同学，鼓励全班同学与这些单亲家庭的孩子多接触，特别要求班干部多关心、团结、帮助他们，向他们伸出友谊之手。同时，也鼓励单亲家庭的同学大胆地与同学、老师交往，参加各类活动，使他们得到大家给予的帮助和温暖，获得来自父母以外的爱的补偿。那些单亲家庭的同学感受到了集体的温暖，从而逐渐变得开朗，合群。

爱在这样传递温情，增进师生关系，因为爱而产生的快乐就是如此简单而又真实！

## 三

让每个孩子的心灵充满爱的阳光，公平对待每一位学生，让关爱之花处处盛开，让每一位同学得到关爱，是陈其豹所追求的。

陈其豹在与同行交流时说："班主任面对的是享有平等受教育权利的学生，这就要求班主任在工作中无论对人对事都要公平，对班集体中的每一个学生都要一视同仁，一碗水端平。在对待班干部和一般学生、优等生和后进生上，运用批评和表扬，实施奖励和惩罚、关心和照顾，乃至在某些细枝末节问题的处理上，都做到公正，不分亲疏、不抱成见、不拉关系和感情用事。对学生一视同仁，才能最大限度地调动学生的学习积极性、主动性和创造性，挖掘学生的潜力。只有这样，班主任才能在学生心目中树立起威信，才能赢得全体学生的拥戴，否则就会'在不知不觉的工作中宠坏了一半，同时也失去了另一半'。"

为了避免在"不知不觉的工作中宠坏一半，同时也失去另一半"，陈其豹对班里的事，事无巨细，即使调换座位，也心思缜密地安排。"有利于学习，有利于团结，让每一个同学都有机会在教室的每一个地方坐一周”的原则进行调换，以此让每个同学都能体会到他的一视同仁。分组方面也是在发挥他想象力的基础上，考虑到将来要在各方面进行竞争的公平性，因此，对各小组的男女比例、学习成绩差异、纪律表现优劣、性格的互补、文艺体育特长、个子高矮等方面进行反复推敲，力求均衡，将班级划分为 8 个特色小组，并以世界名校的名字给每个小组命名，清华组、北大组、港中大组、牛津组、剑桥组、哈佛组、耶鲁组、斯坦福组，而每个组内都有特优生、优秀生和待优生，确保了在各种竞争评比中的公平性。

一碗水是否端得平，如何端？班主任的言谈举止，与每一位学生的交流方式和态度，都会影响学生的情绪。陈其豹不会因成绩的好坏而对学生产生偏见，这是他带班的原则之一。

陈其豹清醒地认识到，多数后进生不是天生的，而是在后天的生活环境中形成的，形成的原因也是多方面的：“其中既有学生本身的因素，也有社会和家庭的原因，还有教育工作的失误。其实那些学习成绩不理想、行为习惯欠佳的同学，更需要老师的帮助、关心和鼓励。如果老师只是怪他们学习不努力，或者因为他们的成绩不理想而经常批评，就会让他们对学习越来越没有兴趣和信心，甚至对生活失去信心。班主任要在面向全体的基础上，把更多的爱倾注在他们身上，即‘偏爱’他们，要像农民对弱苗那样，给他们多一点保护，多一点关注，使他们和其他幼苗一样，能茁壮成长。”

陈其豹是那样说的，也是那样做的。对后进生来说，班主任的爱是一种神奇而伟大的力量，陈其豹以润物细无声的方式挥洒着他的爱。

武明（化名）是他的学生中学习差、表现“坏”、脾气“怪”的少有的学生之一，在武明身上，陈其豹费了些心思。

武明的父母在外地上班，他平时和爷爷奶奶生活在一起，父母只有周末才回家，也很少跟武明交流。武明有点孤僻，还有点我行我素，所以难免闯祸。有一次，他闯祸后，别人向他的父亲告状，易怒的父亲，用拳头解决问题，挨打的武明，有了极重的逆反心理，在班里表现差。上课无精打采，不按时完成作业，喜欢搞恶作剧捉弄同学，一副“不可救药”的样子。对于武明的表现，陈其豹心里很难受，他知道武明是个聪明的孩子，只是缺少关爱而以至于此，所以他不愿意眼睁睁地看着一个聪明的孩子因为逆反心理而这样，左思右想之后，他决定先为武明填补爱的“空白”。

填补爱的“空白”不是一件简单的事，需要耐心，更需要爱心，如果只凭说教或是劝解，那样不仅不起作用，反而会招致反感。

陈其豹找准时机，一次次有意识地交流、谈心，当听到武明“觉得活着没意思”这样的话，让他不仅痛心，也坚信对后进生而言，或许关注点不是成绩的提高，而是如何让其健康快乐地成长。

每个人都希望健康快乐，后进生也不例外。陈其豹主动接近武明，在日常生活、学习中去关心、帮助，对武明动之以情，晓之以理，课堂上有意提一些适合武明回答的问题，课后常为他开“小灶”，从心理上让武明有存在感。

一个月左右后，武明的脸上重现孩子纯真的笑容，渐渐地心情也开朗起来，学习也上进了，课间经常能看到他和同学开心玩耍的身影。

至此，陈其豹有点小小的得意，好比弹唱了一首满意的歌，开心不已。

一年 365 天，要想把每一天都过得精彩、踏实，也是不简单的。陈其豹用赞美在努力用心过好每一天。

赞美，就是这个世界上最美的字眼，赞美也是令人很享受的事。所以陈其豹一点也不吝啬赞美一切，对学生、朋友、家人，幽默又风趣的赞美之词，让他心情愉悦。

他把著名心理学家鲁道夫·德雷克斯说的——“孩子需要赞美，正如植物需要水分”的话运用得恰到好处。

一天天，一月月，一年年，陈其豹与他的学生们建立起了信任，也建立起了超乎一般的师生情。

对一个心里真正爱学生的老师来说，无须刻意表现，这种爱会在生活的每个瞬间自然流露。学生病了，捎去问候；天气冷了，提醒加衣；衣服不够整齐，帮他拉一拉；每天早晨，和学生共进早餐，就像一家人在一起聚餐；课间和学生跑操、跳绳，把自己置身于他们当中；课堂上和学生制作水果沙拉，进行才艺展示，感受相互的关爱……

事实证明，不一定只有严厉的老师才能教出好学生，一个拥有爱心的老师一定会使他的学生更能享受到健康快乐的成长。

“只要付出爱，用美好的话语和行动去感动他们，就可以化解学生心中的雨雪风霜，使其逢春而绿。在把爱奉献给学生的同时，自己也在收获着学生们的爱。”陈其豹对于学生的爱有自己的见解。

同学们挂在脸上的笑容，让陈其豹感到欣慰；同学们一句句亲切的问候，让陈其豹认识到自身的价值。纵然岁月消融了他的青春，但他无悔，高兴自己是一名班主任。

## 四

2000 年 5 月月底，春花将谢，夏花未开时，陈其豹与金彦霞面临毕业。在操场一角，陈其豹弹着吉他唱歌，也会弹着弹着停下，一起探讨毕业了回老家靖远还是去往他乡。那时，他俩的恋爱关系已经确立了，在哪里就业是大问题，也是很现实的问题。

与同学们一样，陈其豹也很矛盾，也有点迷茫。

一天，他听到 6 位同学要去永靖县试讲，若试讲通过，打算在永靖县签合同，做一名永靖县的英语教师。

陈其豹与金彦霞商量了一下，最后决定也同去试讲。于是，他俩都做了功课，信心满怀地与同学一起乘坐刘家峡的班车，来到了小城刘家峡。

穿城而过的黄河，古朴的小城，还有赫赫有名的刘家水电站，以及美好的风光，都让陈其豹喜欢。

“我喜欢这个地方，这儿或许是我一生驻足的地方。”陈其豹在心里喃喃自语。

在试讲过程中，陈其豹和金彦霞独树一帜又很特别的试讲，让听课的校领导和英语老师耳目一新，同去的几人中，他们的英语发音，以及富有创造力的讲课方式，使他俩成为佼佼者。

陈其豹很兴奋，也很忐忑，他没有想到试讲居然如此顺畅，小城也那般符合他的心意。

6月底，他俩双双来到了刘家峡。陈其豹成为水电四局中学初中部的英语教师，而金彦霞接受安排，在水电四局小学任教。

一切都很美好。回首最初的感觉时，陈其豹说："当我意识到'教师'即将成为我的职业时，强烈的责任感让我很快进入角色，我一定要对得起那一双双求知的眼睛。说实话，以前从未想过自己会当老师。记得刚上班被安排监考时，心理上还没把身份转换过来，几天前我坐在讲台下当学生，转眼，就站在讲台上成了老师……"

回想从前的点点滴滴，陈其豹沉浸在回忆中。

从校园再入校园，陈其豹做了很大的改变，唯一没有改变的就是吉他弹唱。在他看来，是吉他给了他自信，是吉他让他彰显才情。

从步入教室的那刻开始，从步入课堂的那一分钟开始，陈其豹在调整，也同时告诫自己——不能做碌碌无为的英语教师。他还暗暗给自己定了一个目标——10年之内，一定要成为一名在永靖县响当当的英语教师，一定要有自己的讲课风格。

小城接纳着像陈其豹一样的外地青年，赋予他们美好的青春时光。

把异乡当作故乡，陈其豹与金彦霞在刘家峡组建家庭，成为刘家峡上班族中的一员。在晨风中，听着鸟儿的鸣叫，看看缓慢得近于平静的黄河水，享受着日子的安然和欣喜。

几年之后，陈其豹与金彦霞在工作中脱颖而出，2007年由于水电四局中学初中部移交地方，他俩都成为刘家峡中学的一名英语老师。

经过几年的锻炼，陈其豹成熟了很多，因此考虑得也多，一些课题开始在他的案头和脑海里反复，他把那些专家的讲座和观点整理吸收，并摘抄在笔记本上，时时温习，时时对照。

课堂是什么？是师生生命成长的平台，不是教师表演的舞台，是知识、思想的集散地，不是传递知识的主渠道，是文本走向生活的对接舱，不是陈旧知识的剪切板，是智慧生成的孵化器，不是应试技能的训练所。

课堂还可以是什么？生命的课堂：是提升师生生命质量并持续发展的课堂。生活的课堂：是学会生活、服务于生活的课堂。游戏的课堂：是玩中学、学中玩的课堂。交流的课堂：是交换知识，交流思想的课堂。对话的课堂：是敢说、能说、会说的课堂。快乐的课堂：是体会共同快乐成长的课堂。思想的课堂：是培养思维方式、思考习惯的课堂。学习的课堂：是学会倾听、采集、应用信息的课堂。主动的课堂：是积极思考、勇于探索的课堂。体验的课堂：是体验成功、艰辛、挫折、爱心、毅力、恒心的课堂。潜能的课堂：是重过程、重生成、重挖潜力的课堂。发现的课堂：是培养观察、分析、判断能力的课堂。兴趣的课堂：是激发、培养、保护兴趣的课堂。多元的课堂：是形式、主体、内容多元化的课堂。和谐的课堂：是培养宽容、包容、平等和谐的课堂。真诚的课堂：是彼此真诚面对、直面心灵的课堂。问题的课堂：是激发问题、激励探索、解决问题的课堂。平等的课堂：是人格、地位平等的课堂。开放的课堂：是教育即生活，学校即社会的课堂。展示的课堂：是学习成果、方法、过程展示的课堂。

从同学到同事到夫妻，陈其豹与妻子金彦霞携手一路走来，常在校园探讨英语教学。

每次翻开笔记，对照一些问题时，有些同事会问他“你累不累”？

“我也是从学生成长为教师的，我的小学、中学、大学老师给予我的除了知识，还有担当，如果我嫌累，如果我不认真，我又如何面对讲台下一双双稚嫩的眼神？如何面对那一双双真诚的目光？他们是我的翻版，而我也是他们的翻版，我没有理由敷衍，只能愈加勤奋和努力。”陈其豹的答复让产生疑问的人感到羞愧，而这样的交流之后，又为如何上好课、做好班主任时常探讨，时常交流。

## 五

2014年1月10日，一个周日的下午，陈其豹与家人走出家门，享受周末。

微风中，陈其豹和金彦霞带着女儿陈美桥在刘家峡新区的水景公园漫步，人工湖已经结冰，滑冰的人极多。陈其豹带着陈美桥，张开臂膀，在冰面上尽情抒写欢笑。

“陈老师。”

“豹哥。”

陈其豹被几声稚嫩的喊声叫停了，他还没有反应过来时，几个孩子已经跑到跟前，拽住了他的臂膀。

是他班里的学生，他们也在滑冰，看到他们的“豹哥”也滑冰，欢呼着跑向他。几个人拽住陈其豹和他的女儿，把他们硬拉上了他们的冰车。

陈其豹带着女儿，被孩子们拉着臂膀，在冰上描画了亦师亦友的幸福图画。

由于陈其豹待人真诚，所以总能走进孩子们的内心，加之他宽严相济的方式，受批评的孩子也总能理解他的用心。

在课堂上是师生，课后可以是朋友的亦师亦友的师生关系，被陈其豹从开始工作一直秉承到现在。师生关系一直融洽，这也让很多同事羡慕他。刚工作那几年，陈其豹与学生的年龄差距不大，很多学生亲切地叫他“豹哥”，十几年过去了，现在居然还有学生私底下叫他“豹哥”。

同学们每次喊他“豹哥”，他调侃地说：“我说我都跟你们父母同龄了，还这样喊啊？”

“嘿嘿，亲切。”

“亲切”一词让陈其豹很享受，他很享受同事或是朋友以及学生对他的称呼。在他看来，喊他“陈老师”的人未必尊重他，而喊他“豹哥”也不见得就显得不尊重，反而更亲切。

“豹哥，给我们弹个曲子呗。”

……

“豹哥来了，快快。”

“我侦查一下，今天豹哥会给我们什么惊喜。”

“不知豹哥今天带吉他了没有？”

“肯定带的。”

“你们发现了没有，豹哥今天穿了一件新短袖，看上去挺帅的。”

……

同学们喜欢称呼“豹哥”已习以为常。

书声琅琅的校园里，只有八（4）班的英语课别出心裁。要上“Unit 5 What do

周末，陈其豹和学生嬉戏于冰场。

you want to be?”这一单元，陈其豹没有让学生预习，他要给学生惊喜。

陈其豹深知唱英文歌对英语发音的改善有很大的帮助，所以他利用吉他弹唱英文歌曲的特长，计划先教会学生英文歌《Peerless》，即《Be What you wanna Be》。《Peerless》以超强的节奏感与童声伴唱，给人一种独特且耳目一新的感觉，这是一首励志的歌，歌词中出现大量表示职业的单词，所以唱会了也就学会了一些单词。

陈其豹提着吉他进了教室。“Stand up!”“Good morning!”与每节课一样，陈其豹站在讲台上，心情很舒畅。

“Today let't learn a very beautiful English song”.（今天我们学唱一首非常好听的英文歌）迎着孩子们好奇的目光，陈其豹挥了挥手中的吉他。

“Yeah!”

……

叽叽喳喳的讨论被陈其豹打断：“今天早上的内容就是唱歌。”

“啪啪啪。”掌声响起。

“嗷嗷嗷。”

“太好了，唱歌。”

……

在陈其豹示意停下的手势中，课堂才安静了。

“Doctor，actor, lawyer or a singer 医生，演员，律师或歌唱家；

Why not president，be a dreamer 为什么不是总统？做一个有梦想的人；

You can be just the one you wanna be.你可以成为任何一个你想成为的人”……

在陈其豹吉他弹唱的时候，孩子感到很“嗨”，一字一句，唱得很认真，课堂气氛活跃。医生、演员，一些职业名词的英语读写在不知不觉中会了，还会唱《peerless》。

陈其豹就是这样，会根据上课内容的需要，特意教学生一些与所学内容相关的英文歌曲，巧妙地做教材的拓展和延伸，当有的学生还在很吃力地记着教材中的职业名词时，他的学生已经能唱出和学会更多职业的单词了。如此，不知不觉中学生的发音进步了，词汇量也扩大了。

除此之外，陈其豹会有意识地挑选电影主题曲，以及经典英文歌曲。如《Do Re Mi》《Yesterday Once More》(昨日重现)《You raise me up》(你鼓励了我)等，旋律优美、积极向上又励志的英文歌曲，让学生受到音乐熏陶的同时，发音也得到很大改善。

他上课幽默风趣，一开始就注重语言的交际性和功能性，反对聋哑英语，注重听说能力的培养，故而同学们都喜欢上他的课。

他总是给他的学生输入这样的观点：“看懂是骗人的，听懂是骗人的，说出来才是自己的。”

“说出来的才是自己的!”那么怎么做才能让学生说出来呢？他在琢磨一套行之有效的方法。

当有人质疑他的方法时，陈其豹直言不讳，道出自己的见解：“语言是练出来的，不是‘学’出来的，解决了如何练的问题，就好办了。我反对孤立地让学生背单词，让学生学习生词时做到词不离句，句不离篇，而绕口令的集中训练，会大大改善发音。所以一开始，我就让我的学生明白，英语是一门语言，语言是脱口而出的艺术；每学到一个新的语言现象，都要突出语言功能，其次才是掌握所需的语法知识。”

因此，陈其豹带的英语课上前三分钟的每日演讲，也是他的一大创新，同学们很珍惜脱稿演讲的机会，多次之后，那些怯场同学的自信心不断增强，大家都喜欢上了课前三分钟演讲。

一个注重专业素养的老师，在不知不觉中，在潜移默化中，让自己的学生拥有良好的学习习惯，也是一大收获。

上大学时接触过李阳“疯狂英语”的一些理念，正好与陈其豹的风格很吻合，于是他大胆地在教学中加以运用，如“三最”口腔肌肉训练法，强调“最大声、最快速、最清晰”地读和说英语，甚至喊，喊掉羞怯，喊出自信，同时大声读，让自己的声音强烈刺激自己的听觉神经，正如李阳所说“Every time you move your mouth，your memory will deepen，your muscles will strengthen，you will make it!”（嘴巴每动一次，印象就越深一次，口腔肌肉就会越发达一点，你一定会成功!）

“三最”法被陈其豹别出心裁地运用。他会提供适合的段落，要么打印下发给同学们，或者抄写在黑板上，在早读课上，他也积极参与，与同学们一起背诵，动员每个组每位同学相互比赛，也鼓励同学们向他挑战。

对一些教材中的对话和短文，也用“三最”法操练，有时和学生 PK，看谁更棒！这样，学生在不知不觉中掌握了目标语言。

每次挑战时，为了不打击同学们的积极性，陈其豹把握分寸。有时候，他会故意示弱，或者更快地背诵，相互展示。朱国辉、罗雅蕾、安桐等同学都向他挑战过。

接受挑战就是挑战自我。陈其豹每天都在接受挑战，也挑战着自我。

说起英语教学，陈其豹滔滔不绝。在日常的教学中，用点点滴滴，出其不意地让学生轻松开心地学习英语，而不是死记硬背。

他因材施教，所以他所带班级的英语成绩始终名列前茅。

课堂瞬间——激发、培养、保护兴趣是陈其豹追求的主题之一。

## 六

他目睹他的学生用英语简短对话或是抒发感慨时，他是高兴的。他在课堂上严肃又认真地告诉同学们："必须学会用好英语，在某些场合想用英语表达自己的见解时，既有用又很酷；二则，如果人家在用英语骂你，你却报之以微笑，岂不是很傻吗?"

"兴趣是最好的老师，老师是最好的兴趣"是陈其豹一直遵循的观点。

"不要因为效率而牺牲了孩子的兴趣，不要因为统一而牺牲了孩子的个性，不要因为技能而牺牲了孩子素养的积累，不要因为成绩而牺牲了孩子的成长，不要因为功利而禁锢孩子对未来的想象，不要为了应试而牺牲对孩子创造力的培养!"

陈其豹在笔记本上写下几个"不要"，他时时提醒自己，在与孩子们相处的每一天，谨记那几个"不要"，做一名好老师，做一名优秀班主任。

陈其豹爱好广泛，他的爱好成为与学生更易相处的纽带。除了喜欢弹吉他、唱歌，他还喜欢打拳击、耍双节棍和九节鞭，练习书法。这些爱好更能拉近他和学生的距离。学生会跟他学吉他、学双节棍，还会在课间跑去与他对练拳击。每每那时，他扔给学生一副手套，再教一些基本的动作要领，就开始点到为止的对练，学生很开心，他们觉得跟老师能够这样对打，是一件很爽的事。

2001 年，随着学生当中吉他爱好者的增多，陈其豹在学校成立了"吉他协会"，每周四下午第三节课，在学校的多功能室统一进行吉他弹奏教学。前来学习的学生一度达到四五十人。在那个很多本地人把吉他当琵琶的年代，陈其豹成立的"吉他协会"掀起了一股吉他热。很多学生因此接触了一种乐器，也多了一个爱好，有的变成了特长，而最让他欣慰的是因为跟他学吉他，一个学生的命运因此改变。

那是陈其豹刚工作时带的第一届学生，一个胖乎乎的男生，名叫安剑光，学习成绩一般。显然小学的学习生活没有带给他半点自信，而常年养成的不良学习习惯也不可能一下子得到改变，看到那么可爱的孩子一到课堂上就犯困，每天因为不能按要求完成作业而挨批评，陈其豹很着急。怎么办？如何才能让他变得自信？如何才能让他对学习有兴趣？通过观察，陈其豹发现安剑光喜欢吉他，因为每次他弹吉他时，安剑光的眼睛发亮，眼神中流露出羡慕。看到这些，他开始有意在安剑光跟前弹吉他，用音乐抒发情感。在一个夏日的活动课上，安剑光跑到陈其豹的办公室，说要跟他学吉他。

陈其豹窃喜，但是没有表露出来，相反，却问他能不能坚持?

“当然能坚持，会一直坚持下去的。”安剑光想也没想就回答了陈其豹。

“好，我相信你，那么要让我看到你的坚持。”陈其豹答应了安剑光跟他学吉他的请求。

陈其豹邀请到来自英国的Zak，俩人吉他弹唱教英文歌曲《Blow in the wind》。

此后，安剑光一改淘气的样子，从音乐中找到了自信，吉他指法掌握得快，由于他的乐感强，音乐领悟能力也强，且乐在其中，进步飞快。

安剑光初中毕业，高中就读于兰州 37 中，而后又上了兰州艺术学校，之后，考上北京的艺术学院，又通过努力与奋斗，成为游本昌艺术团的话剧演员，不仅是演员，还是导演。

安剑光很感激陈其豹，把陈其豹当作最信任的朋友相待。

2017 年 2 月 11 日元宵节，安剑光去探望陈其豹。自从在北京发展后，安剑光只要回去，不管何时，都会探望陈其豹，与他聊天。

在一杯咖啡的醇香里，安剑光向陈其豹汇报近况，聊的话题很多，聊到从前，聊到初学吉他，然后讲述他作为游本昌艺术团的话剧演员在全球巡演时的见闻与感受……陈其豹很骄傲，也很快乐。安剑光人生的转折，有他的引导，而事实证明他的引导是十分正确的。

安剑光让陈其豹自信自己“兴趣是最好的老师，老师是最好的兴趣”的观点，也以“成绩是玩出来”的态度，格外留意英语学习的兴趣点。

没有刻意，也没有遮掩，陈其豹把自己的教学方式和观点，与他的同行们分享：“在初中阶段，学生往往会因为喜欢一个老师而对该老师教的科目倍感兴趣。如何让学生觉得英语学习不再是一种负担，不再是枯燥的单词和语法规则的记忆，从而对英语学习产生兴趣。一开始我就在这方面格外留意……”

每次交流，陈其豹毫不保留自己的观点。

“在语言的学习当中，发音是非常重要的一个环节，要运用一门语言，你可以掌握一门语言 5%的词汇，和 10%的语法，但是你必须要掌握这门语言 100%的语音知识。而我们的学生，有很多来自周边山区，他们带有浓重的方言，在英语学习的过程中，发音常会受到方言的影响，这就要求老师注重语音教学……”

初二的一个单元上到水果蔬菜的章节，为了活跃课堂气氛，也为了让同学们便于记忆，陈其豹要求他们带自己喜欢吃的水果，在课堂上做水果沙拉和汉堡。同学们很兴奋，也很期待，英语课要变成“动手的操作”课，老早都准备好水果，等着体验制作。

课堂上，陈其豹将同学们分成 6 个组，用英语描述制作过程，让同学们一边听步骤，一边做。大家分工合作，每个组制作的内容都不尽相同，切香蕉、苹果，做拼盘，同学们情绪高涨，合作融洽。更为重要的是，用英语交流。事实证明，同学们很喜欢上这样的课，对制作过程既感兴趣，又在做的过程中不知不觉掌握了知识要点。

在相互协作的成果面前，同学们开心、欣喜难免。相互品尝制作的水果沙拉，也让陈其豹和其他老师品尝。

每次提及这样的上课方式，陈其豹很高兴，说“学生对这样的课堂感兴趣，上完之后，一些单词不易忘掉。另外，还能激发他们学英语的兴趣”。

陈其豹以他的授课方式、性格，甚至人格魅力，让学生没有理由不喜欢他，因为喜欢他而对英语课花费更多的精力，英语成绩自然在不知在不觉中提高了。

“在课堂上身心愉悦地学习，不让学习成为负担。”陈其豹联想学习

又是一年毕业季，陈其豹与学生同台弹唱《成都》。

母语的过程，借鉴，反思。

就像弹吉他，练习指法的方式有很多一样，陈其豹借鉴的李阳疯狂英语的“一口气”训练法也很有特色。深吸一口气，在不换气的情况下，看最多能读多长内容，或者对一个句子能重复几遍。陈其豹说“一口气”训练法既刺激又高效，还有利于身体健康。

陈其豹带的班级考出全县第一的好成绩，证明了他教学方式的可行性。

过硬的专业素养，加上鲜明的个性，深深吸引着学生，也让同行对陈其豹钦佩有加。

## 七

林语堂先生说：八味心境，浓茶一杯。

所谓八味：一曰爱心，凡事包容，诸事忍让；二曰虚心，谦虚为人，低调做事；三曰清心，心灵平静；四曰诚心，将心比心，广结善缘；五曰信心，积极豁达；六曰专心，术业有专攻；七曰耐心，潜心修行，等待机会；八曰宽心，学会选择，懂得放弃。

陈其豹犹如一杯浓茶，不急躁，以静制动，潜心于英语教学。播种与收获是亲兄弟，所以他在各方面取得了骄人的成绩，然而他并没有满足于现状，而是更加注重学习。

为了让自己的教学更能适应教育新形势，他学习并借鉴很多国内很有影响力的英语教学法。除了对他影响较大的李阳疯狂英语之外，口语王子刘克亚的“表演英语”提倡的用“模仿技术”攻克发音，钟道隆教授的“逆向英语学习法”提倡的“听、写、说、背、想”等等，都能让他巧妙地运用到自己的教学当中。同时，他充分利用互联网和智能手机的优势，从不同渠道汲取养分，提升自己的专业素养。“轻客”里的“英语麦克风(English Michael Fun)”，“The Word Bank（侃词侃句）”，都是他每天必学的内容，“让英语学习成为例行公事，就像洗脸刷牙一样”，早晨起床后的洗漱过程，耳朵是不会闲着的。

“听的品质，决定生命的品质。”“喜马拉雅 FM”里的许多英语频道，都是陈其豹闲暇之余常听的节目。由于他自身的好学上进，不仅给学生树立了良好的榜样，更重要的是标准的发音和流畅的口语让他在讲台上更加自信。因为在他看来，英语老师要营造一个良好的课堂氛围，就要能说一口非常标准流畅的英语。

“给学生一碗水，自己要有一桶水”是很早以前的提法，面对现在的学生，陈其豹深感教师有一桶水甚至一池水都不能满足当今学生的需要，而是要有取之不尽用之不竭的活水，平时要不断学习，不断积累，这样才能让自己在课堂上游刃有余。

“不积跬步，无以至千里；不积小流，无以成江海”。有了丰富的积累，才会有源头活水。他充分抓住每次外出培训学习的机会，虚心向专家以及同行请教，每当接触一个新理念，他都会反思自己的教学行为，每当学到一个新的教学方法，他都会把它运用到自己的教学当中，让自己的学

陈其豹在兰州市第十九中学跟岗研修并代表临夏州学员上了一节示范课，课后和金城名班主任马祥丽及她的学生合影留念。

生受益。同时，每次外出学习归来，身为教研组长的他都会在学校进行二次培训，把学到的东西毫无保留地和同事们分享。

他说，作为一名教师，就必须不断地学习充电，不断地否定自己，因为你不能错，你的一个错误，哪怕不是自己的错，都会影响孩子们……

2009 年暑假，他受永靖县教育局委托，对全县非英语专业出身的小学英语教师进行了为期一个月的培训，精彩的授课方式深受学员们的好评。无论是在 2010 年暑假的“爱德基金会”外教培训，还是在“国培计划(2016) 甘肃省县级教师培训团队研修”中，或是在“2016 年甘肃省民族地区初中英语教师跟岗培训班”的学习中，他的好学和上进，见贤思齐的谦逊，给培训专家和老师留下了深刻印象，他也结识了一批优秀的教育同行，并且成为好朋友。

因为有良师、有益友，陈其豹博采众长，让英语教学变得很丰富，他用英语给学生们讲述如何学好英语，又用流利的英语鼓励学生：

What is language for? Some people seem to think it's for practicing grammar rules and learning lists of words——the longer the words the better. That's wrong. Language is for the exchange of ideas, for communication. （语言到底是用来干什么的呢？一些人认为它是用来操练语法规则和学习一大堆单词——而且单词越长越好。这个想法是错误的。语言是用来交换思想，进行交流沟通的。）

The way to learn a language is to practice speaking it as often as possible. （学习一门语言的方法就是要尽量多地练习说。）

A great man once said it is necessary to drill as much as possible, and the more you apply it in real situations, the more natural it will become. （一位伟人曾说，反复操练是非常必要的，你越多地将所学到的东西运用到实际生活中，他们就变得越自然。）

Learning any language takes a lot of effort. But don't give up. （学习任何语言都是需要花费很多努力，但不要放弃。）

Relax! Be patient and enjoy yourself. Learning foreign languages should be fun. （放松点！要有耐性，并让自己快乐。学习外语应该是乐趣无穷

的。)

Rome wasn't built in a day. Work harder and practice more. Your hardworking will be rewarded by God one day. God is equal to everyone! (冰冻三尺，非一日之寒。更加努力地学习，更加勤奋地操练，你所付出的一切将会得到上帝的回报，上帝是公平的!)

Use a dictionary and grammar guide constantly. Keep a small English dictionary with you at all time. When you see a new word, look it up. Think about the word——use it, in your mind, in a sentence. (经常使用字典和语法指南。随身携带一本小英文字典，当你看到一个新字时就去查阅它，想想这个字——然后去用它，在你的心中，在一个句子里。)

Try to think in English whenever possible. When you see something, think of the English word of it; then think about the word in a sentence.

陈其豹走进甘肃名校榆中小康营中学课堂，和学生亲切交流学习英语的感受。

(一有机会就努力去用英文来思考。看到某事时，想想它的英文单词，然后把它用到一个句子中去。)

Practice tenses as much as possible. When you learn a new verb, learn its various forms. (尽可能多地操练时态。学习一个动词时，要学习它的各种形态。)

I would also like to learn more about the culture behind the language. When you understand the cultural background（文化背景）, you can better use the language. (我想学习和了解更多关于语言背后的文化知识，当你理解了文化背景，你就能更好地运用语言。)

……

那些学习英语的方法是陈其豹17年来，摸索、搜集整理出来的。

对于教师职业，托尔斯泰曾经说过：“如果一个教师，把热爱事业和热爱学生相结合，他就是一个完美的教师。”苏联教育家苏霍姆林斯基也曾经说过：“没有爱就没有教育。”爱学生是教师的天职，没有爱就没有责任感，班主任作为班级的组织者和管理者，应该有更广泛的爱、无私的爱、真诚的爱。

所以，爱是最珍贵的。陈其豹用他珍贵的爱面对每一位走进他生命中的学生，以他独有的爱的方式传授知识。

陈其豹说：可以平凡，但不能平庸。因此，他尽最大努力，让同学们的校园生活、班集体生活，变得精彩纷呈，变得流光溢彩。

2016年6月23日（星期四）下午的课外活动，刘家峡中学塑胶操场的一角，叽叽喳喳围了不少同学，几张桌子拼成一个展台，最前方竖着一个牌子，牌子上写着“八（四）跳蚤市场　人弃我用　低碳环保”的字样。

跳蚤市场（flea　market）是欧美等西方国家对旧货地摊市场的别称。由一个个地摊摊位组成，市场规模大小不等。出售的商品多是旧货——是多余的物品及未曾用过但已过时的衣物等，小到衣服上的小装饰物，大到完整的旧汽车、录像机、电视机、洗衣机，一应俱全，应有尽有。特点是价格低廉，仅为新货价格的10%-30%。所以，大多数学校都会举办一年一度的跳蚤市场活动。

八（四）班跳蚤市场，在校园引起了轰动。由东往西的摊位，共有8个，而每个组都有很奇特的名字：清华组、北大组、港中大组、牛津组、剑桥组、哈佛组、耶鲁组、斯坦福组。

每组的商品又不一样，杂志、参考书、小说、名著；篮球、羽毛球拍等；mp3、mp4、u盘、碟片等；毛绒玩具、益智玩具等，琳琅满目。

“走过路过，不要错过啊。”

“瞧一瞧，看一看。”

“号外号外，8GU盘仅卖30块，超大容量。”

……

富有特色的摊位装饰和名字、特色创意叫卖、特色招牌、广告宣传语等有板有眼，吸引了不少同学，也让部分老师驻足，并挑选喜欢的货品。

男生朱国辉卖掉自己的《刘邦传记》等两本书，用卖的钱买了两个8G的U盘。陈其豹问他为何要买两个，他说：“一个给妈妈，妈妈写的稿子

班级举办的“跳蚤市场”，禁不住学生的热情兜售，陈其豹欣然“淘宝”。

在学校首次举行"人弃我用　低碳环保"为主题的跳蚤市场。

多，现在用的U盘有些小，存量要满了，需要一个大U盘。一个给爸爸，爸爸存资料也需要大U盘……"

陈其豹笑笑，很满意跳蚤市场的些微成果。他也为自己的女儿挑选了几本课外书。

这就是陈其豹的突发奇想，为了那些随着年龄的增长曾经爱不释手的东西，被置于家中某个小角落成为无用或是用不了的东西，提出"人弃我用，物尽其用"的原则，别出心裁，以跳蚤市场的形式将潜行在孩子们心底的爱表现出来。

原则上不超过10块钱的售价，以物易物，都让赶来一睹新奇的师生赞叹。

"我给妹妹换了一个米奇。"

"我用我的3本书给哥哥换了一个篮球。"

"我给姐姐买了一个笔记本。"

……

同学们相互交流淘的东西，欢喜溢于言表。

一个小时的交易结束了，搬桌子的搬桌子，搞卫生的搞卫生，把现场打扫干净后结束活动。

有的老师问及陈其豹的初衷，他说："响应资源节约型社会的号召，积极倡导循环利用，节约资源的精神，方便同学把闲置不用的东西以低价交换的形式处理给需要的同学，发展循环经济，各取所需，树立同学基本的商业常识。"

虽说同学们和一部分老师在八（四）班的跳蚤市场淘到了心仪的物品，可是陈其豹还是觉得有些小遗憾，说如果提前一天或是两天就贴出宣传海报，情形肯定会不一样。同学们平常带的零钱不多，就算有喜欢的物品，也只能看看……

## 八

5月的风，5月的花，5月的刘家峡在一场郁金香的花事中惊艳所有人时，陈其豹也在惊艳着自己。

2014年的教师节，习近平总书记同北京师范大学师生代表座谈时提到："扎实的知识功底、过硬的教学能力、勤勉的教学态度、科学的教学方法是老师的基本素质，其中知识是根本。学生往往可以原谅老师严厉刻板，但不能原谅老师学识浅薄。'水之积也不厚，则其负大舟也无力'。知识储备不足，视野不够，教学中必然捉襟见肘，更谈不上游刃有余。"

习总书记的讲话，陈其豹逐字逐句学习之后，结合自身实际，他总结出——老师好好学习，学生才能天天向上，因为榜样的力量是无穷的。

作为一名英语教师，作为一名班主任，陈其豹一面从事教育教学工作，一面不断学习，夯实基本功，不断改进教学方法，认真钻研教学大纲和教材，了解和研究学生的认知水平。尤其实施新课程改革以来，对教师的要求明显提高，必须更认真地学习和钻研教材和教法。因材施教，优化课堂教学模式，充分运用各种教学手段和方法，遵循教材编写特点，遵循学生认知水平和年龄特征，遵循英语教法的要求，倡导学生自主学习、合作学习、探究学习并举，切实体现“教为主导，学为主体，练为主线，会为主旨”的要求，通过学习方法的指导和培养，提高学习效率。

2017年5月4日，永靖县“初中英语陈其豹名师工作室”启动仪式第一次集中研训活动在刘家峡中学举行。工作室有6名核心成员和1名专家成员，他们是来自刘家峡中学、太极中学和刘化中学的6位优秀英语教师及一位来自兰州市教科所的英语教研员。

在活动交流中，陈其豹诚恳地说：“‘名师’的称号既是一种荣誉，更是一种责任。工作室旨在以名师工作室为阵地，充分发挥优秀教师的示范、培养、引领和辐射作用；开展课题研究；积极推广教研成果；开发、整合教育教学优质资源，走出一条独具特色的英语教学之路，引领永靖县初中英语教师迅速成长。”

自从被聘为永靖县初中英语名师工作室领衔名师，陈其豹更是不敢懈怠，不敢骄傲自满，愈加勤奋，不仅把英语教研组长的角色发挥到极致，还带领工作室的成员积极交流学习。

2017年5月17日，临夏市第一中学初二（10）班的英语课，是陈其豹抽签上的同课异构（同课异构是指同一节的内容，由不同老师根据自己的理解，自己备课并上课）。他在讲台上幽默、诙谐的自我介绍，让同学们很喜欢。

那节课上的内容是通过谈论世界地理之最，进一步学习形容词比较级的用法和大数字的读法。

最长的河、最高的山峰、最大的沙漠、最深的咸水湖。异校借班上课是有难度的，一来与学生陌生，二来如何呈现，如何体现特色，也极具挑战性。

此时，陈其豹把他一直推崇的“听与说是学习语言的核心”的理念通过大量听说及整体感知语言的课堂教学优势，发挥得淋漓尽致。

同学们的眼球被大屏幕吸引，从尼罗河攀上珠穆朗玛峰，而后又从撒哈拉沙漠穿越到里海。陈其豹轻而易举地就把最长、最高、最大、最深，在同学们不知就里的情况下，做了铺垫。同时，让他们在不知规律的情况下读，然后阐述、归纳，掌握规律后练习。

陈其豹和陇原名师孙建华探讨初中英语语法教学。

为了巧妙地强化4个“世界地理之最”的名词的读法，陈其豹临时把同学们分为4个组，并命名为尼罗河战队、珠峰战队、撒哈拉战队、里海战队。分好后，在课堂上提问，给战队加分，评出优胜组。别出心裁的分组和命名，使同学们感到新奇，发言积极踊跃。

比较级的知识要点，就这样被陈其豹传授给了同学们。听课的近三十名老师也被吸引，认真记录，生怕错过陈其豹独具一格的课堂教学方式和方法。

45分钟快速飞过，同学们还没尽兴时，下课铃响了。

“Class is over.”陈其豹宣布下课。

掌声响起，同学们因为喜欢陈其豹上的课而鼓掌。参与评课和听课的老师们也热烈鼓掌，都拷贝他的课件，向他学习。

评委代表魏华老师这样评价陈其豹的课：亮点多，把学生分为战队，让人耳目一新，学生非常喜欢。语音的重难点突破做得非常好，没有孤立地教学单词，而是把单词放在句子当中，结合音标领读。进行拓展，加入中考链接，特意强调了比较级与最高级转换的易错点。

在参加活动的过程中，陈其豹博采众长，在借鉴其他英语教师的长处及方法之外，也把自己在课堂教学方面的经验分享给他们。

快乐工作，快乐教学，快乐生活，让陈其豹的每一天都过得有意义。名师工作室的成立鞭策着他，刘家峡中学英语教研组组长的身份激励着他，也令他的生活变得更为充实和忙碌。他忙碌并快乐着，在教学之余，有计划、有步骤地开展工作室的活动。

2017年5月24日，刘家峡中学举行了陈其豹名师工作室“同课异构”教学观摩和研讨活动。永靖县太极中学、刘化中学、永靖九中的部分英语教师分享了授课、说课、评课、专题讲座等环节的观摩与研讨活动，在鉴赏中寻找差异，在比较中学习特性，探讨和解决英语教学中的实际问题和困惑。名师工作室指导专家、兰州市教科所教研员田黎说，“同课异构”是“照镜子”，而不是“断案子”。她评价观摩课体现的新课标新理念，教师的教学行为因此发生了明显转变，教学主体的学生得到了更多的关注，课堂教学效果明显提高。

2017年6月6日，陈其豹名师工作室开展了“城乡互动，共同提高”送教下乡活动。陈其豹和他的工作室成员“送教下乡”，来到了盐锅峡镇

陈其豹向永靖县第九中学吴彤校长了解学校英语教学现状并交换意见。

的永靖县第九中学，面对九中的英语教师，陈其豹坦诚地说：

"'送教下乡'是双赢的教研活动，受益的不单是乡下的教师，还有送教的教师。因为送教下乡为我们送教的教师提供了一次锻炼和考验的机会；也为我们送教的教师提供了一次学习受教育的机会；还为我们提供了一次成长的机会。"

永靖第九中学的英语教师们，被陈其豹的真诚所感染。

而他独辟蹊径的英语课堂教学方式，被同行争相学习，并在2017全州中小学教师教学技能大赛上予以体现，并得到广泛赞许。

作为一名英语教师，作为一名班主任，陈其豹没有片面地强调只学英语，他也很重视语文学习。内化于心，外化于行，他要让孩子全面发展。由此，他与同学们一起参与国学经典晨读，让《弟子规》《朱子治家格言》的琅琅读书声回荡在教室里。

当他感知他的学生依照既定的目标进步时，他满心欢喜。他会沉思，会听喜欢的英文歌曲，会在微信朋友圈转发励志文章，会读一本书。他也会在夜色下，在自家阳台上，让心歇息，让心嫩绿，回味曾经或是当下瞬

陈其豹带领工作室成员去永靖县第九中学送教下乡，得到吴校长的高度评价。

间的微笑以及分分秒秒间的美好。

在呵护好自己学生的同时，他对自己女儿的教育也是别具一格，注重全面培养，让她懂得感恩，让她有爱心。

2016年腊月的一天，他与陈美桥去街头转悠，发觉卖春联的人多，女儿问他：“爸爸，我可不可以义卖春联，把卖的钱捐给山区的同学呢?”

“当然可以啊，爸爸支持你。”陈其豹特别开心，为女儿有这样的想法感到自豪。

陈美桥一听他的爸爸特别支持，回家后就联络同学，商量具体怎么卖。

说干就干，陈其豹带女儿去他的朋友李亚平家。李亚平是永靖县移民中学的老师，他的书法作品很受大家欢迎。当他言明女儿的想法，请李亚平写春联时，李亚平立即赞成，利用一下午的时间写了好多，还鼓励孩子好好卖，他会拿出最高水平写对联。

场地，以及义卖的横幅，陈其豹都认真选择，帮女儿和她的同学们支起义卖春联的摊子。孩子们的积极性很高，大声招揽顾客。起初，大家仅是好奇，围观者多，到后来，一位推着自行车的老大爷路过，停放好自行车，耐心地听孩子推介春联后，他指着悬挂的一副说：“我要买这一副。”

陈美桥和她的同学一听，高兴得像一群燕子，立即推荐：“爷爷，一副怎么够啊！堂屋门、大门，还有厨房门也要贴的。”“又不贵，大的10块，这个6块。”

陈其豹在一旁观察着孩子们的表现，很欣慰，目睹他们卖力地推荐，也就不担心李亚平写的春联会卖不出去。

“好，好，就买3副。给，32块。”老人很慷慨，接受了建议。

开门红让孩子们欢呼雀跃，接下来的几天，卖得更顺利了。李亚平又写了好多。

孩子们对义卖春联出奇热情，也不抱怨累，沉湎于义卖带给他们的快乐。他们把义卖的钱都交给陈其豹保管，依照计划，春季开学就送到小岭乡的旭坪小学。

春季开学后，陈美桥在班主任的支持下，又在班里发起捐款的倡议，把义卖春联的钱凑在一起，竟然有 2400 多元，谁都没有想到有那么多。陈其豹与几个孩子的家长，以及女儿的班主任商议后，买了 100 个书包和一些水彩笔，带着孩子代表，把爱心送到了旭坪小学。

从义卖春联到送温暖活动，陈其豹都是全程陪同，想办法帮助陈美桥和她的同学们。

他说："把学生当作自己的孩子，把自己的孩子也要当作学生。从学生身上看到自己孩子的品质，从自己孩子身上发现特质，这样教育就没有多大的难度和难题了……"

秋花，冬花，春花，夏花一如既往地开，开得热烈，开得纷繁，犹如陈其豹指尖流泻的乐曲，犹如陈其豹曾经注目过的风景，静静地盛开在他为师的 17 年间。一抹爱滑动在云端，朝着花开的方向，一遍遍地誊抄关于他的"爱的教育"的铮铮誓言。

陈其豹喜欢静坐，也喜欢游走，带着家人，在光影里，在满阶秋色里，与大自然亲近。陈其豹就是一只专属学生的鸟儿，只用眼神阐述岁月。校园，课堂，吉他，歌声，都在他记忆的端口游弋，使流年丰美。

陈其豹和青年书法家李亚平老师探讨笔法。

在北京大学百年世纪讲堂，带领学生参加第二届全国青少年英语读写大赛决赛中学校被授予“全国青少年英语读书示范基地”，陈其豹代表学校领奖。

风吹过的秋日清晨，陈其豹一如既往，满怀热忱，让一颗心热烈着，让课堂教育闪耀成水灵灵的花儿，静静地释放在每一个角落。

他是如此的喜欢，在那些让他的心渐渐淡然、安静下来的光阴里，他在倾其所有，用美好抒写很多片段，关于他的学生的片段，关于“桃李满天下”的片段，关于美的片段，关于爱的片段……

If I know what love is，it is because of you. （因为你们，我懂得了爱。）

A heart that loves is always young.（有爱的心永远年轻。）

闲暇时，陈其豹会用英语描述心情，会用英语表达自我，在自我中延伸梦想与追求，在自我中丰盈……

# 精神扶贫的使者

## 一

两年来，在东乡大地的山乡间，一直奔走着一位女干部，她身材高挑，眉清目秀，优雅端庄。提起她，当地的各族妇女都赞不绝口。

东乡县城的街头，她是最受欢迎的人。走几步，老远就会有人与她打招呼：“主席，又要去忙呢吗？我请你吃碗牛肉面，吃了再去忙。”“主席，走，刮个（方言，喝的意思）碗子走。”“主席，吃个麻辣粉走，要不吃个酿皮子，看你忙的。……”

打招呼的人，都是女性，而且都是来赶集的一些乡镇妇女。她们除了熟悉自己的家人、左邻右舍和亲戚，最熟的就是被她们称作主席的女子。

这个女子，一个优雅的女子——她就是祁秀莉，是东乡县妇联主席。

祁秀莉奔走在山乡间，为妇联工作忙碌，为东乡县各族妇女们忙碌。

风吹过来，草地漾起诗意，她会举着手机捕捉瞬间。春夏秋冬的田间的美都逃不过她的眼，她就像一株盛开的茉莉花，绽放的芬芳飘逸在东乡大地妇女的心坎上，经久不散。

2016 年的 9 月，秋高气爽，田野散发着令人迷恋的味道。马上要开挖的洋芋，还要掰苞谷棒子，砍苞谷茎秆，干完这些话后，新一轮的妇女手工技能培训就要着手安排。要早些计划，早些联系，对接，组织，先从哪个村开始，集中培训还是轮训。要请县上自己培训的师傅还是州上或是外地的，依据经费，要精打细算，把钱用在刀刃上。

还有，前天她去高山乡的布楞沟村，一些心焦的妇女也等着培训，一再打听。

身着民族服装的祁秀莉。

祁秀莉似乎不累，她一一梳理，着手安排与同事一起，今天把这个村的一些妇女接送到那个村，明天又把那个村的个别妇女接送到这村。接来接去，不是游山玩水，而是参加县妇联组织的培训——“陇原巧手”手工编织技能培训，制作手工布鞋、刺绣、做丝网花等。

好多一辈子都没有坐过小轿车的妇女，走出山村，开了眼界，还用自己的一双手，给自己创造了一份收入。

在乡村，好多人不知道县上领导的名字，可是知道祁秀莉，知道那个对她们好的人叫祁主席，用当地妇女的话说，祁主席让她们活得像个人！

活得像个人？怎么才算像个人呢？

对那些祖祖辈辈没有离开过山乡的妇女，祁秀莉在精神和物质方面，

祁秀莉向时任的州委书记和州长汇报布楞沟村的妇女手工制作。

赋予她们追求的能量。通过手工编织，自己有了零花钱，买点零碎不向男人伸手，活得有了尊严。

可是，说起来简单，做起来就有些难了，而且坚持更难。需要下决心，需要坚韧不拔的精神。妇联是小单位，人少，或许有些人觉得就是一个闲单位，办一些琐碎的事，干些小事。实则不然，东乡县妇联有祁秀莉，一点也没有闲着。相反，忙，相当忙，尤其在精准扶贫方面，祁秀莉带领同事，上北京、去陕西，搞推销、培训、调研，跟班学习，找准找对了一条妇女群众脱贫的新路子。

东乡县是全国唯一的以东乡族为主体的民族自治县，也是国家省扶重点贫困县。全县辖 19 个乡、5 个镇、229 个行政村，境内群山起伏，沟壑纵横，四面环水，境内缺水，植被稀疏，十年九旱，灾害频繁。

贫穷，令祖祖辈辈生活在那方土地上的群众，对于奔小康想都不敢想。可是，这些年来，党和政府的一系列政策，使身居高山的群众有路可行，有水可饮，日子在改善，光景在好转。尤其是 2013 年 2 月 3 日，习近平总书记来到东乡县视察（东乡就是他当选为党的总书记后视察的第一个民族地区）。这让土生土长的祁秀莉倍受感动，她也暗自鼓劲，在本职工作中出彩，就是对总书记到东乡视察的最好感谢。

高山乡布楞沟村，作为东乡县最贫困、最干旱的山村之一，要让那里的妇女在精神上脱贫，才是最真实有效的帮扶方式。

习近平总书记勉励大家说："只要我们共同努力，脱贫致富奔小康的目标就一定能顺利实现。"这话镌刻在祁秀莉的心底，作为女性，尽管个人力量有限，可是她深信习总书记的话，也深信她的东乡族姐妹不会拒绝任何方式的帮扶。

谁不想过富裕的日子？谁不想活得自在？谁不想幸福？

精准扶贫，精准脱贫。党和政府提出的政策，令那些生活在贫困线下的群众有了希望，更有了指望。

作为县妇联主席，2013 年初上任，就一一走访妇联的帮扶村村民，调查研究，找准路子帮扶。

"陇原巧手"项目工程如何实施，又如何才能产生经济效益，让祁秀莉费了不少心思。

祁秀莉在思谋，也向很多人请教后，结合东乡县各族妇女的实际情况，经过近一个月的谋划，她决定先组织部分乡村妇女去外地学习。

于是，令妇女们惊喜的活动一个个开展开来……

## 二

2015 年初秋，麦子已经入仓了，洋芋花还在盛开，苞谷也正可劲地生长，初秋的美已全然呈现。

鉴于东乡族妇女不出家门的生活习惯，外出培训成了难题。

一杯茶冲泡好了，祁秀莉忘记了喝，直到变凉，她都没有喝一口，她的心思在培训上。

一碗饭端着，举着筷子出神，让家人看了心疼。

一连好几天，她都在绞尽脑汁地想办法，找人选，直到河滩镇汪胡村村主任陈尕燕的出现，才让她心安。

陈尕燕引起祁秀莉的注意，原因很简单，作为妇女干部，陈尕燕有威信，办事效率高。汪胡村是个大村子，有 789 户人 3408 人，陈尕燕因为组织过夕阳红舞蹈队而在河滩镇广为人知。

由此，祁秀莉深信陈尕燕是位实干家，是妇女群众的贴心人。陈尕燕也接受祁秀莉让村里的妇女参加在河滩镇举办妇女手工技能培训班建议，开始着手动员妇女。

就在陈尕燕动员村里妇女参加培训班之前，祁秀莉决定组织部分干部、“致富女能手”等，去张掖参加全省妇女手工编织产品展销会，开设东乡族展厅，展出东乡县优秀的手工编织作品。于是，祁秀莉亲自到河滩镇汪胡村动员妇女群众，她说：地里的活是永远忙不完的，去张掖走走看看，学习手艺，政府掏钱，管吃管住。

活真的忙不完。这话一点不假，有谁把地里的活干完过呢？咽气了，离开人世的那刻，才算忙完。自己不掏钱又能学到手艺，多好的事！就是去临夏市还要买个车票呢！张掖，那么远的地方，不要一分钱，这么好的事，能遇上几回呢？

现场的妇女交头接耳，叽叽喳喳讨论着。

因为祁秀莉的话说到妇女的心坎上，于是，一些脑子灵活又念过书的妇女而且是“致富女能手”，都积极报名参加张掖全省妇女手工编织产品展销会。

9 月，初秋的河滩大地，花椒已经收获，一株株玉米还在地里安心生长，离摘棒子还早，有些闲余时间了，祁秀莉与陈尕燕多次商量后，在村委会举办首期“陇原巧手”培训班。

15 日一大早，那些早早被动员参加培训的妇女，也先后赶来，场面很热闹。

男女老少，就像赶赴一场盛会，就像观看一场春节的秧歌，将培训场地团团围住，看个究竟。

一台台机子摆放在村委会的院子里，等待着一双双手的温暖，也等候着一颗颗追求幸福生活的初心。

好多妇女轮流上机，在培训老师的指导下，接受手把手的培训。

“哎，手脚不利索不成。”

“跟家里的缝纫机不一样。”

“看着简单，学起来有些难。”

……

叽叽喳喳的讨论声中，机子没有闲着，流水线操作。笑着、吵着、谈论着，你学我，我学她。她笑她手笨，她笑她脚底不利索。

“啪啪啪”的声响，开始有节奏地响起来。

“我才练了两次，再让我试试。”王泰芳（化名）对陈小丽嘟囔。

“我也上了两次，这一遍轮到我了，我再练一次。下一轮过来我让给你，你多练一次。”陈小丽回应王泰芳。

祁秀莉站在一旁，目睹眼前的一切，会心地笑了。她悄悄地挪到一个角落，依着一棵树，闭了双眼，双手使劲地揉额头。

最近超负荷的工作，使她失眠，头痛，感觉疲惫。为了搞好培训，熬灯费油了近一个月，从场地到培训人员，从培训项目到培训时间，都需要精准。

“祁主席，喝杯茶吧！”祁秀莉睁开双眼，看到陈尕燕一手提着一个凳子，一手端着一杯茶站在她跟前。她努力笑笑，道谢。

“我说主席，你该好好休息几天。这些日子看你累成啥样了，再这样熬就不好看了。”祁秀莉接过茶杯时，陈尕燕心疼地嗔怨。

是啊，是该好好休息几天了，女儿参加“三支一扶”考试，她没顾上，儿子放暑假回家时，她忙得焦头烂额，一顿家常饭都没顾上做，把时间都给了学手艺的姐妹们了。

陈尕燕打心里佩服祁秀莉，打心里心疼这位领导妹妹，作为妇女的娘家人，祁秀莉付出了很多。作为年长于祁秀莉的女人，陈尕燕对祁秀莉心

祁秀莉在培训班上与妇女们一起串珠。

服口服，她是汉族，祁秀莉是东乡族，可是在工作上，她们之间亲如姐妹，一心为当地妇女着想。想到这些，陈尕燕感到荣幸，她能把工作干得风生水起，比有些男人还大气，还有魄力，是受祁秀莉的影响和帮助。

常说近朱者赤，近墨者黑，其实工作生活都一样的。与什么样的人接触，就会有什么样的理想境界，追求就更不一样了。

院子里闹哄哄的，有人找陈尕燕，她忙去了。祁秀莉看着妇女们兴高采烈，说笑着。

望着那些妇女，她又陷入沉思，也感到欣慰。想到女儿想到儿子，她很内疚，有时很难受。尽管家人鼓励支持她的工作，儿女谅解她，体谅她舍小家为大家。

儿女很优秀，很争气，学业拔尖，他们视自己的母亲为榜样，也骄傲母亲给予妇女们的希望，更荣幸有一位优秀的母亲。

喝一口茶，头似乎不疼了，她注视人群，又在想着接下来的轮训。

汪胡村培训之后，持续培训开始了，从定点培训、上门培训、考察学习、“传、帮、带”等方式，祁秀莉在县上已组织开展手工编织技能培训班12期，培训人数达2500多人。

培训结束了，原本就会做布鞋的妇女，闲余时间纳鞋底，做鞋帮，绱鞋。一双，两双，三双，一双双大小不一的男女布鞋，积少成多，陈尕燕高兴，祁秀莉更是高兴，祁秀莉动员陈尕燕带布鞋参加2015年临夏国际清真食品和民族用品博览会。

200多双纯手工布鞋，在会展中心闪亮登场，短短3天时间，居然卖出100多双，且价格不菲，一双200元左右。

一双布鞋200多元，是什么概念？陈尕燕感觉像做梦，可事实面前，在百元钞票面前，她异常兴奋，祁秀莉窃喜。一双纯手工布鞋，原料成本30多元，胶底布鞋成本更低，利润巨大。

自那以后，布鞋加工销售效益显现，村民通过自销和参加展销会等，销售布鞋300余双，销售额达6万余元。

起初是布鞋加工，而后是丝网花制作，然后就是刺绣产品、香包加

祁秀莉与贺庆春老师一起点评学员的作业。

工、串珠等一系列培训，开始粉墨登场。

## 三

2015年12月初，祁秀莉又动员组织25名具有一定手工编织基础的妇女，赴陕西杨凌智汇技术学校参加了为期10天的培训。在杨凌学习时，祁秀莉没有闲着，也跟着这些妇女，学丝网花制作，从白天一直到晚上11点的学习，一次也没落下。

通过学习，参训的妇女们掌握了庆阳香包制作、民族刺绣等手工技能，获得了技能资格证书。在培训期间，祁秀莉还邀请著名民间艺人贺庆春一同设计了具有东乡族民族文化特点的手工制品，并与陕西千年秦绣公司达成协议，签订了长期的合作订单。妇女们乐了，笑得灿烂，一个劲鼓掌。

在全州精准扶贫暨项目建设观摩活动中，州委书记杨元忠、州长马学礼等州上四大家领导一行来到东乡县“陇原巧手”妇女手工编织技能培训点观摩考察，充分肯定了祁秀莉她们的工作，并提出了宝贵的建议，培训成果得到了社会各界的一致好评和肯定。

43岁的李红梅，成为第一批走出去接受培训的妇女之一，这源于她对刺绣的热爱，如今她已然成为妇女们的老师，只要县上组织培训，只要县上有集中培训，她和几个伙伴，都会被祁秀莉请到现场，手把手地教别的妇女。

眼尖手巧又接受过培训、去过庆阳、见过很多小饰品的李红梅，在临夏街头或是店铺见到别致的小饰品，回家立即试做，然后分享给同伴……

说起这些，祁秀莉由衷地笑了。

12月20日，天寒地冻，祁秀莉与同事坐火车去北京，千方百计地进入中石化总部，在食堂一侧，摆开摊子，做起推销员。

很多人纳闷，一些穿着民族服装的人，支起小摊子，究竟要干什么？

卖什么？

惊讶和猜疑中，小金瓜、心心相印、串珠，一件件精美的手工艺品吸引了就餐的男男女女，最吸引他们眼球的则是千层底的手工布鞋。

带着方言的普通话，在异地响起清脆的回音。

“我来一双，38 码。”

“我也来一双，43 码。”

“200 块钱不贵，这做工，这手艺。”

夸赞声里，一双双布鞋被欢欢喜喜地带走了。

祁秀莉没有闲着，介绍产品，一次次，一遍遍，她原本说话就柔柔的，围拥的人再多也不慌不乱，语速不变，依旧微笑介绍，从挂件到饰品，从布楞沟的颈椎枕到布鞋，不厌其烦。

若说推销讲究技巧的话，祁秀莉没有丝毫的技巧，她和姐妹们在北京

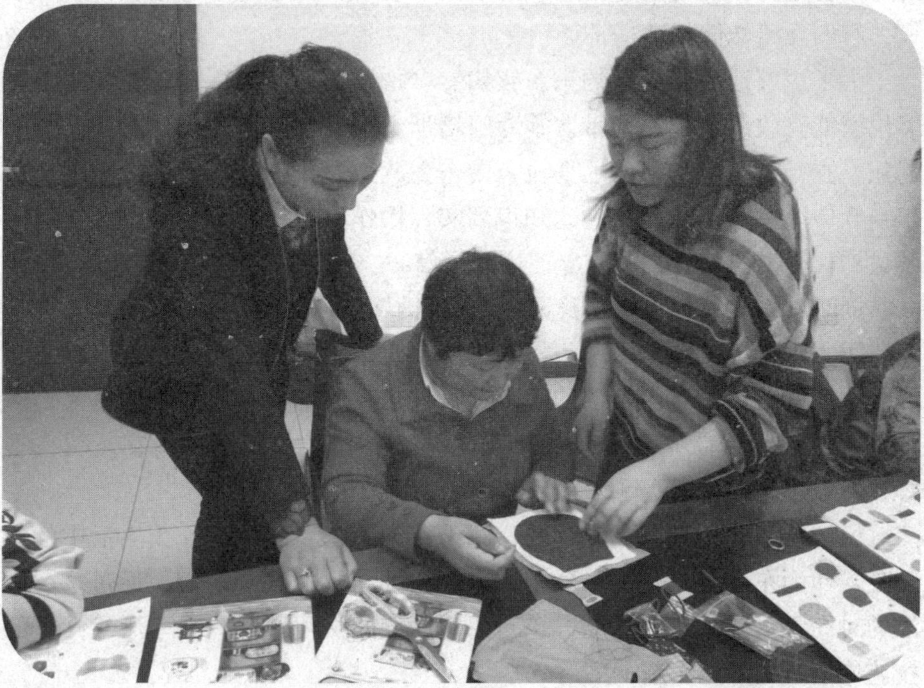

祁秀莉与参训妇女共同研究如何制作鞋样的方法。

清冷的风中，在中石化餐厅旁，早早支摊，守着起初光顾的几个人到一群人。短短几日，就销掉2万件手工制品。

随之，6万件的订单，让祁秀莉高兴不已，她为自己感到自豪。千里迢迢，离家赴京，做推销收获巨大。

在中石化食堂一侧临时支起的摊点前，祁秀莉不是东乡县妇联主席、不是人大代表、不是甘肃省优秀干部，而是一名普通的推销员，为把布楞沟刺绣这个品牌打响，为把东乡县妇女的手工艺品换成人民币，痛并快乐着。

功夫不负有心人，短短几天，布楞沟系列产品走俏中石化。妇女们有收入了，她自是高兴。

让东乡族妇女、让东乡大地上的妇女有尊严地过日子，是祁秀莉的初衷。她坚持不懈地致力于精神扶贫，以现身说法，让她们相信东乡族妇女是可以直起腰来活着的。在每次的动员活动中，她总是不忘记宣传各项政策，给妇女姐妹们传达精神。

为了更好地说服更多的东乡族妇女参加培训，学到手艺，靠着双手在家里就能有收入，祁秀莉带着她专门培训出来的锁南镇的东乡族妇女马索菲亚，去布楞沟等一些偏远乡村，向东乡族妇女传授技艺，手把手地传授东乡族传统刺绣技法。从理论知识到实际操作，由浅至深的培训，使培训学员增长了知识，开阔了眼界，增强了信心。

同时，马索菲亚也用现身说法，打消了很多东乡族妇女的疑惑。

用心做事，就是祁秀莉一贯的坚持。对于本民族的传统技艺，她满腔热忱，用心对待。有次培训的间隙，一位东乡族妇女拿着自己的绣品，向她询问值多少钱。她翻看绣品，发现绣工一般，却用东乡语答复绣得很好，然后自掏腰包，买了下来。

说到绣品、说到东乡族刺绣，祁秀莉说，东乡族刺绣作为生活中的一部分，作为东乡族文化的一分子，东乡族的新姐（嫂子）们，通过绣图倾注的时尚元素和民族文化结合，对于本民族的文化传承，对于后代女子的技艺传授，也是立了新功的……

飞针走线，是对美的追求，彰显出的个性是对未来的描绘，让生活如绣品上的花儿，姿态万千，是一种境界，祁秀莉在那种境界中前行着。

东乡县妇联的产品展示室里，墙上挂的桌上摆的都是手工产品，枕套、靠垫、鞋垫、小挂件、丝网花制作等等，布楞沟系列的产品，件件光彩夺目，令人目不暇接。

要想彻底让东乡族妇女居家生产，有点难，可是在祁秀莉的眼里没有那么难。在她的努力下、在她和同事们的坚持下、在大家的奋斗下，以布鞋加工、丝网花制作、庆阳香包加工为主体，受训妇女进行居点生产和居家生产的模式形成了，通过签订销售订单、参加展销会、村民自销等方式销售产品。还在县电子商务中心开设展台，展示销售妇女手工编织的产品。2015 年，河滩镇汪胡村、唐汪镇舀水村、大树乡黄家村生产已初具规模，共销售各类产品 1000 余件，销售额达 7 万元，并与陕西千年秦绣公司签订了价值 25 万元的“小金瓜”香包的制作订单。

就这样，参加培训的妇女积极性也逐步提高，愿意培训的妇女越来越

祁秀莉向州县部门领导汇报介绍妇女工作情况。

多，参与的人也愈来愈多，妇女居家创业就业的热情，像一股风，在东乡大地悄然兴起。

## 四

庆阳非物质文化遗产传承人贺庆春，现在是东乡县妇女的朋友，更是祁秀莉的朋友。

祁秀莉与之相识，还是缘于培训妇女们做手工艺品。

在祁秀莉带领二十几名妇女群众去杨凌学习期间，贺庆春最初以为祁秀莉与很多带队领导一样，看大家学习。孰料，令她感动的是祁秀莉与学员一样，白天晚上都在学。

事实上，祁季莉自己不仅在学，而且要求前去的同事也要学会丝网花制作，以便将来空闲时可以在培训课上教妇女们做，那样既省时又省力。

贺庆春看她一遍一遍地动手学做，钦佩祁秀莉为人处事的态度，专门制定了一套特殊的教材，针对东乡县妇女群众的接受能力，因材施教。

“祁主席，休息一会儿。”

“祁主席，别学了，你学这个做什么?”

“祁主席，你这是逼我们好好学啊!”

晚上的丝网花制作课上，轻松的气氛里，妇女们没把祁秀莉当领导，而是当作姐妹、朋友，一边聊天一边学习。贺庆春讲解传授的轻松，教丝网花制作的过程中，也了解了东乡族的饮食习惯，还有民族风情。

虽然大家都说方言，但是交流起来一点也不费力。

贺庆春努力地教，大家努力地学。

从晚上 8 点开始到 11 点结束，在培训的十几天日子里，每天都是如此。祁秀莉动员大家，别浪费学习机会，尤其是贺庆春老师亲自手把手教的机会难得，吃点苦算什么，学好手艺，学会真本事，才不枉寒冬里跑到庆阳学习，才对得起自己。

祁秀莉有个绝招，就是动员妇女们时，总是将心比心地说与教，她不讲大道理，她知道农村女性不容易，尊重她们最好的方式就是将心比心地说事。

“丢下孩子，丢下家，离开家学习，很不容易也不简单。学会学好才对得起自己，那么多的妇女中，选你们来学习，是因为你们很优秀，做的绣品上档次，花色好，配色好，针线活细。参加这个活动就是出门长见识，回去后好给亲戚、邻居们讲讲学到了什么，看到了什么。一样是妇女，别的地方的妇女如何生活，她们是如何利用手艺让自己在家里有地位的，零花钱不跟男人要，利用空闲时间自己可以赚。

“同样都会的手艺，人家会利用，我们干吗要浪费呢？姐妹们的绣品不比她们的差，她们的畅销，我们的只是自己家用，走不了市场，原因还是我们没有推销自己。另外，好好学我们东乡没有的图案，学我们不会的，把我们会的做得更好……”

祁秀莉时刻牵心妇女们的手工作品。

推心置腹的话语，让前去的姐妹们不敢懈怠，她们认真听老师讲课，细心向她们学手艺。她们知道如果不是祁秀莉，她们出不了远门，住不了宾馆，开不了眼界。

吃饭很简单，一碗面，一个菜。祁秀莉从来不搞特殊化，工作多年，她一贯坚持如此。

县妇联的干部都会丝网花制作，她们每个人都是丝网花老师，还会串珠，也是一些串珠妇女的老师。

一颗一颗珠子，一根一根丝线，串出一个花花世界。

花篮，天鹅，花树，一样样摆件都渗透着欢喜，更渗透着爱。

作为非物质文化遗产传承人，贺庆春培训过各地的妇女群众，也认识不少妇联主席，但是她对祁秀莉另眼相待，钦佩祁秀莉的人品。

第一次见面，短短十几天的相处，贺庆春与祁秀莉成为朋友，她们之间没有利益，有的是友情，有的是对传统文化技艺的敬畏。

2016 年 11 月 23 日，天寒地冻，风冷冷地刮在东乡大地上。贺庆春接到祁秀莉的电话，想邀请她到东乡县，给全县有基础手艺的妇女们开展培训，上几天理论与实践相结合的课。

贺庆春有些犯难，她一年四季都在搞培训，自己也接受培训，跑来跑去很辛苦，冬天她是不愿意出门的，想钻研新的绣样，想开拓思路，想在布料上全方位地展示技艺。把皮影、剪纸等等，都可以搬到布上，通过针线展现，所以拒绝培训。

如果是别人，她会一口回绝，但是打电话邀请她的是祁秀莉，所以她答应了，并详细了解培训时间、培训内容，制定合理的培训计划，便于培训的妇女们易于接受。

放下电话，祁秀莉长舒一口气，她生怕被贺庆春拒绝，她知道在冬天贺庆春一般是不搞培训也请不到的，贺庆春痛快答应，让她信心满满，又分外感激。

祁秀莉很自信，这次的培训不亚于以往，很多妇女会喜欢的，也会愿意参加的。

之前，她与中石化衔接好，由对方出资万元，支持她举办培训班，参训人员的吃住全包，不收任何费用。这不仅是一些妇女开眼界的机会，更是提高技艺的机会。

接下来，她又要忙了，培训人员必须要有一定技能基础的妇女，那样传帮带的作用会发挥到极致，使这难得的学习机会被最大化地使用。

好消息不胫而走，参加培训的各族妇女积极报名，超出了预期。

还有一些妇女，听到消息，跑到祁秀莉的办公室，要求参加培训。

祁秀莉高兴得像喝了蜜，就像儿女考入心仪的大学一样，快乐得像个孩子。

一连10天的忙碌之后，近400人的培训班如期举办。

贺庆春来了，这次她带给祁秀莉的惊喜是双面绣。

双面绣，对于东乡县的妇女姐妹是个挑战。那些带有江南水乡的唯美手艺，似乎与西北高原的一双双手格格不入，似乎是一道难以逾越的坎。

贺庆春安慰祁秀莉说，不难。姐妹们都有手艺，绣法不一样，其余的都一样。

于是，牡丹、杏花，花鸟虫鱼，成了双面绣的拿手图画。

一看到那般夺目的双面绣，一个新的想法诞生了，祁秀莉惊讶自己的想法和才情。她打算去找古河洲酒业的老总，推销双面绣，绣样当然是千姿百态的牡丹。在她看来，古河州酒业在瓶子上做的文章很成功，那细腻又精美的酒瓶，有一种不言而喻的美。可是，如果酒业在搞活动时，把布楞沟刺绣的系列产品双面绣作为赠品的话，不仅高端上档次又大气，还宣扬了地方文化，支持了民族地区妇女的创业，是一举多得的好事！

她是如此想的，也是这样付诸行动的，把布楞沟刺绣变得有价值。

大家学得有兴趣，也很耐心，不时地提问，不时地请教。培训现场，还有附近慕名而来的妇女，没有座位站着听，实心实意学习的劲头让祁秀莉感动。

最令她感动的则是两位50岁开外的阿姨，她们戴着老花镜，在缝纫机上摸索着，俩人很专注，脚踩得用劲，为保证针脚匀称，停下又开始，开始又停下，认真劲一点也不亚于年轻妇女们。

祁秀莉注视着，内心感到温暖……

## 五

土生土长在东乡的祁秀莉，深知她们东乡族妇女的艰难。传统观念，以及长期以来的生活习惯，走不出山区或者一辈子都没有去过县城的妇女比比皆是。她的母亲身为妇女干部，曾带着她奔走乡间，耳濡目染，以及母亲的言传身教，令她的一颗心柔软，也更加怜惜自己的同胞姐妹。

柔软的心，容不得一丝感伤。

2015 年夏末，一位东乡族的中年汉子——北岭乡马晓梅的养父，跑到妇联找到祁秀莉，哭诉难处。

祁秀莉让瘦弱的中年汉子坐下，给他倒茶。他喝了几口茶后，难以启齿的家境，最终如数道出。原来，他的养女马晓梅考上了甘肃民族师范学

祁秀莉带妇女去扬州考察清真餐饮。

到大城市考察清真餐饮也是东乡族妇女们希望的。

院，但是他无力供马晓梅上大学，妻子早逝，自己身患重疾，家贫，拿不出学费，所以都没有去取录取通知书。

他说马晓梅给他下跪，让她上大学……

可家徒四壁，拿什么交学费呢？绝望之际，有好心人指点，找到了祁秀莉。

他在哭诉，祁秀莉听着不时擦着眼泪，她听不得这样的故事。安慰之后，立即与相关部门联系助学贷款。

最后，在马晓梅的养父离开时祁秀莉拿出 1000 块钱给他，马晓梅的养父死活不要。祁秀莉说是县妇联给的，他才接受了。祁秀莉说，让孩子去上学，她会尽可能地帮，孩子的生活费实在没有着落的话，她给，她愿意给。一个月 600 元，她愿意成全一个东乡族女孩的读书梦……

妇联工作很琐碎，想要做的事很多。祁秀莉多方奔走，筹集资金 5 万元，为全县 500 名婴幼儿发放了营养包，又筹集资金 24.31 万元，为全县

2431名0–3岁婴幼儿发放了营养包，促进了婴幼儿的健康成长。救助残疾儿童和贫困儿童10名，共发放救助金4.2万元。同时，为了做好救助贫困单亲母亲，祁秀莉与同事一起深入各乡镇、村，对全县单亲贫困母亲进行建档立卡，在母亲节、斋月等节日之际，多次入户进行慰问，共救助单亲贫困母亲32名，发放救助金3.2万元。还对确诊的50名“两癌”患者的信息建立了档案，及时录入全国妇联免费检查项目数据库。此外，救助了患有“两癌”的10名贫困妇女，共发放救助金5.2万元。

工作在事无巨细中一一开展，在河滩、达板、唐汪等经济文化较发达的乡镇，举办了3期大龄女童培训班，培训120人，其中实现当地就业20人，兰州、青海、新疆等地输转就业60人，输转率达66.7%。

祁秀莉心中惦念着东乡妇女的福祉。多年以来，东乡县妇联全力实施《东乡县儿童发展十年规划》，进一步优化儿童成长环境。积极开展家庭教育工作，利用“妇女之家”和“留守妇女阳光家园”活动阵地，开展了

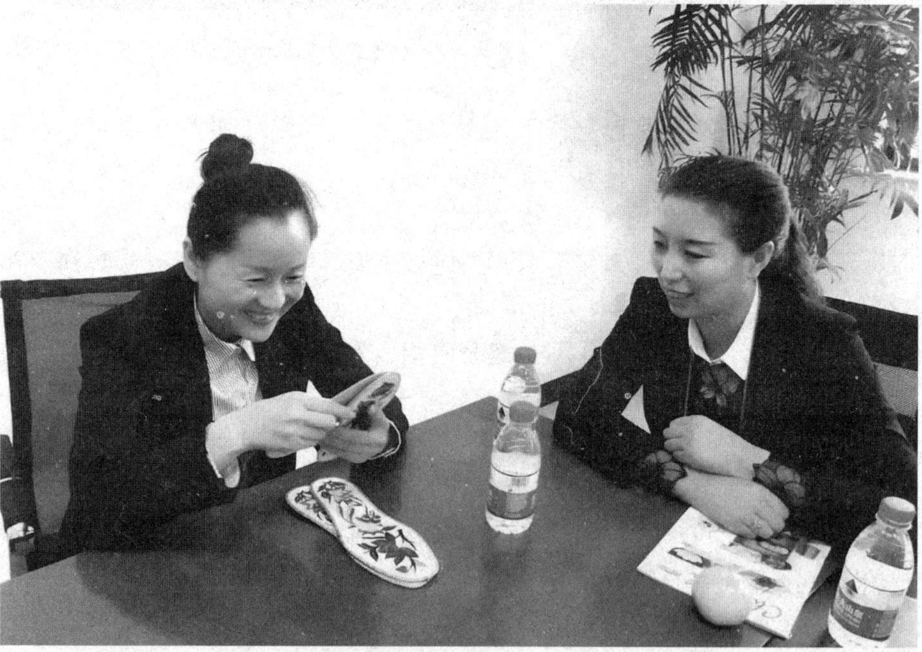

祁秀莉和浙江金华市珍爱公司董事长洽谈鞋垫业务。

“家长读书活动”，激发家长读书学习的积极性，不断提高家庭教育水平。与此同时，开展家长与学校的沟通工作：充分利用全县13所省级留守儿童家长学校的带动作用，开展家庭指导活动和亲子实践活动；师范附小等3所家长学校，组织了家庭教育和实践活动，提高了家庭教育知识的知晓率，进一步优化了留守流动儿童的成长环境。

祁秀莉还多方联系，争取资金70万元，硬化帮扶村道路2380米；在关爱单亲母亲中，慰问了21户贫困家庭，为每户送去了500元慰问品；联系临夏南洋全友家私总经理杨晶等爱心人士，救助单亲母亲、贫困留守妇女等家庭共计80户，为每户送去了800元的慰问品；在关爱妇女健康中，又多次协调，争取到中国人民解放军兰州军区机关医院3000名的全县城乡妇女5个内容的免费体检项目，到目前已为800名妇女做了免费健康体检。

……

一路走来，做到这些多么不易。有时对镜审视，祁秀莉注目自己的变化，感慨万千，做好工作不难，坚持很难，而拥有一颗坚持的心更难。付出那么多，她觉得是值得的。

祁秀莉收获了很多荣誉，但她避而不谈，她在乎的是东乡大地上的各族妇女在生活上的改变。

一头秀发，被她绾在脑后，是自己辫的蜈蚣辫，她的工作方式，就像是她自己梳理的发辫，丝毫不乱。一套适合开展工作的方式方法，就像找到适合自己的发型一样，梳理起来得心应手。

那些妇女每次见到祁秀莉，都很羡慕她，眼神里满是敬仰，满是感激。

唐汪川的杏子要熟了，祁秀莉想着周末带着孩子们一起去采摘，放松放松，她只是想想，却由于忙而无法实现。

2016年6月28日，天气晴朗，初夏的风柔柔地吹拂着，祁秀莉打开窗户，让风儿在房间的角落里自由行走，她在拟定一个新的计划，与唐汪川的杏子有关的计划，这个计划她思谋了很久。在拟定之前，她下乡时留意留心，并有意无意地与村里的群众交谈，反复揣摩之后才下决心定的。

她想在唐汪川的杏花节和杏子采摘节，组织妇女们在现场搞布楞沟刺绣产品展示，让杏花节上的游客也有眼福感受布楞沟刺绣产品的精美，那样一来，从兰州、甘南、临洮等地来的游客，对布楞沟刺绣会有直观的认识。

想想看，在阳光明媚中，穿行在花红柳绿的杏花丛中，再享受布楞沟刺绣传统文化的精美，这是何等的惬意啊。

欣赏之余，带些香包、挂件、鞋垫等回去，送亲友或是留念，多好。

祁秀莉是如此计划的，她打算2017年的杏花节上，组织妇女群众参加……

“笃笃笃，笃笃笃。”一阵敲门声打断了祁秀莉的思路。

门是敞开的，敲门的人很谨慎，依然站在门外。

祁秀莉抬头，说“请进”。

祁秀莉给贫困生发放纪念品。

祁秀莉与贫困户交谈。

“祁主席，我给您送几个杏子来了。”随着话语，祁秀莉才认出敲门的人是唐汪川村里的一位东乡族汉子，是她曾帮过的一户人家，自己曾拿出几百块钱慰问过他们。

“来，来，快进来。”祁秀莉对去她办公室的人，不论男女，不论老少，都很热情。

一杯茶在男子一再的谦让中倒上了，祁秀莉对所有人的态度就是一个微笑，一杯茶，一句暖心的问候。

“祁主席，我叫马虎赛尼，你到过我们村，给过我钱，还帮我媳妇看过病。”男子有些不自在地搓着双手，显得既高兴又不好意思。

“别放在心上，那是我应该做的。”祁秀莉的一句“我应该做的”成了她的口头禅，不管是不是她应该做的，她都这样对待感谢她的群众。

“我来给您送几个杏子，我家里的，甜得很。”男子说着，把一个纸箱子放在茶几上。

打开，一颗颗黄澄澄的杏子，光鲜，散发着香味。风吹过来，办公室里都是杏香。

祁秀莉很感动，道谢之后，让马虎赛尼坐一会儿，她出去拿钱给小马，让她去锁南镇集市上买两斤茶叶，两斤冰糖，才返回办公室。

马虎赛尼在喝茶，还续了几水。喝好了，要离开，对祁秀莉说：“祁主席，闲了到唐汪川里浪个来，明年杏花开了看个杏花来。”

祁秀莉点头答应，微笑着，挽留马虎赛尼吃了饭再去集市。

马虎赛尼说：“谢谢祁主席，我还要到集市上转转，买些东西呢。饭不吃了。”

祁秀莉让马虎塞尼再坐坐。等小马买来了茶叶和冰糖，她拿给马虎赛尼，要他带上。

植树时也栽植下爱心。

马虎赛尼说什么也不要，还埋怨祁秀莉："祁主席，我送几个杏子，是为了表达我的感谢，礼轻人意重，你拿茶叶换，是小看我了。"

祁秀莉也不生气，微笑着说："茶叶和冰糖不是给你的，你带回去让两位老人喝。"

马虎赛尼还要推，祁秀莉故意变了脸说："你不带茶叶的话，就把杏子拿回去，我也不要。"

马虎赛尼听祁秀莉这样说，也就不再推辞了，讪笑着，拿了茶叶和冰糖，嗫嚅着说："我拿几个杏子换了好茶叶，太划算了，明年杏子熟了我还来，再来换茶叶。"

祁秀莉听后笑了，很开心，马虎赛尼和小马也笑着。

马虎赛尼走了，祁秀莉让小马把杏子分给同事们，虽然每人几颗，但把喜悦分享给大家，祁秀莉感到幸福。

小马调侃祁秀莉："祁主席，你这样做的话，不怕其他人听见了也送杏子过来吗？那样的话你的工资都不够买茶叶了。"

祁秀莉笑笑，不怕，瓜子虽小，暖人心呢！说着，她顺手捋了捋额发，微笑着望向窗外。

作为临夏州第十三届、十四届的人大代表，甘肃省的"三八红旗手"，祁秀莉尽职尽责，不负众望，她一直以来坚持的态度，像一朵杏花，绽放在高原山城的角角落落。

风吹过来，有着蜜一样的味道。

东乡大地少雨，祁秀莉却像一场及时雨，浇灌在东乡县各族妇女群众的心间。

在东乡族县，又一个精彩的故事在流传，关于东乡族妇女自主创业，关于东乡族女干部祁秀莉一心为民的故事……

# 一曲生命的赞歌

火红的7月，当共产党员面对鲜红的党旗重温入党誓词，再度宣誓时，李祥龙——一名优秀的青年地质工作者，大家再也听不到他的铮铮誓言，因为他走了，离开了这个世界，如他在入党誓词中宣誓的那样——“积极工作，为共产主义奋斗终生，随时准备为党和人民牺牲一切”。

他不忘初心，没有违背初衷，把年轻的生命献给了党，献给了他的事业，用一腔热血，用实际行动，用一名优秀共产党员的标准谱写了一曲生命的赞歌！

2016年7月8日下午2：30，来自北京的李祥龙在东乡县果园乡陈何村下坪山滑坡点开展地质灾害调查勘查时，为了获得科学研究的第一手资料，不幸因公殉职，永远地离开了这个世界，离开了他孜孜追求的事业，离开了他的至爱亲朋。

李祥龙把自己30岁如歌的生命，留在了东乡县果园乡陈何村下坪山，让挚爱的事业成为永恒！

东乡县果园乡的村民不会忘记，他用脚步丈量过的土地不会忘记，他触摸过的花草不会忘记，有位叫李祥龙的年轻人，曾经来过，不仅来过，还把宝贵的生命留在了那里！永远地留下了！

## 花儿一样绽放“工匠精神”

追忆李祥龙，从大家对他的赞誉及惋惜中，一个优秀的青年站在眼前。热爱学习、刻苦钻研，是李祥龙的最大的优点。他于2004年9月以优异的成绩考取中国地质大学地质工程专业。大学期间长期担任学生会干部，年年被评为三好学生，多次获得一等奖学金。

李祥龙热爱中国共产党、热爱伟大的祖国，有坚定的理想和信念，品德高尚。2007年5月，他光荣地加入了中国共产党。

2008年7月大学毕业，他以综合排名第一的成绩被保送继续在中国地质大学硕博连读。

2011年10月至2012年7月，因成绩优异，他被公派美国华盛顿大学参加博士生联合培养研究。2013年获得博士学位，又在诸多学子中脱颖而出，成为中国地质环境监测院地质灾害调查监测室的一员，成为一名地质工作者。

地质灾害调查，与李祥龙而言不陌生，他在读书期间，多次参与过野外调查。他对工作、对事业充满激情，具有强烈的事业心和责任感、使命感，勇于突破创新，敢于担当，在“5·12”汶川地震发生后，他和导师在第一时间冒着余震频发的危险到达抗震救灾第一线，收集地质灾害的第一手资料。虽说他工作资历尚浅，可实战经验丰富，为人低调，不张扬，乐于助人，从来都是不打任何折扣地完成工作任务。在困难和危险面前，总是冲在前面，凡事做到亲力亲为，舍小家为大家，把工作放在第一位，从不计较个人得失，立志推动中国的地质灾害防治科技水平走到世界前列。

在枯燥的工作中，李祥龙的幽默、热情赢得了同事们的好感，他虽然年轻，却深得老同志的信任和尊重。

“小李，你来一下……”

“祥龙，你这次取得的第一手资料很齐全……”

“龙哥，快点。”

“龙哥，一起吃饭吧？”

……

老同志喊他小李或祥龙，年轻人则称呼他为龙哥，喊得亲切，自然。

无论在哪里，李祥龙真像一条龙，以精湛的业务技能，以精益求精的态度，以钉“钉子”的精神，像一条游刃有余的龙，腾跃在工作中。

从2015年开始，李祥龙开始参加东乡县境内的地质灾害调查工作。在安排任务时，他没有丝毫的犹豫，收拾好一切，离开北京、离开不到一岁的女儿，与每次一样，匆忙又安然地和同事踏上征程，如期进入工作状态。

一行几人，风尘仆仆，初到临夏，初到东乡县，初到果园乡，李祥龙很惊讶，大西北高原的黄土地还有这样的地方，满目的荒凉中，村庄，人家，绿树，都升腾着希望，苍凉而温和。

同事陈亮感叹说：“干巴巴的黄土地，干巴巴的一切，不如云南那边青山绿水！”

“就是，想不到大西北如此荒凉。”

“怎么能跟云南比呢？”

同事们的对话也有道理，李祥龙听后，淡然一笑，只是抬头望望天空，然后看看四下后，张开双臂说：“看这蓝天，这云朵，多美！虽然黄土地看去干巴巴的，可是对我们调查滑坡有益，地层岩性、灾害边界一目了然！”

同事们听后笑了，他们被李祥龙的话感染了，很认真地抬眼望天空，远眺，近观。

“嘿，龙哥说得没错。虽然说干巴巴的，还真与工作多有裨益。”

“的确如此，调查不费劲了。”

“还真是如此。”

“看这天多么蓝，云多么白，北京哪有这样蓝的天和白的云啊……”

“就是太干燥了。”

……

李祥龙的几句话，立即让陈亮他们感觉到了美好，不管是景致还是工作，都觉得没有想象中的差。相反，倒是有一种新奇感。

从此，李祥龙和他的同事们，开启了在东乡县果园乡的地质灾害调查工作。

生活是一首歌，生活是一首诗。李祥龙他们就是一首歌，就是一首诗，是吟唱在临夏大地上别样的诗和歌。

炎夏，李祥龙和同事们的工作按部就班，在有计划地进行中。

2016年7月8日，那天在陈何村下坪山滑坡点开展滑坡勘查时，是李祥龙连续出差40多天的最后一天，所有的工作进展顺利，没有任何哪怕一点点的难题。依照安排，李祥龙当日将返回北京休整。

“龙哥，今天可以见到你的格格了。”

“龙哥，几个小时后就可以见到嫂子和女儿了，开心吧?”

“祥龙，已经40多天了，这次回去好好休息休息。”

陈亮和王冠兵对即将回京的李祥龙，一再叮嘱。

李祥龙笑笑，笑得开心，笑得幸福。

“说实话，特别特别想格格。”李祥龙一提到女儿，就满眼笑意。

“格格”是李祥龙对女儿的昵称，提到他的格格，他笑得像朵花儿，很灿烂。

“冠兵，我还是想与你一起看一眼探槽里的情况。”李祥龙结束同事们的交谈，转移话题，他想跟王冠兵一起去看看探槽。

“龙哥，你还是按计划回北京修整，我们去。你修整回来了再去看。”王冠兵说。

“不行，我还是跟领导汇报一下，延迟一天，明天回京。”李祥龙坚持他的想法。

李祥龙向组织汇报了他的想法，申请延期一天回京，申请批准了，于是，李祥龙与王冠兵一起，计划就探槽里的滑带埋藏情况做进一步的勘查。

风依旧徐徐地吹，一切与以往一样。午饭后，李祥龙和王冠兵走出营地，再次向探槽走去。

“龙哥，你对探槽里的滑袋埋藏情况，是不是有新发现呢？”

“龙哥，这次你回去修整时带家人去旅游吗？”

“龙哥，格格一定在盼你回家吧？

“龙哥！”

“龙哥……”王冠兵有一搭没一搭，龙哥长龙哥短的，边走边与李祥龙聊天。

李祥龙看看远处，再望望天空，也不嫌王冠兵有那么多的问题，聊得很轻松：“嗯，说不定会去旅游，放松放松。我的格格，当然盼我回去啦，昨晚视频时还嚷嚷着呢！”

李祥龙提到他的格格，步子变得轻快了，挥舞着手臂，感觉不是去探槽那里，而是走在回家的路上，心情很舒畅。

与每次的勘查一样，探槽就在眼前，他俩下去了，可是，转眼之间，一切都变了……

后来，据王冠兵回忆：“我和龙哥进入了探槽，像往常一样，龙哥走在前，我在后。每次进入探槽，不管与谁一起进入，龙哥总是坚持在前，让我们在后，一直没有改变过。”

王冠兵不愿回忆，可是他的脑海里总是闪现那一瞬间的画面：“我和龙哥在探槽里待了大概不到 3 分钟的时间，就完成了勘查任务，我们正准备撤离时，‘哐’地一下，我还没有反应过来，土就下来了。最初的 3 秒里，我听到龙哥喊了一声，喊的什么听不清，因为我什么也不知道了……”

王冠兵回忆说，他被抢救出后，听到有人喊他，让他睁眼，可是无法睁开眼睛。后来醒过来，他向围在他身旁的同事打听龙哥，得知李祥龙永远离开了他们，离开他挚爱的地质事业，永远地离开了……

王冠兵特别惊恐，他不相信，不敢相信同事们说的，转眼间他的龙哥就离开了他们，永远地离开了，他觉得老天爷开了个大玩笑，他不相信那是真的。

不管王冠兵信不信，不管谁信不信，李祥龙就是永远地离开了，只是因为想亲眼看一眼探槽里的情况，想计划就探槽里的滑带埋藏情况做进一步的勘查，想心安地回京而去了探槽，这一去就成了永远，他的心永远地留在了东乡县果园乡陈何村下坪山……

噩耗传来，闻者人人为之惋惜，熟识他的人，知道他的人，还有不了解他但是听到过他事迹的人，都为这样一名优秀的人突然离开而感到遗憾，为失去年轻的他而痛惜。

“如果祥龙依照计划休整回家……”

“如果小李不执意去探槽……”

“如果龙哥那天不去……”

“如果龙哥……”

如果早知道会这样，领导会批准他的申请吗？如果早知道会发生意外，不要说李祥龙，任何人的申请也不会被批准的。如果早知道这样……

可是，没有如果，怎么会有那么多的如果呢？

在万物面前，生命是宝贵的，也是脆弱的，像一根在风中摇摆的细草，再坚强，也会在霜雪中干枯。

李祥龙走了，就那样突然走了，轻轻地走了。在遗憾中追思，在追思中遗憾，在巨大的遗憾里，追思李祥龙的点点滴滴，他留给大家的是他开拓进取、精益求精的精神和对科学的不懈追求，他留给大家的是对生活积极向上的态度，他留给大家的是他严谨的敬业态度，还有他对凡事追求完美的极致！

轻轻地，李祥龙走了，没有带走一片云彩，走了……

优秀的人，被优秀塑造，李祥龙所在的中国地质环境监测院地质灾害调查监测室，个个优秀，都值得学习，而李祥龙是优秀者之一。

中国地质环境监测院地质灾害调查监测室副主任杨旭东说：“李祥龙是特别敬业的人，因为专业对口，来单位后，他认真、踏实，积极发挥专业优势，若工作有需求，总是第一时间获取新知识。工作之余，积极钻研业务知识，由于博览群书，眼界开阔，很快掌握了地质灾害调查的许多知识要点，很快成为单位的业务骨干。”

杨旭东说：“李祥龙作为一名留洋博士，很谦逊，不骄不躁，各项工作都在第一时间出色地完成，从来没有对安排的工作摇过头，或是因为自身有困难而推脱过。点头接受是他的特质。他在北京上班，家属在外地，除了双休日回家团聚外，其他所有的时间都花费在工作上，很多事无须交代，他自愿承担，交代的事更不用说了……”

天妒英才，那么优秀的一个人，说没就没了，然而一声声惋惜和追忆，也无法让年轻的李祥龙再次微笑地出现在大家面前，更无法继续他的事业，延续他的工匠精神。

“小李，又要去办公室啊？”

“龙哥，不去转转吗？”

“祥龙，去加班啊？”

……

每天，李祥龙白天上班，吃过晚饭后，稍作休息，又到单位加班，去继续第二天的工作任务。如此，时日一长，李祥龙始终比别的同事早几天完成任务。

人世间美好的事很多，用人格魅力感染和影响他人也是特别美好的，而享受美好本身就是美好的。李祥龙不是笨鸟，可是他早飞，用实际行动践行对地质事业的热爱和执着。

他在工作中大胆创新，有想法就付诸行动的做法，感染和带动了同事，使他们也养成了好习惯。

凡事习惯就好。因为大家的好习惯，项目组的每个人从野外调查回来，晚上都要整理资料，从不拖延。

万家灯火都熄灭了的夜晚，李祥龙会想家，会想念父母，会想念朋友。夜半，睡不着时，他依旧在灯下作业；休息片刻的间隙，与室友的聊天话题，依旧离不开地质灾害调查项目。在他的周围，他的执着无人能及。

春播秋收，有耕耘就有收获，李祥龙收获着美好，也承担着重任。

他以项目负责人、副负责人、课题骨干等身份承担和参加中国地质调查局矿产资源评价项目、国家重点项目、国际合作项目等十余项。在地质灾害发育、工作条件恶劣的云南省哀牢山、甘肃黄土高原、陕西秦岭南麓、德国波罗的海海岸带地质灾害现场等地都留下过他坚定的足迹、矫健的身影和爽朗的笑声。

李祥龙犹如一只鹰，在地质事业的天空展翅翱翔，为地质环境监测事业洒下滴滴汗水，做出了他的贡献。杨旭东肯定地说："祥龙学习工作十余年来，在《岩土力学》《岩石力学与工程学报》《工程地质学报》及SCI、EI中发表和被引用论文10余篇，并形成项目成果若干部。通过近10年来的潜心学习、研究和积累，祥龙已经成长为一名地质灾害防治战线上的优秀青年。由于在各方面表现优秀，2014年度被选拔成为中国地质环境监测院青年英才。2015年，被评为工会积极分子。"

李祥龙如此努力，不负众望，单位领导也好，科室主任也罢，对于他的进取精神，大家有目共睹，对于他的离去，认识他的人深感惋惜！

中国地质环境监测院地质灾害调查监测室副主任王立朝难掩悲伤地说："李祥龙是个非常聪明、热情的年轻人，人缘极好，处世低调，在工作中与他是极好的兄弟。虽说他是独生子女，但很能吃苦，'工匠精神'在他身上尤为突出。始终以高标准严格要求自己，约束自己，学术态度严谨，是开拓性的人才。在工作中若有好想法，他会实施，会找数据，会实地取样，会花时间下功夫去研究，从不让想法仅仅只是想法，而会付诸实践形成成果……"

面对李祥龙的离去，说起李祥龙工作中的点点滴滴，王立朝眼圈发红，尽量克制情绪："很难接受这个现实！李祥龙是一个坚持真理、敢于担当的人。每当在业务上有争执时，在未达成共识前，他不会顺水推舟，而是坚持他的看法和提议，用事实和论据让大家信服。若他的观点、建议没有被采纳，他也不会有情绪，始终以积极向上、认真钻研的态度和科学精神投入工作。他是整个监测院里在野外工作最多者之一，大半时间都与荒山荒坡打交道，但他并没有因此而减弱工作热情。"

或许，李祥龙的灵魂就在野外，李祥龙的情就在荒山荒坡，否则，他怎么可能大半时间都与荒山荒坡打交道而乐此不疲呢！

没有或许，李祥龙最终把自己留在了野外，留在了荒山荒坡……

李祥龙走了，不管是家人还是大学同学以及同事，大家都无法接受这个事实，也不愿意接受，总觉得他还在，总觉得他还在他们的生活里。

李祥龙曾经的点滴，都被同事和朋友一一想起，他们不愿意追忆，可是在那段日子里，他们眼前总是闪现李祥龙的音容笑貌，总是想起他的种种。

李祥龙的大学同学苏匡说："祥龙与我同窗几年，他选择做了一名地质员，虽然我现在没有从事地质工作，但我知道，在恶劣的环境下，坚持异地工作是非常不容易的。"

同事陈亮说："祥龙名义上是北京人，却过着名副其实的漂泊生活，很不容易，即便如此，他也没有抱怨过，总是微笑着面对一切。"

李祥龙的确微笑着面对一切，面对两地分居，面对枯燥的工作，他一点也没有抱怨，而是张开双臂拥抱一切，哪怕是偶尔的失意和不爽，都被他一笑了之。

李祥龙难能可贵的微笑，以及微笑面对一切的态度，让他留在同事们心中的形象永远是阳光的！

"祥龙，现在可以停下歇歇，好好休息休息了，你已经是博士了，你还要学啊？"李祥龙的同学劝他好好享受生活，不要把头埋在书海里。

"苏格拉底有句名言——知道的越多，才知知道的越少。我虽然读了一些书，可是很多东西还需要学，总觉得时间不够用，总是感觉学到的太少了。"李祥龙的答复很简单，他没有掩饰，直言不讳地道出所学知识太少的想法。

当一个人能清醒地认识自己，并能找出差距和不足，才能自我反省，自我审视，就能时刻弥补自己的短板，那样才能进步，才能让自己更优秀。李祥龙就是如此的，他总能找出自己的不足，继而继续学习，获取各方面的知识，不断充实自己、提高自己、完善自己，力求完美。

追求完美没有错，可是做到完美又多么不易，李祥龙明知不易，但是他还是努力令自己在各方面做到完美。

他生前常常告诫自己：要想做成一件事，一件成功的事，首先就是坚持，无论身处什么样的环境，只要怀揣初心，一直坚守，就能成功！

李祥龙与同事一起，踏遍深山大川，攀爬悬崖峭壁；舍弃都市的繁华，远离亲人温暖的怀抱；忍受着寒冷与饥饿，坚守着清贫与孤独。他以热爱事业无私奉献的高尚品格谱写着他的人生乐章。

李祥龙的“工匠精神”感染着他身边的每一个人，大家也被他感动着，劫后余生的王冠兵，时隔多日，依旧悲伤，每每提及，他一再告诫自己：“要把龙哥没有做完的事，继续做下去，不会离开地质灾害调查事业，要像龙哥那样做一名优秀的地质工作者。龙哥是我们年轻人的楷模，我们要学习他兢兢业业不服输的敬业精神，无论在工作上还是生活中，把最好的状态呈现给所有人，以最好最优秀来要求自己……”

## 以最好的状态示人

是那山谷的风，
吹动了我们的红旗，
是那狂暴的雨，
洗刷了我们的帐篷。
我们有火焰般的热情，
战胜了一切疲劳和寒冷。
背起了我们的行装，
攀上了层层的山峰，
我们满怀无限的希望，
为祖国寻找出富饶的矿藏……

2014年，在亲朋好友齐聚的厅堂里，响起了这首饱含深情的歌。

这不是表演，而是一对新人的婚礼现场。

李祥龙身着礼服，携着新娘款款而来，迈向婚姻的殿堂。《勘探队员之歌》——中国地质大学的校歌，在李祥龙的婚礼上响起。熟悉的旋律，铿锵的歌词，令前来参加他们婚礼的亲朋好友感到惊讶。在婚礼上奏响《勘探队员之歌》，有些不可思议。一般来说，新人步入婚姻殿堂，不是《天长地久》就是皆大欢喜或是相守到老的歌，但是李祥龙不愿循规蹈矩，而是选择了他挚爱的校歌。

这首《勘探队员之歌》，很多地质队员和从中国地质大学走出来的学子都很熟悉。对于熟悉的歌，经常唱，自然会喜欢，又因为是校歌，所以吟唱时感觉又不一样。

李祥龙没有把《勘探队员之歌》仅当作校歌，而是当作唱响他生命激情的歌，他选择这首歌作为他的婚礼进行曲，再次表明他的心迹。

“我们满怀无限的希望，为祖国寻找富饶的矿藏……”

参加婚礼的亲友和同事深感意外，同时又兴奋地跟着旋律齐声高唱。李祥龙也在心里吟唱，他要满怀无限的希望，为祖国寻找富饶的矿藏！

他把对地质事业坚定的信念，与自己的幸福紧紧捆绑在了一起。在场祝福他们的人，对他把事业与婚姻完美地融合示以敬意，祝福与敬重的掌声一次次响起。

掌声和祝福，令李祥龙那颗年轻的心激动，他对地质事业的挚爱之心更为坚定了，他的双目焕发着荣光，他骄傲能娶到理解他支持他的妻子。

那刻，李祥龙暗下决心：此后的日子，婚姻与事业是他的左右手，二者紧密相连，家庭与事业在他心里一样重，他不会重事业而轻家庭，也不会因为家庭而忽略工作。

那一刻，他是幸福的，他握着新娘的手，与心爱的人一起在那个神圣的时刻，让《勘探队员之歌》表达他的心声，让甜蜜与信念共存。

掌声阵阵，李祥龙和妻子甜蜜的微笑汇聚出一串美妙的音符。

李祥龙的妻子也沉浸在《勘探队员之歌》的旋律中，沉浸在亲友们的祝福里，也沉浸在李祥龙的同事和同学们一起吟唱的激越间。

李祥龙紧握着她的手，她感觉到了李祥龙的激动，她也同样激动，同时也感到骄傲，骄傲能与这样优秀的人相伴一生，她是幸福的。

这样别具一格的婚礼，被大家传为佳话。

新婚第三天后，李祥龙就上班了。

他快速进入工作状态，没有像大多数人一样，去旅行，去度蜜月。

尽管李祥龙一直坚信他的努力是为了更好地爱家人，爱生活，爱这个世上美好的一切。然而他也是普通人，他也有喜怒哀乐，也会向往与家人团聚，也愿意常回家看看，但他深知自古忠孝不能两全，所以，他对父母有愧疚，对妻子有愧疚。

他一直在努力，努力让家庭与事业的天平不会倾斜，努力在工作之余照顾家人，在照顾家人之余工作。可是情感的天平总会有所倾斜，不是倾向家庭，而是他的工作。

一直以来，不管是谁，在特定的阶段特定的时期，总会处于两难的境地无法选择而迷茫，或是焦虑，或是自责。

北京、廊坊都扯着李祥龙的心。工作单位在北京，家在廊坊，宝贝女儿出生了，他在野外作业。作为年轻的父亲，他管女儿叫“格格”。一次次的离别，一次次的团聚，聚少离多的日子里，格格一天天长大。格格对着手机屏幕，奶声奶气喊出“爸爸”时，那一刻，李祥龙感到特别幸福，也有点感伤，那是对家的愧疚，对爱人的愧疚，对女儿的愧疚……

山谷的风，狂暴的雨，层层的山峰，火焰般的热情，诸多的地质工作者，在默默地奉献着他们宝贵的年华。他们每一位都很清楚，野外调查工作很艰苦，风餐露宿外，时常存在一些潜在危险，出生于地质世家的李祥龙更清楚。但在野外调查时，他总是走在最前面，做探路者，滑倒、磕磕碰碰是常事。始终坚持坡要到顶、沟要到底的原则，从不含糊其辞、从不马虎，更不以目测凑合。

在东乡县果园乡陈何村下坪山滑坡点勘查工作中与李祥龙共处一室的陈亮，与他共事三年，对他的意外特别难过，因为李祥龙不仅是工作上的工匠，在生活中更是他们年轻人的榜样和楷模。

陈亮说：“李祥龙作为一位有留洋背景的博士，很低调，如若不被问及，他从来不提留学经历，更不会以博士自居。”

“出事后才得知，祥龙生在一个优秀的地质之家，他的爷爷、父亲都是优秀的地质工作者。他与他的父辈一样热爱地质事业。本来我是来接替他的工作，换他回去轮休的，可是他却这样突然离开了……”陈亮一再克制伤悲，无法掩饰对李祥龙离去的惋惜！

“对家庭，祥龙总是心怀愧疚。提起他的女儿格格，他温柔极了。在野外工作的每个夜晚，与女儿的视频通话，是对他心灵的慰藉。对女儿的成长他有着自己的规划，说将来会绝对尊重女儿的意愿，不会强迫她去做她不愿意做的事，不会硬让她学钢琴学跳舞，只要女儿喜欢，就做她愿意做的事，会给女儿选择的自由。为了女儿的成长，他说他会努力用心生活，给女儿创造好的条件……”陈亮在沉默中，回忆李祥龙生前的点点滴滴。

从北京飞到兰州，然后乘车到临夏，李祥龙的同事和家人，无法接受李祥龙离开的事实。

李祥龙的女儿太小了，她不明白爷爷、奶奶、妈妈以及姥姥等家人，怎么突然变得如此伤心。当她看到李祥龙的遗像时，举着小手拼命地喊爸爸。她哪里会想到，她的爸爸已经永远地离开了她……

李祥龙的父亲，一名优秀的地质工作者，在整理李祥龙的遗物时，双手颤抖，抚摸着李祥龙的一条旧牛仔裤，翻着李祥龙工整清晰的工作笔记，泣不成声。他哽咽着，一个劲地呢喃：“我常年在外，没有好好照顾过你，你就长大了；今天，你没有照顾你的女儿，就这样走了……”

李祥龙的母亲，撕心裂肺地哭着，对安慰她的人哭诉：“无法接受，太突然了，以后再也等不到儿子回家……”

李祥龙的妻子不敢也不愿意相信，从听到噩耗开始到赶到遇难点，她一直懵懵懂懂、神情恍惚，总认为不是真的，只是一场梦而已。她默默地流泪，在心里嗔怪了李祥龙一万次：说好要相伴到老，说好要携手一生，格格才一岁半，就狠心地离开……

在悲痛中接管李祥龙的遗物时，她望望公婆，再看看宝贝女儿的小脸，眼泪如断线的珠子，她的心要碎了……

陈亮说：“祥龙的亲友们永远不会看到，祥龙在野外调查时，常常胡子拉碴、全身心投入工作的那种状态。他回家前，总要洗澡、修面，穿戴整齐、体面，才精神地出现在众人面前。”

王立朝了解李祥龙，熟知李祥龙有他的追求，也佩服李祥龙的执着：“祥龙是阳光的，时刻面带微笑，有激情，似乎没有烦恼，凡是他感兴趣的东西，就要去探个究竟，要弄清楚。祥龙的人格魅力和优点就是——他认为事在人为，只要花心思去做，没有做不好的！更重要的是，祥龙人生的亮点是他有一颗感恩的心。”

……

李祥龙凭借事在人为的精神，折服了大家，也让大家对他在公益事业上的点点滴滴，为之点赞。

如果云南项目组的同事不提起，很多人包括他的家人都不知道，2014年，李祥龙在云南负责某个项目工作期间，意外结识了云南新平县的一名贫困生后，一直坚持每月200块钱的资助，每次汇款，他的寄语满是鼓励。

陈亮说：“祥龙在自身房贷压力较大、个人家庭经济状况并不宽裕的情况下，长期资助并鼓励贫困学生，是特别不容易的。就是这样的资助，他也从来没有提起过……”

一个个温馨的画面在闪现！

王冠兵说：“我们下探槽前，龙哥还说这次回家要好好陪陪格格，要不然女儿与他就不亲近了；妻子太辛苦了，要让她去度假休息，他一个人带格格……”

李祥龙喜欢踢球，喜欢在看球赛时分析球队状况预判输赢，在野外调查时，李祥龙会亮两嗓子，唱摇滚风格的英文歌；看到秀美的山会赞叹，会有感而发！

他喜欢上汽车论坛，关注汽车发展。他懂生活，有情调。

艰苦的条件并没有限制李祥龙的幽默和风趣，无论身处何地，他总是谈笑风生。

王冠兵说，李祥龙在生活上照顾他们，会请他们去吃手抓羊肉，加班之余邀约同事去吃烤羊肉、河沿面片，还会喝盖碗茶……

据陈亮说，李祥龙也是有担忧的，晚上他们失眠聊天时，提及在北京买的二手房，他有着隐隐的担忧，说房子太小、房贷要还，将来父母老了，要接到北京一起生活，给他们创造更好的条件……

追忆中，风吹过来，还带着李祥龙的气息，他执着又不服输的样子，他下到探槽里指尖触摸岩层土层的认真，他手把手帮助同事的热忱，他翻阅资料的耐心，他编制程序的闯劲，以及他对大家温和的微笑，他看球赛时津津乐道的评论，他打乒乓球时的谦逊……

李祥龙走了，但他留下了不懈追求理想、不断探求真理的科学态度，留下了勇于承担、敢于突破创新、钉“钉子”的工匠精神，留下了温暖热情阳光的笑容，留下了大量科学研究的第一手宝贵资料。

30岁，如歌的年华，李祥龙把生命交付给了他的地质调查事业，在盛夏的7月离开了，永远地离开了！

祥龙，一路走好……

# “西部词家”李森一家的“花儿”音乐生活

## 一

每天饭后，临夏市的大街小巷里满是散步的、遛弯的，还有跳广场舞的人，呈现一派淡然祥和的休闲气氛。

散步的人中一位中等个头、头发花白、清瘦但健硕的老人，双手总是搭在背后打着节拍，悠然自得。

“李老师，要去工作室啊?”

“李老，又要去打乒乓球啊?”

“李老真幸福，4 个儿子孝顺，羡慕啊!”

“老李，你啥时候给我们露一手，看看你打乒乓球的技术。”

“唉，老王，你不知道吧，李老师去他儿子的工作室打乒乓球。”

……

小区里的老人会以老李的锻炼方式当话题，聊这聊那，语气里满是羡慕和感慨。老李也会对那些让他与他们多聊会的老人说：“要不一起去我儿子的工作室，锻炼锻炼，打乒乓球呗。”

“你还是与我们拉个家常，今晚不要去你儿子的工作室了。”

“今晚不行，改天啊。”

李森老先生在创作。

每次，老李会停下，会寒暄会摆摆手，会笑笑，偶尔会拒绝。他没有不耐烦，也不着急。

在这样重复的日子里，老李的走姿依旧没变，依旧背着手，打着节拍，兀自走了。

老李叫李森，已经80多岁了，是临夏州税务系统的一位退休老干部，也是一位词作家，被誉为“西部词家”。他退休在家近20年，一直笔耕不辍，不仅创作了很多“花儿”歌词，也创作了很多脍炙人口的歌曲。

2016年6月28日，他饭后又出门了，要去儿子的工作室。

“李老师精神啊，要跟你学习学习。”一位老人拉开话匣子。

“是啊，练两把。”

“我们谝一会儿，今晚不要去了。”

老人们想与他唠嗑，他说明天，今晚不行。

其实，每一个不行的“今晚”，李老先生是忙碌的，不仅打乒乓球锻炼，还有更重要的事要做——就是与大儿子李海魂研磨新作的歌曲《石桥巷》。

《石桥巷》是李老先生与李海魂近来合作的八坊十三巷系列歌曲之二，无论从作词还是作曲，都全方位地体现出临夏八坊十三巷生活的场景。

李老先生到儿子的工作室时，两个儿子已经在打乒乓球了。

令别人羡慕李老先生的就是，多年来，他的4个儿子陪他打乒乓球已经是习惯，他们无论多忙，只要他想打，总有一人陪他打。若非特殊情况，孩子们都会陪他锻炼、聊天，更多的是探讨歌曲创作。

“爸爸，歇一会儿再来呢还是现在就打呢？”李海魂与李海威停下，问他。

李海魂放下球拍，擦擦额头渗出的汗珠，把球拍给了李海威。他们已经打了20多分钟，出汗的目的已经达到，可以歇歇了。

李老先生的4个儿子，李海魂、李海茫、李海威、李海啸，都是他的骄傲，因为他们都从事美术和音乐工作。李海魂、李海威拉得一手好二胡。李海茫作为一名中学美术教师，培养出许多颇有成绩的美术生，作为甘肃省水彩画协会副主席，李海茫的水彩画创作在临夏州、甘肃省赫赫有名，曾被央视《远方的家》栏目拍摄过专题片，在央视播出。李海啸与李海茫一样，也喜欢绘画。

李老先生对于儿子们取得的成绩，很欣慰。他很自豪他的接班人都很优秀，他因此感到幸福和满足。

4个儿子，两个人执着音乐，两个人执迷绘画。而4个儿子的孩子们，也遗传了家族的艺术细胞，就业的大孙子也在艺术领域里发展。

他的大家庭就是一个十足的艺术之家。

“啪，啪。”乒乓球在清脆地弹跳。

李海魂揭开了钢琴盖，坐在钢琴前，先试音。李海魂的手指在琴键上弹跳，之后，他开始弹《石桥巷》。

第一段弹完，在弹前奏的那一节时，他说停，问题就在这里。

李海魂立即停下，扭身看父亲，同时也疑惑父亲说的问题是什么。

此时，打乒乓球也告一段落。

李老先生没有立即落座，而是双手叉腰，一边喘气，一边很尽兴地来回走动。

“这里如果加点叫卖声的元素，估计会更有故事感，会更好。”李老先生对着李海魂和李海威说着他的想法。

“叫卖声？”李海魂重复父亲的话时有点茅塞顿开之意。

李海威已经把一小杯白酒端到了父亲的跟前，打乒乓球后来口小酒也是习惯。

他抿一口老三儿子倒的酒，咂咂嘴，点点头，很享受这样的饭后。

李海魂喝了一大口酒，轻轻哼唱一遍《石桥巷》后，问父亲除了添加叫卖声外，哪里还需要修改。

“‘家家户户有梦想’这句是不是改一下更好些呢？我在琢磨，改成‘千家万户有梦想’，你们看呢？”李老先生征求两个儿子的意见。

“我觉得原来的好，一改感觉有些不对。”李海威发表见解。

“不对劲？”

“不恰当。”

……

李森老先生接受浙江传媒学院学生的采访。

他们父子一边品着酒，一边探讨在这首《石桥巷》里，要不要修改，怎么改？叫卖声如何添加。

“枣包子……”

“素盘……”

“起刀磨剪子……”

“米花糖，兰花豆……”

不管是老人的叫卖声还是孩子的，都被儿子们喊出来，一声短，一声长，反复揣摩。

《石桥巷》词曲的又一轮修改在进行着。只要歌手没有唱没有录音，修改再修改是常态。有时候，歌手已经唱得滚瓜烂熟了，需要修改时，还是会有改动的。

“小桥流水石桥巷
清泉悠悠去远方
小巷深处有人家
家家户户有梦想
心向往　慕名来
八坊有个十三巷
啊
风刮过　雨打过
十三巷美名传四方
宽宽敞敞仁义巷
千秋佳话美名扬
小巷虽小连天下
道路越走越宽广
人常往　情意长
看不够八坊十三巷
啊
你也点　他也赞

十三巷的美名传四方”

最终，歌词没有改动，只是添加了叫卖声。李森很满意，李海魂和李海威也满意。

李老先生就是这样，在与儿子合作时高要求，会反复修改曲调，或是重写，不会说“就那样”或是“成呢”，而是用“好得很”“干散”“美得很”来为反复修改的作品画上句号。

饭后在工作室打乒乓球、喝小酒、修改创作的歌曲、探讨音乐，成了他们父子的习惯。

当习惯成为自然，当习惯成为习惯，事实上，父子间这样相处，该是天下最大的幸福，不管作为老人还是儿女，都是很幸福的事。

用李海魂的话说，是音乐让一切变得和谐。

## 二

牡丹香飘十里的季节，临夏人熟悉的两句“花儿”在不经意间道出：“白牡丹白者耀人哩，红牡丹红着破哩。”

“花儿”，让临夏人备爱牡丹，“花儿”也让临夏人熟知李老先生祖孙三代人音乐生活中的点点滴滴。

赋闲在家的日子里，李老先生没有停止创作，与李海魂合作不断，一首首脍炙人口的歌曲喷薄而出。尤其是那些带着地域特色的歌曲，都倾注了他们父子的心血。

一曲走红，被大家熟悉的往往是演唱者，而词作者与曲作者常常被忽略。李老先生和他的儿子却不怕被忽略，一如既往地在音乐创作的艺术之路上默默前行。

李老先生甘愿作嫁衣，用最精致的绣花针，做针脚细密的衣裳，字里行间，满是热爱与执着。所以别人不熟悉他们无关紧要，被忽略也心甘情愿，他们依旧痴迷“花儿”歌词的创作。

李森老先生、李海魂与浙江传媒学院的研究生合影。

美丽的人生，善良的人生，对于“花儿”音乐执着的追求，贯穿在李老先生大家庭的生活中，他影响着大家庭的每一个人，儿子、孙子、孙女。温暖大家庭的，是对艺术不懈的追求，也是李老先生对“花儿”音乐的传承。

压碎了河上的浪，
溅湿了花衣裳，
太阳帽下面一对大眼睛笑，
麦子颜色尕模样。
穿过了河上的雾，
汗珠子脸上淌，
漫一声花儿就像百灵鸟唱，
酒窝装满红太阳。
……
哎！
黄河上的筏子客姑娘，
走天涯的旅人怎能把你忘。

2004年临夏州电视台春节联欢晚会上，这首名叫《黄河上的筏子客姑娘》的女声独唱，惊艳晚会，让观众拍手称快。

《黄河上的筏子客姑娘》无论歌词还是旋律，都洋溢着时代气息，有激情，有诗意，吻合“歌词是能读的诗，更是能唱的歌”的说法。

脍炙人口的《黄河上的筏子客姑娘》，很快被传唱开了，欢快而富有情感和美好意境的歌词，好多人以为是年轻人创作的，压根想不到那就是李老先生的力作。

歌曲被大家喜欢，得到“花儿”喜好者的认可，对于李老先生而言就是莫大的安慰，也是他最大的幸福。

著名词作家乔羽先生有句话说：歌词容易写，歌词也最不容易写好。

40多年来，李老先生孜孜不倦，不懈努力，成为临夏有名的词作家，备受“花儿”歌手的尊敬。因为他的执着，因为他的艺术熏陶和言传身教，他的儿子们都对艺术有浓厚兴趣，乃至成为音乐、美术界颇有建树之人。

忆往昔峥嵘岁月，李老先生依旧谈笑风生，对自己走过的艺术人生深感欣慰，也对儿子们从事艺术，甚至孙子孙女们传承他们老李家对艺术的

李海魂接受采访。

执着倍感骄傲。

18 岁时，李森老先生创作的一首歌曲在学校合唱比赛中荣获了第一名，从此一发不可收拾，爱上了音乐，爱上了词曲创作。

《西部情》《花儿醉春》两本歌词集，收录了 200 多首“花儿”歌词，成为他艺术人生的标签，贴在他走过的创作之路上。

平凡而又不简单的一生中，钢琴、二胡，以及儿子们创作的画，浓墨重彩地描绘了他的一生。

早在李老先生练习唱歌曲时，他总感觉找一首好歌不容易，如果想找喜爱的就更不容易了。那时他就琢磨，如果自己作词又谱曲，既方便又不怕失了自己的风格。于是，他灵活运用，有曲了就试着填词，作了词试着谱曲，或者写词时同时谱曲，作曲时同时填词。

在如此的反复和磨炼中，处女作《国庆颂》《人民公社金凤凰》诞生了，并发表在 1958 年《甘肃工农文艺》报上。同时，在学校的演出上，被多次演唱，一唱就是好几年。

“花儿之乡”为李老先生的创作开启了腾飞的翅膀，他的许多歌词都烙上了“河州花儿”的印记，歌曲无不浸泡在各种“花儿”的曲令之中。就这样，李老先生用“河州花儿”的各种曲令名称写了一首《河州是“花儿”的摇篮》，并为故乡成为“中国花儿之乡”深深自豪。

令人欣慰又羡慕的是，李老先生作词或是谱曲时的合作伙伴，是他的长子李海魂。

多少年来，他们配合默契，父亲作词，儿子谱曲并自制 CD 光盘。如此一来，他们的一首首歌便插上了翅膀，飞到了报刊、电台、电视台，飞到了人们的生活中。

他们合作的歌曲《唐古拉彩虹》获得了由中国音乐文学学会、北京市音协举办的“2003 歌坛在行动”全国词曲创作比赛银奖，歌曲《我的黄土高原》荣获 2003 年中共甘肃省委、甘肃省人民政府举办的敦煌文艺奖三等奖……

在众多的成绩面前，他们没有沾沾自喜，没有骄傲，而是继续行走在前行的路上，继续在音符和诗意的歌词中涂抹他们多彩的人生。

## 三

二胡的悠扬，二胡的如泣如诉，二胡的沉稳，二胡的感伤，二胡的深沉，都让李海魂痴迷。

二胡是李海魂生活中的一部分，“花儿”音乐创作是李海魂一生之所求。

作为国家二级作曲家、作为临夏州音舞协的主席，李海魂从未歇息，而是在获得诸多殊荣后，没有满足现状，依旧孜孜不倦地学习，创新。

李海魂取得的成绩不亚于父亲，他从西北民族大学艺术系 79 级器乐班毕业后，1983 年 7 月至今在临夏州民族歌舞剧院工作。20 世纪八九十年代开始创作发表声乐、器乐、大型“花儿”歌剧等音乐作品，成绩斐然。保安族风格的歌曲《保安三庄的阿依沙》荣获“甘肃省百首歌曲颂陇原”银奖、第四届敦煌文艺奖，《黄河上的筏子客姑娘》获甘肃首届黄钟奖。其中《保安三庄的阿依沙》《红牡丹》等歌曲被省内外的歌手演唱。2009 年，他获得甘肃省新剧目调演获作曲、配器一等奖。他除了创作了古筝独奏《河州美》、琵琶叙事曲《纺丝娘》、竹笛独奏《送大哥》、钢琴与乐队《黄河恋情》等器乐作品外，还创作出了好几百首“花儿”歌曲、几部大型“花儿剧”，并指挥上演了 5 部大型“花儿剧”：《雾茫茫》《天使》《春暖》《迎春花儿开》《布楞沟的春天》。尤其是 2016 年编曲的“花儿剧”《布楞沟的春天》中的音乐，呈现给观众一场视听的盛宴。

李海魂不仅是一位成功的“花儿”音乐创作者，还是一位优秀的二胡老师。自幼受父亲的艺术熏陶，执着地叩响了音乐世界的大门，并在那条路上前行。在几十年的音乐寻梦路上，他在不断修炼自身的同时，也在不断地给予喜欢二胡的孩子们力所能及的帮助和辅导。20 多年来，他培养了不少步入音乐院校二胡专业的学子，而那些孩子毕业后，又成为李海魂的同行。因为音乐，因为二胡，他们的探讨、交流既专业又美好。

李海魂在演奏。

艺术人生，人生艺术，李海魂的人生多姿多彩。他的艺术人生，除了受父亲言传身教的熏陶外，还在于他的自我奋斗。

李海魂上大学时，老师和专家们对“花儿”音乐精深严谨地教授，让李海魂打下了学习“花儿”音乐的基础，加之从小受父亲的耳濡目染，使得李海魂的民族音乐道路上有了他人不及的铺垫。

大学毕业，李海魂成为州歌舞团的一员，当他再次接触“花儿”音乐时，他在反思，也在不断地学习，汲取前辈们用“花儿”曲令作素材创作的成功经验。尤其是他父亲创作的那些歌曲，具有时代气息，突破了传统“花儿”旧有的内容和古老的形态，赋予“花儿”艺术新的生命，这种艺术启迪强烈地影响了他的创作思想。

以“花儿”曲令为基调，以“花儿”格律为唱词内容的“花儿剧”，也一部部被搬上新时代的大舞台，“河州花儿”再度焕发出青春的光芒。这里面，有他的一份努力。

一支笔，一张纸，一把二胡，一架钢琴，是李海魂学习创作的全部家当，这些家当成为李海魂与他父亲共同追求艺术人生的必备之物。

20世纪80年代初，李海魂学习作曲伊始，心里没有一点把握，写下一句旋律后，反复拉，反复修改，反复琢磨。而后又写一句，一句一句的旋律，叠加之后，简单的节奏和似曾相识的旋律，让演唱者耳目一新，就这样在全州各类机关晚会和演出中频频亮相，许多新创的“花儿”歌曲成为临夏舞台上的亮点。

一次两次，一首两首，就像初学走路时需要父母的双手牵着，渐渐地，自己能走了，不需要搀扶，也不用抓着某物了，李海魂甩开了那些模仿，开始独立创作，没有移花接木，没有照搬照抄，更没有东拼西凑，一首首曲子被传唱开来。

此时，作词尤为重要，父子合作，那首《黄河上的筏子客姑娘》是李海魂学习“呛啷啷令”的成果，粗犷、高亢、辽阔、悠远的韵味，明亮欢快时尚的节奏，以及别有韵味和意境的歌词，在听众心底燃起一团熊熊之火。

之后，《南阳渠水哗啦啦地淌》又诞生了，把“尕马儿令”发挥得淋漓尽致，无论在当地或是其他场合演出，欢乐自在其间，不管是听众还是

李海魂在制作歌曲。

演唱者，都感到亲切。

“花儿”也时尚，“花儿”也疯狂。

在李老先生与长子李海魂合作的日子里，惬意漾开在生活的每个角落。

几盅小酒下肚，清茶润着日子，饭后父子一起打乒乓球，打着打着，灵感来了，一段歌词挥洒而出，于是乎，一段旋律也随之诞生。

父子哼唱，一遍又一遍，不合适，又改，或者划掉重新写。

写着，写着，父亲写出了两本歌词集。

写着，写着，儿子的歌曲愈来愈多。

临夏有名气的“花儿”歌手，唱红了他们父子创作的一首首具有“花儿”元素的歌曲。

时光荏苒，李海魂在“花儿”音乐的创作之路上，已经走过了很多个春秋。在平淡质朴、真实的创作中，他收获着累累果实。

李海魂在作曲后，用二胡试奏，之后反复研磨，一个乐句一个乐句地修改，再拉，再修改，而后又在钢琴上揣摩，力求完美，做到精益求精。有些日子不见，听说他与剧组人员又去了布楞沟村采风。

众所周知，脚踏实地的创作，总会有收获，还接地气。

为何如此呢？李海魂说：“有些戏迷在观赏‘花儿剧’，虽然在相互交谈，评头论足，说长道短，但各自在心里已经品出这一场戏是什么曲令，那一场是什么曲令。甚至某一曲令的原生态‘花儿’，已经在观赏者的心里飞翔起来了。所以，我们要创作出既接地气又有艺术性的‘花儿剧’，就要做好‘三贴近’……”

抱着创作来源于生活又高于生活的态度，李海魂与他的同事多次深入东乡县高山乡布楞沟村采风，与当地群众促膝长谈，在田间地头、在农家、在村史馆感受村庄的变化。

布楞沟村人用热情接纳了李海魂的到访，也用最质朴的“花儿”欢迎他。

李海魂走访得很细致，沿着习总书记走过的山路，一趟两趟，深入布楞沟村，与村民交谈、拉家常。

李海魂放下身份，就像是走亲戚，在一次次的走动里，与布楞沟村的村民增进了感情，为他创作《布楞沟的春天》埋下了伏笔，也为积累素材打下了基础。

李海魂喜欢聊天，他喜欢与布楞沟的村民聊庄稼收成，聊养的牛羊，聊村里的故事，也聊村外的见闻……

聊着聊着，他不由自主地哼起新编的“花儿”，那些村民被他的哼唱所吸引，也以“花儿”回应。

于是，距离拉近了。

于是，一段段富有“花儿”韵味又有现代元素、二者相互交融的旋律，在李海魂的脑海里闪现，他赶紧记下，生怕那些旋律转瞬即逝。

就这样，李海魂以独有的方式，一句句、一段段，创作出了《布楞沟的春天》的音乐。

很多人观赏“花儿剧”《布楞沟的春天》之后，问他当初的创作灵感时，李海魂说：“我们临夏歌舞团精心编排的‘花儿剧’《布楞沟的春天》，从序幕曲到尾声近40首曲子的创作过程中，始终争取既不脱离‘花儿’的传统，又能跟上时代脉搏。为了更好更精准地掌握东乡族群众的唱

李海魂在草原。

腔，更精准地体现出《布楞沟的春天》的精髓和布楞沟村村民面对村子发生的翻天覆地变化的喜悦心情，我去了不下十次布楞沟，从东乡族群众言谈举止的细微处感受习近平总书记来到布楞沟村带给他们的精神变化，以及生活各方面的改变。生活质量高了，群众在唱‘花儿’时曲调也有细微的变化。我听他们唱，与他们一起唱，与群众打成一片，最终融入他们的日常生活。最后，经过反复揣摩剧本，再三推敲，我最终以‘花儿’的基本调式，利用现代音乐的和声、节奏、渲染力等创作完成了整部剧的作曲，使原生态的‘花儿’在剧中紧跟时代的审美标准。”

李海魂说得坦诚，又尽兴。

其实，细心的人都会发现，李海魂走路时，右手指像打节拍一样，不停地转动。那是他在打拍子，也是在琢磨。

一首歌曲是在作曲家一句一句、一节一节的揣摩中产生的。李海魂也一样会哼唱，会用二胡演奏，会用钢琴弹奏，也会在心里默唱。

《布楞沟的春天》将恢宏写意与精雕写实结合起来，将舞台与生活相结合，让东乡族元素融入剧情，充分体现艺术源于生活又高于生活的创作理念。同时，也打破了旧有的庆典模式，既接地气又不违背艺术规律，为今后“花儿剧”的创作起到一定的推动作用。

《布楞沟的春天》演出后，李海魂得到了许多夸赞。

在这个世界上，有些东西，对许多人来说无所谓，但在有些人眼中，却像生命一样重要，李海魂与他父亲对“花儿”的痴迷就是这样的。

李森老先生很注重“花儿”的传承，他说：“‘花儿’的传承像流水一样，很细很细，但源源不断。像滴水一样，我们应该相信有滴水穿石的一天，相信‘花儿’传承的力量。‘花儿’传承者的孩子，他们孩子的孩子，要把‘花儿’一直传承下去，要把‘花儿’音乐搞好，不能把它弄丢了。”

## 四

"'花儿'是生长在中国西北的民歌，是这里的各族人民千百年来创作、发展传承至今，是反映这一大区域的民族、民风、地域特色的民间艺术。因此'花儿剧'音乐顾名思义就是用'花儿'曲令的基调作素材创作的歌剧音乐，只有用'河州花儿'曲令来创作，才有'花儿剧'音乐的独特性，也才能成为中国歌剧五彩缤纷中的一枝独秀。

《白毛女》歌剧的音乐是源于河北、山西民歌素材创作而成；《江姐》的音乐是以四川民歌、清音为基调的创作；《柯山红日》的音乐是以藏族民歌为基调的创作；《阿诗玛》则是以西南地区少数民族哈尼族的音乐风格创作而成的。这就是说什么背景的歌剧音乐，就要用什么地方什么民族的音乐基调来创作，才能显现其在中国歌剧品类中与众不同的个性。"

2015 年 10 月 23 日，在北京一处教室的讲台上，李海魂针对"花儿"音乐剧的创作侃侃而谈。

"'花儿'音乐剧的个性是重要的。但如何让每部'花儿'音乐剧都显示其个性，这体现的是作曲者的艺术水平。音乐创作成功了，也就保护和发展了'花儿'音乐，尽到了一个'花儿'音乐工作者的责任。

不论是《马五与尕豆》《花海雪冤》《雾茫茫》《天使》等多部上演的'花儿剧'，都显示了'花儿剧'音乐的独特性，如《花海雪冤》中，阿西木先是被判死罪，爱唱'花儿'的知县再审，改判无罪。音乐处理上用'河州大令'的悲怆和'呛啷啷令'的欢乐情趣，充分发挥和表现了'花儿'音乐的独特性，通过这一运用，增强了戏剧效果，在这里音乐和剧情的统一使整个'花儿剧'的情、声融为一体，剧情高潮迭起，激动人心。'花儿'音乐是'花儿'歌剧的灵魂。"……

"啪啪啪！"掌声响起。坐在台下来自五湖四海的艺术家们，被李海魂的发言所吸引，他们被"花儿剧"所吸引，他们对李海魂讲述的"花儿

指导不分亲疏。

剧”的音乐个性产生了极大的兴趣。

“‘花儿剧’的音乐独特性显示在主题音乐和人物唱腔方面，既突现了音乐主题，又显示了不同人物的个性和命运。没有民族的、没有地域的歌剧是不存在的，只有创作民族的、地域的‘花儿剧’音乐，坚守民间性、群众性、地域性的‘花儿剧’音乐，才有独特的‘花儿剧’。

‘花儿剧’音乐的独特性表现在曲作者设置的或欢乐，或悲伤，或庄重的民族舞蹈音乐中，既歌又舞，伴有‘花儿曲令’的音乐，为整部剧增添色彩，让剧情活起来，突出主题思想。‘花儿剧’的舞蹈有时甚至设置在剧情的高潮部分，这种场景不论是西洋还是中国新歌剧都是不多见的。如《天使》中的舞蹈音乐就是用‘二梅花令’的基调完成的。而《雾茫茫》中为了揭露毒品罪恶的《鬼舞》是用‘花儿’调式的三个基本音为旋律，加进了变化音和现代节奏、转调等手法，这样既描写了毒品的罪恶，又保持了‘花儿’音乐的韵味。《天使》中的护士舞蹈是用‘白牡丹曲令’改编而成的，表现了护士工作的高尚。《春暖》中用河州劳动号子‘打夯’的曲调描写外出打工者的劳动场面。

‘花儿剧’音乐的独特性表现于幕间清唱。剧中的幕间清唱是优秀的原生态‘花儿’歌手以独唱、对唱或齐唱的形式展现的，也是用原始‘花儿’唱词，这是为了烘托剧情的整体气氛，高扬‘河州花儿’的优美旋律，既揭示剧情的戏剧冲突，又起到了场与场之间承前启后的效果。而其他歌剧音乐没有这种艺术表现形式。幕间清唱设置得当，会增强整部戏的氛围，甚至有画龙点睛之妙用，还能满足‘花儿’爱好者的需要，充分体现‘花儿剧’的民间性和群众性。

‘花儿剧’音乐和其他歌剧不同的是剧中人物用民间话语、河州方言，用舞台戏剧数板的形式陈述台词，并在数板的节奏中加进‘花儿’、河州小调的旋律，来渲染烘托，如《雾茫茫》中则乃拜的唱段道白，为突出人物的内心世界，既有连哭带唱又有数板，用这样的艺术处理，描写了则乃拜老人善良、诚实、对儿子恨铁不成钢的无限情肠，升华了戏剧的主题思想。‘花儿剧’音乐是许多‘花儿’曲令韵味之汇合，是‘河州花儿’的大展台，是精选的、原汁原味升华了的。因为‘花儿剧’创作音乐，指的是一部‘花儿剧’的主题音乐，不同角色的唱段音乐以及舞蹈音

李海魂指挥的一幕。

乐等都在内。没有平时对‘花儿’音乐的学习研究和素材积累，是难以胜任的。只有掌握大量的‘花儿’曲令，创作大量的‘花儿’风格歌曲，将各个‘花儿’曲令融会贯通，才能有驾驭‘花儿剧’音乐创作的能力。并要在搜集大量‘花儿’曲令的同时聆听民间‘花儿’歌手和唱把式的原唱，不辞辛劳，拜师学艺，与‘花儿’歌手结成朋友，踏遍各个‘花儿’山场，熟悉‘花儿’流域地的风土人情，并要熟知‘花儿’的各种演唱方法和各种演唱形式。同时，在运用‘花儿’素材时，根据不同剧情不同人物性格，来选取最合适的‘花儿’曲令，有欢快的，有悲伤的，有庄重的，有谈情说爱的，有宣叙的。当然这些要在掌握了一定作曲理论和作曲技法的前提下进行的，并要对中外戏剧音乐进行学习、研究，更为重要的是要从宏观和微观上去体味‘花儿’音乐，去运用创作。这就是‘花儿剧’音乐创作的必经之路。”

在发言过程中，李海魂该唱时唱，用“花儿”曲令进行展示，用一首首脍炙人口的“花儿”，来传达“花儿剧”音乐创作的精髓和要义。

两千多字的发言，吸引着在场的人。

交流结束后，有人来要李海魂的发言稿，他们说要学习学习，还要李海魂唱几首“花儿”，要他详细讲解“花儿”曲令，与他探讨“花儿剧”音乐创作方面的体验。

那一刻，李海魂是高兴的，也是欣慰的。

## 五

幸福像花儿一样灿烂，幸福也像唱的“花儿”一样婉转、高亢。

幸福的标签，像“花儿”一样贴在李老先生一家人的生活里，穿行在李海魂的生活里，穿行在他们大家庭的每个日子里。

节日里，李老先生是最开心的人，家里有歌声和笑声，孙子孙女们拉二胡，他都会双手打着节拍，尽情享受。

别看他摇头晃脑地闭着眼听而不看，但是哪里拉错了，他立即会指出来。

令李老先生引以为荣的是，大儿子李海魂在“花儿”创作上取得了好成绩，更令他欣慰的是孙子李舒阳（李海魂的儿子），学的也是二胡专业，也从事了音乐创作的工作。

孙子、孙女分别学音乐和美术。

音乐，美术，又在李森孙辈的学习生活中洇开唯美。

当李舒阳在家里拉自己创作的曲子时，李海魂会停下手中的活计，欣赏之余，提意见。

李舒阳也会在爷爷和父亲、叔叔们打乒乓球的间隙，认真地拉，让他们听，然后征求大家的意见。与爷爷、与父亲创作的“花儿”不一样的是，李舒阳在创作中加入了现代音乐的元素。

兴之所至，他们会停下，专心地欣赏李舒阳的演奏，然后各抒己见，哪块的节奏要加强，哪块要弱。

李舒阳耐心听爷爷、父亲、叔叔们的意见，而后依据自己的理解，需要修改的地方修改，觉得不需要修改的原封不动，保持最初的情感。

李舒阳喜欢音乐，也喜欢摄影，在音乐与摄影之间，他找到了美的支点，二者融会贯通，又息息相关。五线谱与光影，令李舒阳在音乐上得到了意外的收获。

日子就是如此美好，一大家人，传承着音乐，传承着“花儿”，在临夏大地上演着一幅耐看的“花儿”图。

就像一朵九月的山菊，李森一家人的“花儿”音乐生活，静悄悄又热烈地盛开在临夏大地上，也盛开在他们自己的眼底。安静、妩媚、淡然，所有美好的心思，在山风的青睐下，画卷一样展开，也如一首百听不厌的歌，吟唱在岁月的字里行间。

李森父子与孙子、孙女们一起聊音乐，聊二胡，聊“花儿”音乐的每时每刻，微笑犹如草尖上的露珠，闪闪发亮。

在家里或是在儿子的工作室，李老先生会捋捋鬓角的头发，感到特别欣慰，也很幸福。那一刻，他除了作词，也会写诗。他觉得眼前的一切都

李海魂最小的二胡学生。

那么富有诗意，很多人所追求的幸福人生，因为他的勤奋、执着，因为孩子们的努力实现了。

生活也像一朵完美的花，芬芳洋溢在“花儿”的版图上，洇开美好。

日子很充实，做饭时，李海魂的灵感颇多。会在做浆水面、煮洋芋、做馓饭的瞬间，灵感突然而至，快速写下他喜欢的旋律，然后哼，继而再唱出来。

在一首他满意的曲子完成时，他会凌晨5点起床，会悄悄地在厨房忙活，做早点，享受创作带给他的快乐。他还会冲杯咖啡，让浪漫在厨房的烹调中混搭，让音乐在柴米油盐酱醋茶中鲜亮每个晨昏。

日子像诗一样充盈在李海魂的生活里，他没有满足，与父亲一样执着。对“花儿”音乐充满敬畏和热爱，所以他也是挑剔的。当有人写了歌词，请他谱曲时，他会先看歌词，若看不上，他会拒绝，不会勉强。当他觉得立意、主题、场景不错，还有修改的余地时，他也会直言不讳地道出自己的意见。

一个幸福的大家庭，因为音乐和美术而在生活里彰显唯美，熠熠生辉，这是多么值得令人羡慕的！

总有许多孩子喜欢学习二胡。

很多人羡慕李老先生和他的艺术之家，他们有的拉得一手好二胡，有的画作大气……

面对羡慕，不管是李森还是李海魂，都很淡定，因为在他们看来，只要努力奋斗，只要执着追求，所有的一切都是美好的……

# 守护肾脏健康的天使

像一首耳熟能详的城市民谣，临夏州医院肾病科主任魏学全，被称为临夏肾脏病第一人、临夏地区肾病学科带头人。

他有时板着脸很沉闷，有时微笑如春天的花朵，他不是喜怒无常的人，而是在医好一个危重病人后，开心如病人家属。但若遇到无法攻克的难题时，他的眉头紧锁，几乎沉默。

他的梦想像随风吟唱季节的麦穗那样饱满。

盛开的花朵是芬芳的，也是被汗水浇灌、爱心滋养、温暖呵护的，魏学全以他的执着、努力，将一个个荣誉放进他的篮子，继而上锁。

2017 年 8 月 18 日，魏学全被甘肃省医师协会血管通路医师分会聘任为甘肃省医师协会血管通路医师分会副主任委员。在此之前，他就受聘于多个部门：甘肃省医学会肾病专业委员会第七届委员会常务委员、甘肃省中西医结合肾病专业委员会第一届委员会副主任委员、甘肃省老年医学学会内分泌代谢病专业委员会常务委员、中国民族医药学会肾病分会理事、甘肃省泌尿系疾病临床医学中心委员会第一届学术委员会委员……

魏学全个人档案中的一张张聘书，记录着他为临夏地区肾病专业发展付出的诸多艰辛，众多的名誉是社会对魏学全才干的认可。

魏学全从事临床、教学、科研工作 17 年，擅长各种急慢性肾脏病的诊治，对于急性肾衰竭的救治、慢性肾衰竭一体化的治疗颇有心得，具有丰富的血液净化及腹膜透析治疗的临床经验。他除了在医疗工作中善于积累丰富的临床经验外，还注重科研工作和撰写医学论文，把临床实践升华为理论，又把科研成果转化为临床实践。主持完成甘肃省科技厅自然科学基金课题项目一项，完成科技成果三项；担任副主编完成了《现代实用内科学/肾内科分册》的编写，主编《临床肾脏病诊疗学》《现代实用临床肾病学》，公开发表医学论文10余篇，SCI论文1篇。他主持的科研《脂联素在慢性肾脏病中的临床应用研究》于2013年5月通过州科技局鉴定，评为国内领先，获得第六届全省职工优秀技术创新成果三等奖，2014年度临夏州科技进步二等奖。同时，他在临床工作上的卓越表现受到各级部门的奖励和表彰。2011年7月他被中共临夏州委授予“全州优秀共产党员”；2013年4月，临夏州总工会授予他“五一劳动奖章”；2014年5月，中共临夏州委、州政府授予他“全州优秀医师”称号……

## 一

2017年3月4日，星期六下午5点，魏学全刚从病房回到办公室，手机响了，他一看是他哥的号码，心轻轻抽搐了一下，难道是老父亲状态不好？他皱着眉头赶紧接电话。

“你休息不？老爹今天念叨你，你过来一下吧！”

“老爹怎么了？不太好吗？”魏学全很担心，坐着的人站起来了。

“这几天不太好，你忙就没跟你说，但今天是星期六，他不停地念叨你呢。你下班了就过来一趟。”

“嗯，我今天值班，6点交班后我就过去。”魏学全挠着后脑勺，挂了电话。

魏学全听到父亲在念叨自己，心里很不是滋味，由于忙，好几天没有回家了。不是家太远，而是忙，顾不上。

他在临夏，父亲在刘家峡，开车一个多小时，一点也不远，可就是抽不出时间去看望父亲。

咳嗽多年的父亲被查出肺癌，做了几次放化疗，效果欠佳。作为临夏州医院呼吸肾病科的副主任，他接诊的病人很多，像他父亲一样的病人比比皆是，所以他心里特别清楚，放化疗效果不好意味着什么。

他是不愿意让父亲有所觉察，所以隐瞒了病情，只是安慰父亲，说夏天到了就好了，春天对百病不利。

他的父亲相信了他，等着夏天到来。然而，夏天的时候，给父亲拍了CT片后，他看着CT片沉默了，父亲的生命只能用天来计算。他打算休假，好好照顾父亲，好好陪陪父亲。

计划永远赶不上变化快，他一直在“明天再休”的计划中，夏天过去，紧接着入秋了，他还没有休假，尽管常常去看望，但是好好陪伴和照顾父亲的计划，化为泡影。

只要一想到这些，魏学全的心会隐隐作痛，他觉得愧对父亲。

接到大哥的电话，得知父亲的病情又加重了，父亲要求见他，他心里不是滋味，他打算交班后回刘家峡。

一分钟又一分钟，一刻钟又一刻钟，半小时过去了，他接诊的病人一切正常，这才心安地开车回家。

他想顺便看看儿子，儿子在刘家峡化工学校读书，一晃要毕业了，他要关注一下儿子的学习。在路上，魏学全想着对老父亲说些什么，对儿子说些什么，他要酝酿一番，因为他平时一开口就是叮嘱。他习惯了叮嘱，每天叮嘱病人，叮嘱病人家属，所以叮嘱几乎是他的习惯。

魏学全在思忖父亲的病情，如果不是特别严重的话，他的大哥是不会打电话给他的，他的父亲也不会让他回家的。

想到父亲，想到儿子，想到家，魏学全心里全是愧疚，他一心扑在工作上，很少管家里的事。家人也习惯了他工作狂的状态，什么事都不指望他。所以，想到父亲让他回趟家，他心里不是滋味。这么多年，他的父亲从来没这样要求过他……

魏学全满是愧疚地驾车行驶在折达路，过了东乡县河滩镇。与此同时，科室里的值班医生们在忙碌。7点15分收治的一名多脏器衰竭的患者，需要紧急做血液透析。年轻的李医生做中心静脉置管失败，眼看患者生命垂危却束手无策，家属情绪激动。

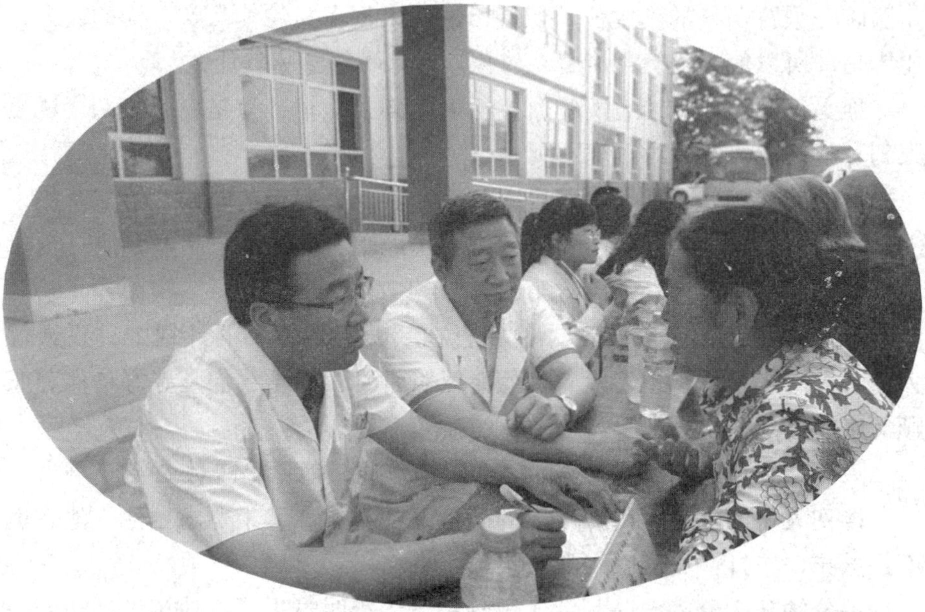

魏学全（左一）在义诊活动现场。

此时，他已经开车进了县城，再有几分钟就到家了。不知为何，他觉得有些不安，快到家了，心里反而有点烦躁。

手机响了，是同事小李打来的："主任，你在哪里？45床病人的中心静脉导管放不上，怎么办？家属情绪很大，病人快不行了，我实在没办法！"

魏学全听到小李话语的慌乱，心里一怔，安慰小李说："别紧张，我在单位附近，马上过来！"

魏学全撒了谎，他明明快到家了，离医院近70公里，却说在医院附近是为了让小李镇定，不至于慌乱。

魏学全的眉头紧皱，心里像揣了十几只兔子，还有十五只吊桶，七上八下的，应该掉头回单位参与抢救还是回家？

回家？回单位？

老父亲，45床病人刘某。45床病人刘某，老父亲。

他在权衡利弊，到底要不要返回？他很矛盾也很纠结，如果此刻返回，会让父亲失望。如果回家能见到父亲，可是45床病人刘某生命垂危。

还是返回，毕竟父亲还不至于有生命危险，但是45床病人刘某就不一样，因为信任他而从和政县专门找他看病，如果中心静脉导管放不上，势必会发生特殊情况，如果因为这样而有意外的话，他良心上过不去。

小李以为他的魏学全主任真的在单位附近，也不慌张了，劝慰家属，主任马上回医院。

魏学全善意的谎言，也许可以减轻一下小李的紧张和负罪感，但是他很纠结，纠结之余还加深了内疚感。

挂了电话的短短几分钟里，魏学全既矛盾又纠结，最后一咬牙，调转车头，冲进了夜色，赶在返回医院的路上。

折达路有区间限速，超速是要罚款的，可是魏学全顾不得那些了，为了拯救一个生命，他“闯红灯”“超速”……

一小时后，他气喘吁吁地站在了45床病人床前，像以往一样指导小李准备再次中心静脉置管。

一切准备就绪，还没有开始置管时，病人家属冲进病房，气势汹汹地指着魏学全说：“你给我小心，我爸如果有个三长两短，再跟你算账！叫你一天都不来，你这是治病救人的态度吗？我去找你们院长！”

魏学全很惊讶，病房里的医护人员更吃惊，见过很多抱怨和不理解的家属，却没有见过这样不讲理的，又不是没有进行救治。他们看着魏学全，不知道该说什么。

魏学全很冷静，面对病人家属的无理，看了一眼，低声说：“如果你想救你父亲的话，请让我们尽快手术，让他尽快接受治疗！”

他没有做任何解释，也没多说半句话，便开始准备手术。

病人家属懵了，以为他会激怒魏学全，没想到魏学全会那样，便骂骂咧咧地出了病房。

10分钟后，病人的股静脉导管顺利放好了，魏学全这才感到腰酸背痛，大腿一阵发麻，他知道腰椎间盘突出的老毛病又犯了，但没说什么，只是双手托着腰，站着，观察病人的情况。

此时，新来的血透室护士小唐，面对家属的大呼小叫，骂骂咧咧，慌得她双手抖抖索索，操作不娴熟。

屋漏偏逢连夜雨。病人家属的干扰，魏学全的腰疼，小唐的紧张，透析机“滴滴”地亮了红灯，也跟着家属不断“故障报警”，那样的状况是很少见的。

小唐更慌了，不知道如何是好。

魏学全见状，没有嗔怒，也没有埋怨，更没有生气，反而帮着小唐排查透析机的故障，迅速引血上机的同时，指导小李用药。

一个小时后，病人情况好转。在透析室门口张望随时准备冲进病房的家属，突然改变态度，搓着双手，讪笑着，对魏学全说：“魏主任，半夜把你从家里叫来真是不好意思，父亲的病突然加重，我急坏了，说话没经过大脑，你不要怪罪，得罪你的地方，你千万不要放在心上啊!我的父亲还要靠你呢……”

魏学全翻阅资料，查询疑难。

魏学全笑笑，对满脸歉意的家属说："没事，知道你着急。再说，孝顺不是罪，我的父亲也是病人，我能理解你的心情！夜深了，病人状态平稳些了，你们也去休息一会儿吧！"

家属听完魏学全的话，头点得像鸡啄米，"嗯嗯"地答应着，退出透析室。

病人情况稳定了，魏学全他们回到了办公室。当他心事重重地坐在椅子上，双眼紧闭，右手捏着眉心时，小李感觉到了魏学全没有以往的轻松，反而表情凝重，若有所思，又似乎按捺了一些不悦和担忧，看去很疲惫，不知是累了还是因为心情不好，所以他想劝魏主任去休息一下。

小李的话还没说出口，魏学全也还没有从沉思中醒过来，依旧闭眼，右手按着额头时，突然，办公室门的门开了……

## 二

在医院，无论何时，医生的办公室常常被敲开是司空见惯的事，病人家属神色慌张地找医生，也是常态。

半夜了，门突然被推开，魏学全和小李等人的第一反应是抬头。

进办公室的不是生人，是透析病人张建宁的爷爷。

他们管张建宁叫小宁，小宁是魏学全透析室病人中年龄最小的，只有10岁，家在临夏县的一个偏远乡村，从小被母亲抛弃，是个可怜的孩子。天有不测风云，缺失母爱的小宁，在2016年被查出尿毒症。俗话说，得什么别得病，在小宁查出尿毒症后，他的父亲又离家出走，留下小宁与体弱多病的爷爷奶奶相依为命。

小宁的爷爷很难过，儿子离家出走，看着孙子可爱的脸，他心里刀割一样，又痛又绝望。他想给小宁看病，可是家里没钱，放弃看病，又觉得小宁太可怜，孩子命苦。所以决定边走边看，给小宁看病看到哪一天算一天，说不定等到混账儿子挣钱了，会带小宁去省上、北京等地的大医院看病。

于是，老人带着小宁来到州医院，接诊的正是魏学全。

魏学全了解了小宁的情况后，带头为小宁捐款，并请示医院为其免去大部分的住院费。

由于家庭原因，小宁有轻度抑郁，魏学全看着心疼，他的儿子已经读初二了，还常在家里撒娇使性子，可是小宁只有爷爷奶奶。于是，他抽空与小宁聊天，聊些小宁喜欢的话题，时间一长，小宁渐渐改变了当初就诊时的抗拒感，脸上露出了笑容……

“怎么了，小宁又不舒服吗？”不等小宁的爷爷说，魏学全站起来，问老人。

“娃娃的透析做不成，阿门办哩？”老人一脸悲戚，哭丧着脸，站在办公室中间，搓着双手，望着魏学全。

“什么情况？怎么做不了？”

“管子（股静脉临时导管）堵塞了。”老人回答时低下了头。

透析导管是尿毒症透析患者的生命线，如果导管堵塞不能透析的话，病情就会加重。小宁的临时导管是在北京放的，导管不能用的话，透析就要暂停，要是不更换，小宁的病情会加重的。

魏学全有些埋怨地看看小宁的爷爷，对小李说：“必须马上给小宁换导管，而且是长期导管！孩子的透析不能停！”

小李说：“换是该换，我也说了。我们没有儿童的管子，也没经验，要去兰州换，但是据了解，兰州也未必能做，或许要去北京、上海！”

小宁的爷爷听到小李的那些话，双手抱头，揪着自己的白发，低头自言自语：“唉，要去北京、上海换管子，那得多少钱啊？我们不透析了！”

魏学全看了看老人，走到窗前，盯着窗外。小李和小宁的爷爷一脸茫然，不知道他什么态度。

魏学全盯着窗外，他在思考如何才能解决小宁换导管的问题。几分钟后，他走到办公桌前，右手在桌上一拍，看看小宁的爷爷，再看看小李说：“生命不息，透析不止！不去兰州，也不去北京，就在临夏做，费用我想办法给你减免！”

他说完长舒一口气，坐到椅子上，双手用力地拍打了几下腰部。

小宁爷爷和小李很吃惊，望着魏学全。小宁的爷爷没有想到会减免费用，小李没有想到要在临夏换导管。面对两人吃惊的目光，魏学全笑笑，双手托腰，起身，走到窗前，又走回到桌前，按住桌角，对小宁爷爷和小李说："就这么定了，明天我安排，今晚大家睡个好觉。"说完抬腕看看表，说都休息，就换衣服准备回家。

出了医院，到家，已是凌晨2点了。魏学全有些纳闷，父亲让他大哥打电话喊他回家，要见见他，可是好几个小时过去了，他的大哥也没问他回不回家，更没有催。

魏学全以为父亲老样子，他觉得困乏，就休息了。

次日一大早，他为小宁装导管的事忙碌，忘了给他大哥打电话问问父亲的状况，也没有解释到楼下没有上楼的原因，只是把心思放在给小宁装导管的事上。他很真诚地与兰州、上海、北京等地的专家联系，诚恳又详尽地请教，同时还多方联系，自己垫付导管费用，找到儿童专用的透析导管，利用一上午的时间做好了一切准备，下午准备给小宁换导管。

2点30分，魏学全准时到手术室，看着病床上的小宁，他的心隐隐作痛，可怜的孩子，透析怎么能停呢？但是他立即调整心情，开始做手术。

10分钟，20分钟，半小时。

魏学全在培训班上授课。

一小时后，手术做完了，魏学全开创先河，成功做了省内第一例小儿半永久性中心静脉导管植入术。

手术成功，魏学全长吁一口气，感到特别轻松。医护人员都佩服地看着魏学全，而他看看小宁，心里感觉踏实，特别有成就感。

魏学全垫付导管费，给小宁成功做的手术，令小宁爷爷很感动，他感激魏学全给小宁的关爱，庄稼人也不会说恭维话，只是一个劲地搓着双手说“谢谢”。

有时候，“谢谢”两个字很沉重，小宁爷爷的“谢谢”就很沉重，他不知道该用怎样的方式表达他的感激，他也知道现在的好大夫很多，可是没想到让他的小宁碰到了，让他碰到了。

小宁的爷爷只是念叨：“如果没有魏大夫，我的娃娃怎么办呢?”

对于小宁爷爷的感谢，魏学全一笑了之，说好好照顾小宁，可不能让小宁有什么意外。

此后他一直忙，直到家里再次来电话时，他才请假急匆匆往家赶，他的内疚让他懊悔，让他自责，可是救治病人是天职，所以又释然了。

他的父亲情况很不妙，魏学全在病床前守候了 5 天，仅仅 5 天。他还没有好好地给他的父亲端一杯茶、捶捶背，他的父亲就走了，在一个安静的夜晚，安详地走了。

尽管魏学全是守着他的父亲离世的，可是他还是觉得亏欠太多。

父亲走了，魏学全难过了很久，也内疚了很久，丧假一过，又进入到工作状态中。

## 三

有些人管魏学全叫老魏，有的喊魏主任，有的叫魏大夫。其实魏学全不老，才 40 出头，1974 年 5 月他出生在永靖县杨塔乡的一个山村。

永靖县境内山峦起伏，沟壑纵横，黄河流经县域 100 公里,呈独特的 S

形穿境而过。从小在黄河边长大的魏学全，他的骨子里生来就有黄土地的厚重和黄河的坚忍。

想起童年，魏学全很享受，他的眼神都是发光的。说小时候感觉很冷，比现在冷，黄河水清凌凌的，比现在清澈，鱼儿也特别多。

父亲会带他去钓鱼，每次，魏学全跳来窜去的，像一尾鱼。8 岁那年初夏的一天，他的父亲又带他去钓鱼，钓竿一直没有动静，鱼儿迟迟不肯上钩，他的父亲看着他，突然问他：“你长大以后要干什么？”

“当村长！”魏学全想也没想，脱口而出。他说出后，眼神坚定地望着父亲，想得到父亲的表扬或是肯定。因为在他眼里，父亲的村长当得很舒服，村里人尊重他，有事情都找父亲商量，父亲说话很有分量，他觉得当个村长还是很不错的。

他的父亲有点不相信儿子的话，长大居然要当村长，一点出息也没有。可是稍稍一想，也不怪孩子，在农村，村长就是官，村长是轻易当不上的，不是什么人都可以当的。但是，怎样才能打消儿子长大了要当个村长的想法，他的父亲沉默了几分钟，一阵习惯性的咳嗽后，才严肃又认真地说：“大丈夫在世，不为良相，便为良医！”

魏学全有些不懂，望着父亲泥塑一样的脸，挠挠后脑勺。

“你还是当个大夫，做个治病救人的大夫，行善干好事。”

魏学全一听父亲要他当个大夫，便点头答应。他曾无数次目睹村里的老人病了时，全村男人一起上阵，背着抬着病

魏学全在外出学习交流会上的留念。

人，随着病人“哎哟哎哟”的呻吟，气喘吁吁地赶往乡卫生院，或者去县医院。

那些悲壮的情景，他是知道的。每次有人病了，他和伙伴们站在一边，看着大人们神色紧张地抬着病人离开村庄。有的病人被治好回村了，可是有的病人，由于路远或者缺医少药，本该能治好的还是因救治不及时或是无法救治而死了。那些抬着病人离开村子的男人们回村时神情凝重，怏怏不乐。

想到那些，再听父亲如此说，他就对父亲点点头说：“爹，我长大了就当个医生，当个好医生。”就在那天，魏学全立志学医，他要做一个能给村里人医治疾病的好大夫。

一个人难的是没有目标，有了奋斗的目标，有一颗向目标努力靠近并奋斗的心，那么目标就在眼前了。

魏学全有了目标，学习上格外努力，加之耳濡目染父辈们自强不息的精神，魏学全书念得很好，以优异的成绩考上兰州医学院。在大学他依旧勤奋，2000 年完成大学本科学习，获医学学士学位。2000 年 11 月，成为临夏州人民医院的一名内科医生。

他如愿以偿地成了一名大夫，穿上了白大褂，也如他父亲所愿，让梦想变成了现实。

自此，他年轻的心在医生这个神圣职业光环的照耀下，开始了他医者的人生。他在大内科时广泛接触到各种内科病，凭着不服输的精神，碰到哪种病，他的牛角尖就要钻到哪里，直到把病因、诊断、治疗都了然于心。无数次理论与实践的交锋，为他之后的全面发展打下扎实、牢固的基础。他早早意识到传统大内科大而无当，专科化、精细化、个体化才是医学发展的方向。

有次，一位中年男子带着一名 14 岁的孩子来看病，孩子的症状让人担忧，头晕、乏力、恶心、呕吐，经过详细了解才知道，他们是临夏县人，回族，在临夏县医院以“肾虚”“贫血”“胃炎”等多种疾病诊治一个月而毫无效果。凭着敏锐的直觉，他给孩子检查了肾功能，果然如他所料，孩子患了“尿毒症”。然而，当时临夏地区的肾病专业、血液净化专业一片空白，他正确诊断的喜悦立刻被无法治疗的郁闷压制，他掏出300块钱，无奈地对几乎要跪在他面前的男人说："大哥，孩子得透析，可是我们临夏没技术，这300块钱是我这个月的工资，你拿上当个路费，去兰州透析吧！"

"尿毒症？听都没有听过啊！怎么能得这种病呢？还要透析，去兰州透析，这怎么是好？"男子感觉天要塌下来了，很沮丧。

魏学全见状安慰说："没事，不要紧张，现在医学发达，孩子不会有事的。想开些，孩子的病还是要治，那么小，可不能耽搁。"

男子被魏学全的话感动了，他说会给孩子好好看病的，就是砸锅卖铁也要看。但是他说不能拿大夫的钱，一再推辞，经魏学全劝说，最后双手接过钱一谢再谢。

魏学全刚刚工作，工资不高，但是他把300块钱给了素不相识的人。那300块钱他本来是准备给妻子买辆自行车当生日礼物的，要给妻子一个惊喜，现在他只能厚着脸皮向同事借了。他是善良的，他有一颗帮助他人的心。

男子最后收了他的300块钱，带着孩子走了。

魏学全望着父子俩远去的背影，心里不是滋味。临夏州这么大的医院，居然无法透析，那一刻他在心里做了一个重大决定，事后连他自己也不敢相信他哪里来的胆量和勇气要做那样大的决定：要让临夏的肾脏病患者在家门口看病，让尿毒症患者在家门口透析，不用去兰州！

这个重大决定，让魏学全开始投入学习，不放过任何学习和

魏学全在学术会上的留影。

进修的机会，开始如饥似渴地学习肾病方面的诊治知识。

2005年8月，儿子才1岁，魏学全去全国最好的肾病专科上海长征医院进修。他很自信，认为自己是“全面发展，内外兼修”的人，是很优秀的，可是一到上海，他才发现自己知识的欠缺，很多肾脏疾病连名称都没听过，血液透析机啥样子都没见过，腹膜透析更是神奇，只要放一根管子到肚子里，竟然可以由病人自己做透析。

发觉到自己知识面窄后，魏学全开始做笨鸟。

“笨鸟先飞”，他每天第一个到科室，几乎天天守在科室，春节放弃回家团圆的机会仅是为了能上一次手术、操作一次血液透析机、多积累一个肾脏病诊治经验。他总是熬夜，总是放弃休息时间学习再学习。

半年过去了，他看起来比同龄人更沉稳、老练，挑剔的上海人称30岁出头的他为“老魏”。

老魏就是老魏，坚持“笨鸟先飞”，一年的进修期满，他回到州医院主持肾病科工作，他厚积薄发，从肾脏病临床诊治到新技术开展，从设备购买到设备维护，处处都有他的身影。他始终坚守在医疗第一线，率领肾病科从成立时的医疗队伍薄弱和设备奇缺，发展成为目前州内设备、技术最完善集医疗、教学、科研为一体的综合性科室，并建成省内领先的血液净化中心。

就这样，魏学全的梦想实现了，他没有沾沾自喜，而是全身心地投入到肾脏病的临床诊治上，投入到透析等各方面的工作中。

他就像黄河里的一尾鱼，在肾病治疗方面发挥着潜能，任自己遨游，遇到难题也不回头，而是脚踏实地去攻克。

## 四

日子过得很踏实，也特别忙碌，转眼，魏学全的儿子两岁了。妻子也特别忙，夜班白班，白班夜班，两个人把儿子丢给老人，一心扑在工作上。

而立之年正是事业发展的黄金期，对于医生而言，攻克疑难杂症，成功救治危急重症病人，就是事业的大发展。

流金似火的夏日，魏学全忙得不亦乐乎，全然不顾家里家外的事，他的心只在钻研如何置换血浆、肾脏如何穿刺活检上。

天高云淡的金秋，魏学全还是在忙碌，忙着如何开展复合型人工肾（血液透析加血液灌流），如何开展腹膜透析置管术及双联双袋腹膜透析。

在冬花始开、霜雪漫天的寒冷里，魏学全还是在忙碌，忙着如何开展血液滤过，如何开展行自体动静脉内瘘术。

春寒料峭里，他依旧奔忙，忙着如何开展半永久性中心静脉导管植入术，如何开展小儿半永久中心静脉导管植入术。

魏学全总是忙碌的，像脚踩风火轮一样，风风火火地像在大地上躬耕的农人一样，在播种，在收获，而且一发不可收拾，主持开展的一项项手术，填补了临夏州的空白。

2007 年 1 月，主持开展血浆置换，成功救治一例格林巴利综合征重症肌无力患者；3 月初主持开展血液灌流，成功救治一例有机磷中毒患者；3 月底主持开展临时中心静脉导管置入术；8 月主持与兰州大学第一医院合作开展肾脏穿刺活检术，这些填补了州内空白。

2008 年 11 月，主持开展腹膜透析置管术及双联双袋腹膜透析，又一次填补了州内空白。

2009 年 1 月，主持开展复合型人工肾（血液透析加血液灌流）；7 月主持开展血液滤过；11 月主持开展血液透析滤过，再度填补州内空白。

2010 年 6 月，主持与兰州大学第二附属医院合作开展自体动静脉内瘘术，填补州内空白。

2011 年 6 月，主持开展半永久性中心静脉导管植入术，填补州内空白。

2014 年 10 月，主持开展小儿半永久中心静脉导管植入术一例，填补州内空白。

……

坚持一件事，而且持之以恒，看似简单，实则不简单。在不简单的简单里，魏学全的执着令他的工作变得温情。在他的主持下，目前，肾病科的诊治工作蒸蒸日上，常规开展原发及继发性肾脏病诊治、血液透析、血液透析血管通路技术、腹膜透析及腹膜透析置管术；血液透析室常规开展血液透析（HD）、高通量血液透析（HPD）、血液滤过(HF)、血液透析滤过(HDF)、血液灌流（HP）、连续肾脏替代治疗 (CRRT)、血浆置换(PE)、人工肝支持等与国内领先水平接轨的血液净化业务及临时中心静脉置管术、半永久性中心静脉植管术、自体动静脉内瘘成形术等血管通路技术，在州内率先将血液净化技术从肾脏替代治疗发展到多脏器支持；腹膜透析室现常规开展腹膜透析置管术、腹膜透析相关并发症的诊治、双联双袋腹膜透析、腹膜平衡试验等腹膜透析相关业务。经过严格培训，患者可居家行腹膜透析治疗，初步解决了少数民族偏远地区透析难、透析贵的问题，创造了良好的社会效益。

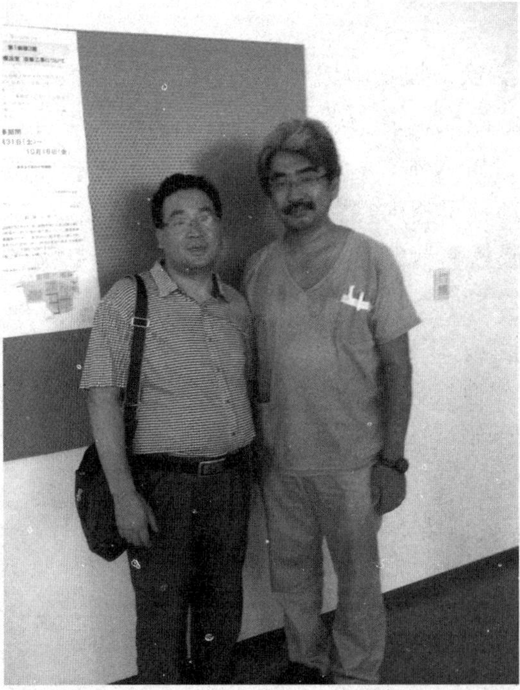
魏学全与肾病专家在一起。

魏学全并没有因为这些成绩的取得而骄傲，而是更加努力。在自己努力的同时，培养了一批年轻的技术骨干。

每每看到年轻医生取得成绩时，魏学全是欣慰的，他欣慰与优秀的同事们并肩，一起攻克一个个诊治难题，也欣慰他们彼此的欣赏、鼓励和相互帮助。

10年来，他培养了一批年轻的技术骨干，他们的成长不但锻炼了他们自己，还为他分担了不少的临床压力，使他有余力谋求科室发展及科研、学术建设。

他是感恩的，感恩遇见，感恩年轻人与他一样有上进心，感恩他们为患者尽心竭力呵护肾脏健康的点点滴滴。

有时候，魏学全也有小小的顾虑，如何让年轻人尽快掌握并熟练操作腹膜透析置管术、血液透析血管通路的建立等外科手术，这困扰着他。他不知道如何教，用哪种方式让他的年轻同事们学会操作相对难度大的手术，尽管很多时候，魏学全常常亲自上阵，遇到临床难题时他随叫随到，而且是无条件的。

困惑和顾虑，一点也不影响魏学全对肾脏健康的关注，他在思索，如何让更多的人，让州医院之外八县市医院的医生也有肾病方面的医疗技术。他也清楚地认识到，在推动州医院本科室不断发展的同时，一人一时一地之力不能保万人万年万地之福，临夏人民的福祉，是需要更多的同仁

魏学全答复群众的咨询。

一起努力一起坚守一起奋斗的。加之临夏地区的县级医院都没有肾病专科及专科医师，个别县医院虽有血液透析机业务却停滞不前。

所以，他利用每次下乡、外出会诊及讲课的机会，千方百计宣传和推动基层肾脏病学科的建设和专科人才的培养。只要有全国或省上的肾脏病学术会议，他都想方设法给基层医院争取参会名额，让更多基层的肾病科医护人员有学习的机会。

土地是从来不辜负播种者的，会以沉甸甸的果实回报播种者的辛勤汗水和付出。临夏的寸土也一样，只要勤于播种，勤于劳作，播种迎来的收获令人欣喜。在不懈努力下，有几个县市陆续成立了血透室，培养了一批肾病科医护人员，共同呵护临夏人民肾脏的健康，令魏学全感到欣慰。

为了更有效地推动和规范肾病专业、血液透析专业的发展，2015 年，魏学全主持成立临夏州肾病专业医疗质量控制中心、临夏州血液透析质量控制中心，他任两个质控中心的主任，对全州肾脏病专业医疗活动、血液透析室建设及血液透析质量进行监督、管理。

在工作上的孜孜不倦和全力付出，让魏学全赢得了掌声，也博得同事和患者的夸赞。作为一名热心肠的人，他也得到了同事和患者一致的信任。

下级医院刚开展血液透析，处处碰壁，一些简单的基础操作和工作，如中心静脉置管、透析模式选择、透析设备维修等这些小事，都要请他下去指导，有时捅出“篓子”，需要他随时去救急。

有时候，魏学全感觉力不从心，体力透支，想休息几天，可是医院里的工作一大堆，他无法休息，也没有因为感觉累而推辞或是拒绝指导，相反，他总是义无反顾，往往利用休息时间下去“义务劳动”。

在“义务劳动”过程中，魏学全很热心，热心到与他无关的治疗他也会出手相助。有一次，从上级医院转来的病人，是个 19 岁的中学生，临夏市人。因外伤导致胸腹联合伤，在省上某大医院做了胸、胃、脾、胰多处修补手术，术后多脏器衰竭、严重感染，在 ICU 住了半个月花完了东拼西凑来的 30 万元，病情不见好转反而不断恶化，情形很严重，情况也复杂。医生告诉病人家属：如果不能转到更好的医院，只有回家准备后事。

19 岁，正是青春洋溢的年龄，家属怎么也不愿意放弃，他们一定要救孩子。他们没有转院也没有出院，不知是谁打听到魏学全，孩子转送到州医院，并找魏学全救治。当孩子被抬到病床上的时候，科里的医生、护士们望着浑身插满管子的孩子，都很吃惊。尽管他们每天面对病人，可是没有见过如此情形：气管插管、胃管、中心静脉导管、胸腔引流管、腹腔引流管、导尿管，各种管子加起来 14 条，密密麻麻交织在孩子的身上。请来全院会诊的内外科专家们都摇头，不敢相信自己的眼睛。有些与魏学全私交甚好的大夫，劝魏学全保护好自己，直接“宣判死刑”。

孩子的父亲看到会诊大夫们摇头，看到大夫们的表情，拽住魏学全的衣袖，哀求到：“主任，我们家就这么一根独苗，求求你，求求你救救我们的娃。”

魏学全心里不是滋味，尽管在医院里见惯了生死，看着病床上浑身插满管子的孩子，他的眼前又浮现出十几年前那对绝望的父子，他又想起那

魏学全与年轻同事一起学习交流。

时他的境况，想起他当初抱怨环境、哀叹命运，可是那对父子让他的人生词典里只有“战斗”和“胜利”。所以，孩子父亲的哀求让他心有所动。

于是，他选择继续战斗。当着全院专家的面，面对孩子父亲的哀求，他说：“好吧，我们不能就这样放弃，我尽我最大的努力。”

孩子的父亲听到魏学全的话，很感激，不知道说什么好，红了眼圈，孩子的姐姐更是难止哽咽。魏学全是个认真的人，对待病人一视同仁，可是对这个孩子的治疗他特别上心。从那天开始，他每天亲自给孩子换药，随时根据病情修正透析及治疗方案，计算药量、热量、液量。孩子的治疗，事无巨细，盯着孩子的胃管，他会闻一闻、看一看痰液、引流液、大小便，甚至护士输液他都要亲自过问，生怕有纰漏……

一天、两天，一周、两周。今天拔一根管子，明天拔一根，一个月后，孩子身上的管子都拔完了。别说孩子的家人高兴，就连病房里的病友都跟着高兴，他们既被魏学全的精神感动，也被孩子的坚忍感动。

孩子可以下床活动了，可以微笑着面对他的父亲，可以慢慢行走，可以自己走到窗前看风景，可以自己吃饭，尽管最终肾功能没有恢复，需要长期透析，然而孩子能完全自理。

孩子的病友和隔壁的病人家属说，这是奇迹，是老天的眷顾。老天或许眷顾这个可怜的孩子，或许老天更眷顾的是魏学全一颗挚爱生命的心，眷顾魏学全珍爱生命的美好作为。

魏学全就是如此感动着病人和病人家属，同时也感动着自己。

## 五

偶尔，可以歇歇时，魏学全回忆父亲问他长大想干什么的那一幕，也回忆进修时所吃的苦，回忆医好病人后的喜悦……

诸多的回忆里，他也有小小的失落和遗憾。他对自己的家庭付出得太少，家里的大小事都是妻子在操持。他明白，妻子马清明也很优秀，与他一样优秀，在妇产科里也是有名气的大夫，为了支持他，放弃进修的机会，给他创造条件，让他全身心地投入到他的肾病科的工作中，从没有因为家事拉过他的后腿。

魏学全感激妻子的默默付出，感激妻子的倾力支持，感谢妻子的成全，也感谢同事们的全力支持……

魏学全不是一个没有生活情趣的人，他也愿意带着家人度假，也愿意与朋友们一起看风景，他更愿意与亲友一起过节，但是好多意愿，都被透析或是肾脏穿刺“掠夺”了，留给他的是遗憾。

春去秋来，魏学全在默默坚持着，为自己的事业坚守。

自从参加工作以来，他的节假日都被他充分利用，不是用来度假，而是外出学习，开阔视野并广泛汲取营养。不仅如此，为了调动年轻人的积极性，他总是积极努力，给年轻人争取外出参加会议和学习的机会，让他

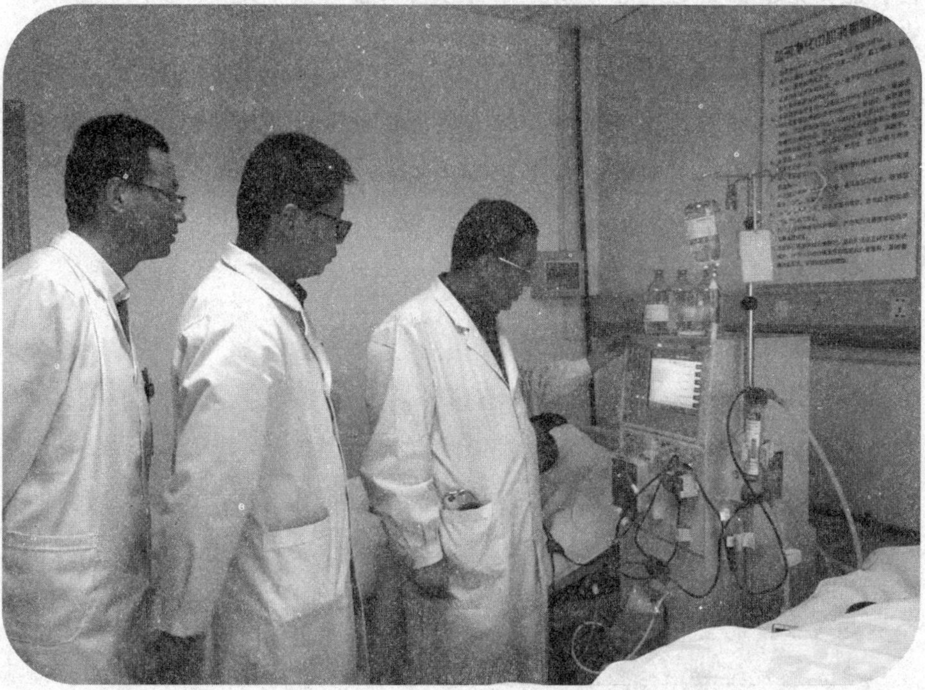

魏学全在透析室查看病人透析情况。

们开阔眼界，跟进学术前沿。学习的会务费用，都是他悄悄缴纳的，只告诉他们没收费，主办方让他们“免费”参加学习。

魏学全创造机会让科室的年轻人外出学习，他的爱心和耐心影响了一批又一批积极上进的年轻人，赢得他们的尊敬和爱戴。

他是富有的人，他拥有很多很多病人和病人家属的感谢，他拥有病人和病人家属的信任，每天都会有认识或不认识的人找他看病，男男女女，老老少少，没有职业之分，城镇居民或是乡镇农民，甚至甘南藏族自治州的藏族病人，都慕名找他诊治。

或许，魏学全最大的优点是对就诊的病人一视同仁，没有丝毫的不耐烦，因此，对他的感谢和赞美很多，送锦旗的、送水果的，甚至写感谢信的，比比皆是。

有一份感谢信，言辞诚恳，字里行间充满了患者对魏学全的感激之情，这不是一份普通的感谢信，是有总结的感谢信，是了解魏学全的病人家属的真情流露：

“我是魏学全医生治疗过的众多呼吸肾病患者家属中的一位，在临夏州医院的呼吸肾病科多次不间断就诊的日子里，我深深感受到了魏学全作为一名‘白衣天使’最美好又崇高的敬业精神，让许多病人和病人家属感受到了特别的温暖。

救死扶伤是一个医务工作者的天职。其实，在这个以人为本的社会，不仅要依靠精湛的医术解除病人的病痛，而且必须要有热情。魏学全医生依照这个原则面对前去就诊的病人，不管病人来自哪里，不管病人享受城市医保还是农村医保，他总是耐心倾听病人的要求，不厌其烦地接待病人，还使病人从心理上得到温暖。同时，他也为自己积累了临床经验，提高了业务技能。

魏学全医生对病人的责任感、对工作的一丝不苟，同样令我们感激和敬佩。治病救人也许和很多因素有关，医院的条件设施、自身的技术水平、病人病情的变化、家属的配合、病人的经济条件等，这里面有些因素是医生无法抗拒的，有些条件医生可以创造，事在人为。魏学全医生就是这样的一位尽可能创造条件的医生。记得在我亲人住院期间，来了一位80

多岁的农村老人，由于老人耳背，每天查房时，魏学全医生总是低头在她耳边询问病情，给她讲解病因以及治疗方案，还不厌其烦地给她的家属解释老人的病症与同病例不一样的原因。

医务工作是一项充满爱心的事业，尤其在救死扶伤的第一线！魏学全医生即使成为科室副主任，也始终严于律己，一心为公，善待病人。他多次对我们说过，他深知自己的责任，在于掌握先进的医疗技能，具备良好的医德医风，做到药到病除，使人民健康幸福。他的一言一行，一举一动对那些初入医院的年轻医生来说，无疑是一次灵魂上的洗礼，更是一次生命的礼赞！

魏学全医生‘廉洁行医’，就我所知道的病友中，他从未接受过一个‘红包’。为了感谢他，许多病人家属用各种方式来表达他们的心情。他总是婉言谢绝，不坏规矩，有时甚至翻脸阻止。

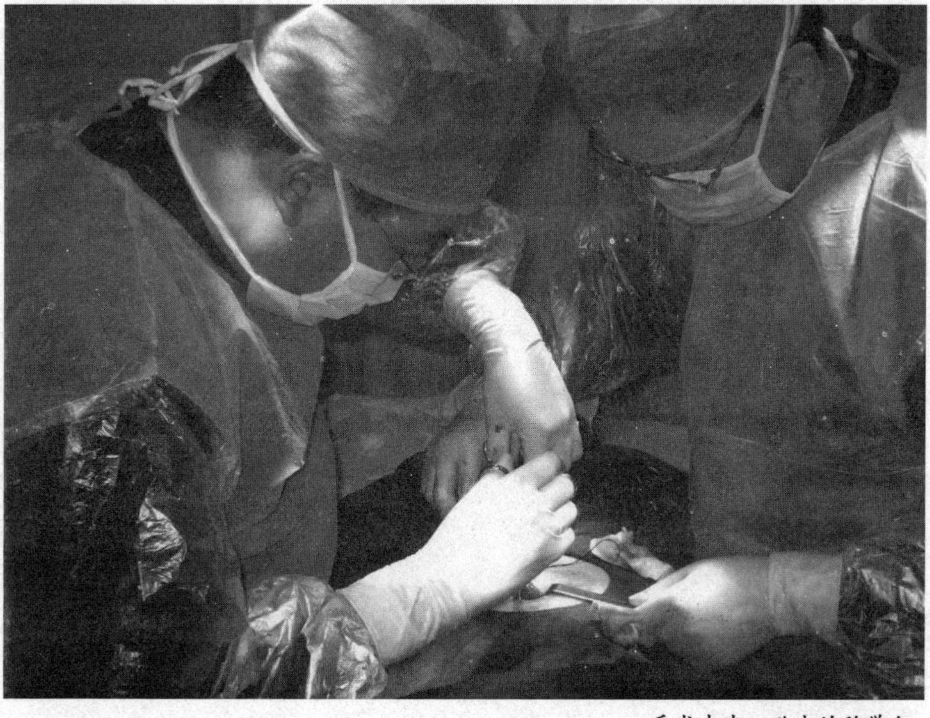

手术中专心致志的魏学全。

在写这些文字的时候，我想起了当时家人入院、住院的一场场、一幕幕！也想起了魏学全医生过了下班时间还在忙碌，坚守重症患者的忘我；想起了每天接待病人的耐心，想起了为实习医生讲解、分析讨论病情时的投入！

由于我们对医学的一知半解，没少给魏学全医生出难题，添麻烦。可他从来不恼火、不发脾气，总是耐心讲解，尽力满足我们的要求，正是由于他的良苦用心，才使得我家亲人的治疗方案得以顺利且有效地进行下去。

在医患关系如此紧张的当今社会，魏学全医生以全心全意的努力和付出，用他的行动真正体现了医者父母心的含义，诠释了医患关系的真谛！他以他高尚的医德，精湛的医术，不辞劳苦、任劳任怨的优质品质，浇灌了他——一个医生该有的高大形象。”

一个医生该有的高大形象是什么样的形象呢？

魏学全的形象应该是大家期望中的形象，高大与否不重要，重要的是他有一颗大爱之心，有一颗珍爱生命、守护肾脏健康的心。

魏学全被称为临夏地区肾脏病“高冷”专业学科第一人，一点也不夸张，他就是那样的人。他知道前方的路并不平坦，也很难，有一片医学天地等他开拓。

生命不息，前进不止。他要在这片医学土地上干一番事业，要像他的父辈们一样，为了治病救人，为了挽留生命，用当时村人“哎哟、哎哟”喊着号子把病人抬出村子的精神，用坚忍和进取心，博取患者的健康和幸福。

路漫漫其修远兮，魏学全不忘初心，摒弃一切干扰，一门心思地低头前行在用心守护肾脏健康的路上……

# 情怀夫妻的收藏情怀

和政大地上盛开的鲁冰花、蓝香芥、虞美人、油菜花在惊艳了游客之余，人文旅游也蔚然成风。与和政县古动物化石博物馆、桦林地质馆一样，和政县渊源民俗收藏馆，自 2015 年 9 月开馆以来，每年接待参观游客近 3.8 万人，与日俱增的游客，让渊源民俗收藏馆的主人卜发荣和罗春花抒写了又一个不简单。

从怀疑到惊讶再到叹服，渊源民俗收藏馆以独特的藏品吸引了游客，

民俗收藏馆琳琅满目的奇石展厅。

也让自己的爱好升华。

渊源民俗收藏馆距县城不远，出县城不到2公里处。收藏馆的建筑面积3200平方米，是和政县渊源民俗收藏馆协会创办的集协会办公、文物展示、古玩奇石交易于一体的民间博物馆。

参观了一楼586平方米的古玩奇石交易市场之后，一层一层，一个展厅一个展厅，无须匆匆，随心随性而行，令参观变得温情。

二楼的奇石展厅收藏的寒武纪、奥陶纪、泥盆纪、石炭纪等生物化石，以鹦鹉螺、聚蓬珊瑚等和政化石为主。2000多件奇石，挤挤挨挨，丰富无比。动物类、肖像类、风景类、叠彩类，琳琅满目。一一观看，犹如置身于石国。眼神不由被吸引，驻足，反复咂摸，品味，想象的空间被打开，在一个有温度和高度的空间里，体悟存在，很是怡人。

感觉还看不够，又来一圈，又看一次，继而上三楼。

从奇石到农家的生产工具和生活用具，又是一番感觉。

360平方米的展厅，展台上、展架里，木犁、连枷、推耙，石舂、木舂、打绳工具、钉匠工具、毡匠工具，以及栲栳、柳筐、草编筐、木桶、提盒、油罐等盛储器，还有风箱、烧水壶等炊具。老牛车静立着，等候着被多看几眼。

游客有老有少，有男有女。孩子们，被乡村生活的物件吸引，边看边称赞，不时发问。

农家的孩子，不好奇那些，然而城市的孩子，都好奇。指东指西，问这问那，与书本上学到的对照，收获不少。

累了，渴了，可以来一瓶啤特果汁。喝着酸酸甜甜的啤特果汁，欣赏颇甚地方特色的馆藏品，一个更为丰富又独具特色的和政，呈现眼前。

民俗陈列厅可以让古玩爱好者大饱眼福，和政县周边地区出土的马家窑文化、齐家文化的陶器，30件宋、金古墓砖雕，汉唐、宋金等时期的4万多枚古钱币，散发着历史文化的幽香。而11套古家具，又让人对古代匠人们的技艺赞叹不已。

4个展厅中，最令人震撼的还是古动物化石展厅。

世界的和政，和政的世界。和政的古动物化石，具有世界六项之最的美誉，在和政县除了和政桦林地质馆、和政古动物化石三期馆，下来就是渊源民俗收藏馆。通过馆藏的化石精品标本和完整骨架，感知宁河大地沧海桑田、陆海浮沉的变迁。和政羊、铲齿象、三趾马、剑齿虎，一个个标本，一个个化石，生动地刻画出它们最初的生活。

在大自然的秘境里，这些古生物自由自在，依着适者生存的原则，在一条条食物链中，让人浮想联翩。

温暖的气候，清澈的湖水，碧水蓝天，绿树覆盖，天然的氧吧里，硕鬣狗一路走来，放开鼻息，嗅嗅这嗅嗅那，发现一只小旱獭，正躲在草丛里，找寻它可口的食物。

甘甜的青草根，让小旱獭情不自禁流下口水，根本没有发觉到远处一双贪婪的眼神，向它靠近。它的双手刚扒开一株草根，美美地咬了一口，腰部一阵撕裂的疼痛，回头，看到凶狠的眼睛。顾不得疼痛，它折身向身边的草丛跑去，然而，后腿又是一阵撕心裂肺的痛，同时，它听到了骨头咔嚓断了的声音。大病初愈的硕鬣狗，早就想好好地饱餐一顿。

就这样，小旱獭在硕鬣狗的利齿下结束了生命。

生产工具和生活用具展厅一角。

游客对古动物化石很有兴趣。

短角丽牛、埃氏马在草地上安心地吃草，丛林里的泥河湾巨鬣虎慢悠悠地走出来。

泥河湾披毛犀，慢腾腾地向河边摇去，它刚刚吃饱了草，感觉口渴，去河边饮水。

日子就这样，在它们的生死之间一天天过去，天气渐渐寒冷起来，幸好，它们身上的毛可以御寒，冷风嗖嗖，吃的东西很容易找到。偶尔会很倒霉，被猛兽吃掉，结束生命。

天气越来越冷，再也无法忍受寒冷，绝望中，奄奄一息，最终倒下。

突然，大地裂了一道口子，几秒钟里，正在饮水的和政羊，卧地的马，慢腾腾的犀牛，都不见了。

200多万年过去了，一层一层的黄土淹没了曾经生活的地方，一年又一年，森林不见了，河流、湖泊干涸，滴水全无，地壳运动中，一切都成为远古的回忆。

它们的尸骨在几百万年中变成了化石，有一天，在陌生人的双手里，流转，最终接受游人的仰视。

依旧是倒下安眠的样子，有点痛苦的表情。只是，那些手脚流浪到哪里，无从寻觅。还好，头部完整，还没有破相。于是，经过无数眼神的细究，经过无数次的考证，它们的家被找到，它们的同伴也陆续面世，并一一走进展厅，揭示几百万年前的生活。

化石不仅是一块大自然留给我们人类地理变迁的标本，而是文化。

一一看过，一个个片段在脑海中产生，身材高大的剑齿虎等组成的大家庭里，一物降一物的食物链中……

领略古动物化石的风采，回味远古，感悟生命，参观变得惬意。

于是，我誊抄下一段文字，作为感慨：不是所有的古生物都有同样的机会被保存成化石。古生代以来，曾有 500 亿种生物类别，经过数亿年的地壳运动能形成化石的种类不过 25 万种。由于造礁生物有较坚硬的骨骼，“其中约 1/100 万才有形成化石的可能”，这些保存在石灰岩中的化石经沧海桑田的巨变，才被人们发现，成为可供赏玩的奇石，其珍罕程度可想而知。

走出渊源民俗收藏馆，好多人感慨万千，收藏馆主人将个人藏品展现给大家，呈现对生活、历史的认知，其做法令人敬佩。

艺术来源于生活，把生活中司空见惯的东西收集，展示，令不屑一顾或是被遗忘的老物件保存，以利了解中华文化和历史，这样的行为是值得赞誉，值得推崇的。

卜发荣与妻子罗春花，在中年之时，将多年来因喜欢而爱，因爱而收藏，又因爱而把藏品与世人分享，他们的胸襟是博大的。

## 一

2017 年 7 月 29 日下午 3 点，蔚蓝的天空云朵在游移，烈日高悬，好多人不是进山歇凉游玩，就是在家，除了那些不得不奔忙的人，炎夏都在避暑、纳凉。

沿村公路500米右侧的一条土路边，停放着一辆小轿车。车主人不在路边，也不在车里。

偶尔，风过，送来清凉。

河滩里，一男一女，各自忙着。

“哎，掌柜的，我拾了几块陨石，你看看。”女的举着手里的一块黑石头朝着男人大喊。

男人在河中的一块大石头上蹲着，左手举着一块素盘大的石头盯着看了一会儿，将石块放进河水里，搓洗了几下，拿出水面，又看了几眼，然后又洗。

男的就是和政县渊源民俗收藏馆的男主人卜发荣。他全神贯注地盯着手里的石头，压根就没有听见妻子罗春花说的话。

罗春花也不生气，二十几年的夫妻了，她了解丈夫的脾性，知道肯定是找到了一块好石头，听不见她的话很正常。只要捡石头，只有到河滩捡石头，才是卜发荣最开心的事。一下午在河滩里兜兜转转，卜发荣一点也

卜发荣与妻子捡到各自喜欢的石头后交流。

不感到累，也不歇息。这个时候，他就变成了聋哑人，不关心别人干什么，一门心思地挑挑拣拣，然后洗，洗了看，看了洗，然后再捡。

罗春花热得全身都出了汗，脸也发红，或许是因为捡到了两块块头大的陨石，她的一双大眼睛变得更有神了，望望蹲在河边的丈夫，倒是有些心疼。

“掌柜的，捡到好石头了吗?”罗春花大喊。

或许是蹲得腿麻了，或许是高兴，此时卜发荣站起来，“嗯”的一声算是答应。

卜发荣的应声，恐怕只有他自己听见。他越过几块石头，走到岸边，又站在那里顾盼。

罗春花也走到了河边，走向卜发荣站的地方。

“掌柜的，你看这两块陨石，要是那个北京人见了，肯定会喜欢的。比起上次他跟你要的那块，这两块怎么样?”罗春花举着陨石问卜发荣。

卜发荣把自己捡的石头，举举，朝罗春花示意，然后放在脚边，接过罗春花递过来的陨石。

“嗯，好着呢。他要是看到了，肯定又要跟我磨上半天，非要这块不可。你看，虽说比起大的陨石，这块小，但是这块比上次他带走的那块还要好。”卜发荣一边高兴地看陨石，一边肯定妻子捡的陨石不错。

“你捡陨石的眼力不错，以后可以一个人来捡了。”卜发荣很满意妻子捡陨石的眼力，也满意他的喜欢成了他们家的喜欢。

“真会夸人。”罗春花不好意思地笑笑，又多看了几眼另一块陨石，同时也感到欣慰，她不由想到前些日子捡石头的情景。

记得那次，卜发荣开车带着她和他们的小儿子卜宏强，到河边捡石头。下车后，卜发荣自己捡石头去了，也不管他们母子。罗春花和儿子，也在河边转悠。累了，他们坐在荫凉处，歇息，看风景。

蓝天，白云，河水，石头，绿树，野花，鸟鸣，让酷暑一扫而光。罗春花感到幸福，看看8岁的小儿子欢快地捉蝴蝶，采野花，望望河滩里捡石头的丈夫，很开心。因为丈夫的喜好成了他们一家人的喜好，丈夫不仅让他的喜好感染了家人，还感染了很多人。自从渊源民俗收藏馆开馆以

卜发荣捡到一块古海洋生物化石后清洗。

来，每天都有那么多的游客来参观，北京、西安、银川、兰州等地和州内各县市的游客，要么结伴、要么跟旅行社，步入收藏馆，惊奇声、啧啧称赞声，让罗春花感到欣慰。他们感觉到了前所未有的快乐，尽管为修建收藏馆借贷不少，但他们在努力，为把收藏馆办得更好而奋斗。

一想到那些，罗春花脸上漾起幸福的笑容。

“妈妈，妈妈，要下雨了。”当罗春花沉浸在美好中时，儿子摇着她的臂膀，告诉她变天了。

“啊？要下雨了！”罗春花搂着儿子，看看儿子弄脏的小脸，摸了摸，擦掉儿子脸上的污垢，才抬头望天。

正如儿子所言，要下雨了。乌云在翻滚，不一会儿，就起风了。

罗春花有些害怕，如果下雷阵雨的话，河水会涨，河滩里捡石头的卜发荣有个闪失怎么办？

罗春花越想越害怕，越想越后怕，起身拽起儿子说：“儿子，咱们赶紧去喊爸爸回家。”

于是，罗春花与儿子跑到河边，大声喊开了：

“爸爸，爸爸，我们回家吧，要下雨了。”

“掌柜的，快上来，要下雨了。”

喊了好几次，卜发荣才“嗯嗯”地答应着，并不挪步。

罗春花见卜发荣没有上岸的意思，又大喊开了。

罗春花很担心，万一河水涨得快，卜发荣被大水冲走了，可怎么办呢？

于是，罗春花带着哭腔喊开了：“掌柜的，上来！眼看着要下雨了，快些上来！”

这回卜发荣听得真切，他回头望望妻子和儿子，再抬头望望天，才抱着捡到的几块化石，走向罗春花。

“唉，才找了几块石头，还想着再找几块，你们喊着不让找。再说了，看你们害怕的，这哪有什么雨，云重些罢了。”卜发荣心里暖暖的，嘴上却不断地数落。

“过雨（雷雨）迈不过门槛，我们还是回家。这会要下雨的话，你明天早上来找，肯定有好石头，也不用洗，多好。”罗春花不理丈夫的埋怨，倒是安慰丈夫。

“看，这两块古生物海洋化石怎么样？看上去小，虫子身体全着呢！”卜发荣上岸后，指着一块略带红色的石头告诉罗春花和儿子。

“爸爸，我先看。”儿子抢先接过卜发荣手里的石头，很认真地看。

“拿好了，小心掉地上摔了。”卜发荣和罗春花异口同声地叮嘱儿子拿好。

“咦，爸爸和妈妈好像商量好一样，说的话怎么都一样呢？”儿子瞅着他们，有些调侃的意思。

“坏小子，看到虫子了吗？”卜发荣指着石头问儿子。

“当然看到了，像钉子一样大呢。”卜发荣满意地点点头，真有5寸长，石头看上去不大，可是虫体完好，品相极佳。

罗春花也很高兴，从儿子手中接过石头，看了看，便催促丈夫回家。

此时，雷声滚滚，乌云满天，风也大了。卜发荣才打消再下河滩的念头，准备回家。

刚上车，瓢泼大雨就来了，卜发荣也感到庆幸，对妻儿说：“这次你们成天气预报了，果真下雨了。”

“过雨迈不过门槛，说来就来，你要不听话，这会就成落汤鸡了。”

……

“想什么呢？看这块古生物海洋化石，是线虫化石。”罗春花的回忆被卜发荣打断了，她立即回过神，一双大眼睛瞄了一眼卜发荣，笑笑。

“没什么，想到上次你带我和儿子捡石头，要起过雨了，我们都喊你，但你就是听不见，急得我和儿子快要哭了，你才拿着拾到的石头来了。刚到车上，就下起了大雨。”罗春花的语气有些埋怨。

“我忘过了，你记得清楚啊？”卜发荣调侃开了。

“线虫化石？好啊，今天没有白来。我拾的陨石，你拾的线虫化石，又赚了。”罗春花打断话题，接过卜发荣捡的石头，边说边仔细看了一遍。

理论了一番后，俩人才离开河滩，将石头放入车里，打道回府。

卜发荣一家人在展厅的幸福瞬间。

卜发荣和罗春花总去河滩拾石头，只要有空就去拾石头，或者与藏友一起走村串巷收藏石头。一有空，生活的主题就是石头。当然，除了奇石古玩，还有古动物化石、民俗物件等，让收藏馆的展品琳琅满目。

## 二

1996 年 7 月 20 日，对卜发荣来说是记忆犹新的日子。因为那一天，他在和政县罗家集乡包揽修建移动塔，虽说是个小工程，但他亲自去工地掌握情况，无论从修建质量还是修建进度，都亲自跟进。

那天午饭后，闲来无事，与朋友一起开了客货两用车，去罗家集的那条小河转悠。卜发荣他们把车停在一边，看到河水潺潺，绿草环绕，美不胜收，风吹过来很是惬意，不由心情大好。注目河边的石头，欢喜不尽，好像那些石头在专门等他一样。

卜发荣喜不自禁，拾起一块，在河水中洗了又洗，举着看看，又洗几下，再看。然后放在一旁，又拾起另一块，动作、表情、眼神一模一样。大小不一，颜色不一，形状不一的石块被堆放在一起了。

一个小时过去了，又一个小时过去了，卜发荣丝毫不觉得累，不怕晒，草帽都不戴，他已经习惯了拾石头时不戴草帽。3 个小时不知不觉中过去了，朋友累了，已经歇息了两回，最后感到无趣，把卜发荣拾的石块，一块一块往车厢里搬。

“哈哈，哈哈哈。”卜发荣突然开怀大笑。原来，他发现的一块石头，整块石面上一条一条的冬虫夏草，酷似刚刚挖出来的。卜发荣高兴极了，哈哈大笑，也顾不得朋友的惊讶，像个孩子一样笑着。

其实，那年卜发荣才 23 岁，很年轻。14 岁辍学当家，挑起家庭生活重担的卜发荣，却比同龄人显得老成、稳重，年纪轻轻就成了包工头，干工程。主业是工程，副业是拾石头。

卜发荣笑够了，把石头洗了几遍，才喊朋友过去看他拾的好石头。

那块冬虫夏草石成了那天卜发荣拾到的古生物海洋化石里看上去最好的石头，起码也值好几百块钱。当他们把石头一一搬上车时，居然装了整整一车厢，想着扔掉一些，可是卜发荣站在车厢边，拿起一块看看又放下，再拿起一块瞅瞅又放下，翻了挑，选了翻，最终连一块都没有扔掉，全部拉回去了。

回到工地时已是晚饭时分，此时卜发荣才觉得有些困乏，可是一杯茶、两碗面下肚，他的乏气解了，又看他的石头。

实在太喜欢那块冬虫夏草石了，为了让妻子罗春花也高兴一番，卜发荣饭后开车拉着石头回家，一路上喜滋滋地，一点也不觉得累。

罗春花从地里刚到家时，卜发荣也正好到家。

“今天怎么回家了？”罗春花摘掉草帽，拍掉身上的土，看到车厢里的那些石头，有些惊奇。

“这么多石头？哪里来的？”

“拾来的，今天一下午拾的，多吧？有一块好石头呢，等会给你看看。”卜发荣很高兴，一边把石头往院子里搬，一边回话。

罗春花一听心里就有些不高兴了，累了一天，家里的 8 亩地都靠她务劳，最后一遍草才拔了一半，估计刚拔完麦子就要开镰了，她还想着到时候让卜发荣在家帮帮她。没有想到他居然拉了一车石头回来，还说花了一下午的时间拾的。她的火噌噌直冒，气不打一处来，径直进了屋子。

卜发荣也不生气，50 块石头，他一个人搬下来放在院子里，最后把那块虫草石搬进了他们住的东屋后，帮着罗春花喂羊喂鸡，尽可能地做些家务活。他感觉到了媳妇的怨气，心里也惭愧，他知道自己出门在外，家里上上下下都靠媳妇。

罗春花虽有些生气，但看到卜发荣帮他做这做那，也觉得卜发荣辛苦，再没说什么。

吃过晚饭，卜发荣把石头放在桌上，在灯下反复看，看着看着，开心地笑了。罗春花看着，感觉有些好笑，但看到那块石头上的冬虫夏草栩栩如生，也觉得好看。

“这绝对是块好石头，将来肯定值钱。”卜发荣很得意。

“好，那就留着，等值钱了我们再卖掉。”罗春花也高兴。

从那次之后，卜发荣开始有了拾石头、收藏石头的兴趣，收藏了许多好石头。

日子渐渐好起来，1993 年，卜发荣利用和政县域种植啤特果的优势，经过半年多的努力，开办起了金源啤特果汁厂，具体事宜由罗春花负责。卜发荣忙工程之余，一有空就帮罗春花送货，当然，免不了要拾石头、收藏石头。

2013 年 5 月 28 日清晨 7 点，罗春花看着卜发荣将装满果汁的车开出厂区，盘算着卜发荣送货回家后，先去临夏或是兰州置办设备，剩余的钱存起来。那样想着，心里美滋滋的。

果汁要送往岷县，罗春花又打电话叮嘱卜发荣路上注意安全，叮嘱拿了货款就回家。

天气晴朗，卜发荣轻车熟路径直上高速，直奔岷县。

和政县离岷县 300 多公里，5 个多小时就到了。一手交货，一手交钱。一拿到 2 万元的货款，卜发荣喜上眉梢，没有回家，而是继续前行，奔向漳县。

其实，在离家之前，卜发荣就计划好了拿到货款后去漳县买石头。他带了 4 万元，还跟朋友借了 2 万元，加上果汁款，一共 8 万元。8 万元，够买一车好石头，所以他不觉得累，在岷县草草吃饭后，奔向漳县。

因为之前买石头去过漳县，所以卜发荣直接去了漳县的奇石市场。

“漳县的石头，随便拾上一块就是一块，古生物海洋化石居多，就是修房子砌墙用的石头堆里，也能翻出好石头。”卜发荣说起那次漳县之行，还津津乐道。

买的买，拾的拾，拉走一车果汁，拉回一车石头，罗春花怎么也想不到。

3 天后，卜发荣回家了，罗春花笑盈盈地迎着卜发荣下车，心里像喝蜜一般。

“乏了吧？果汁款也拿上了吧？”罗春花高兴地问。

“嗯，有些乏。”卜发荣忽略果汁款的问题。

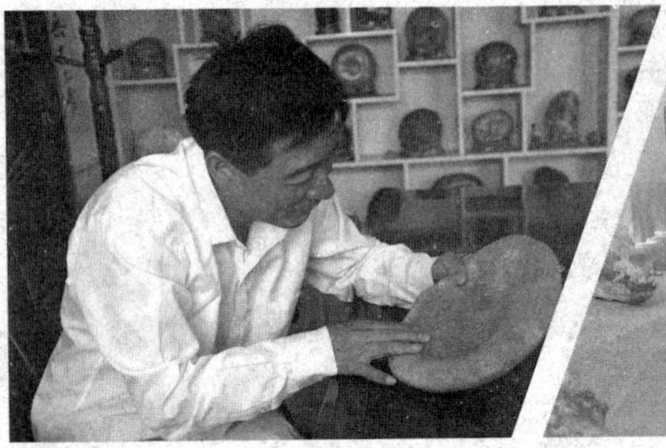

卜发荣在详细揣摩旧石器时代的石头。

卜发荣在古动物化石展厅溜达。

卜发荣不露声色，洗脸，喝茶，休息。明明知道罗春花期待果汁款，但他只字不提。乏气过后，打开集装箱，招呼工人卸石头的那刻，罗春花傻眼了……

罗春花怎么也想不到，拉走一车果汁，居然拉回一车石头，她的计划泡汤了，她的算盘白打了。委屈、怨言，一股脑儿涌上心头，不好当着工人的面发作，强忍着等工人下班。

罗春花与卜发荣的争吵难免，但是争吵之后，罗春花明白卜发荣喜欢收藏已经到了痴迷的境地，嘴上不说什么，心里还是接受了丈夫收藏的爱好。

卜发荣心虽有愧，但收藏石头的劲头依然不减。

自此之后，收藏成了卜发荣生命中不可或缺的一部分，只要遇见好石头，或是化石，就是借钱，也要买下来。

## 三

2015 年 9 月中旬，青海西宁的奇石展上，卜发荣看上的奇石，售价合计 3 万元，他从家里出发前，没有想过会买那么多，所以只好跟朋友借了

1.2 万元，硬是买下了一些他看上去感觉好的展品。

卜发荣的朋友梁宏雄，比卜发荣大 10 岁，他看到卜发荣收藏的热情，以 15 年的交情语重心长地劝卜发荣：“你现在是赚钱养家的年龄，不是玩石头的岁数，应当以置家业为主。”

卜发荣不以为然，一笑置之。

梁宏雄知道劝说无用，但只要碰到卜发荣讨价还价收藏石头，依然会劝，前前后后，已经上百次了。

朋友的好言相劝无果，妻子的反对也无济于事，卜发荣愈加痴迷，愈发投入。

20 年来，卜发荣只要一有空，就与朋友结伴去牙塘河、新营乡的小河、大南岔沟的南岔河、松鸣岩的峡谷拾石头，他们拾得高兴也拾得饶有兴趣，当看到他们从那些河滩峡谷拾的上万块的古生物海洋化石，赏心悦目不说，还令他大开眼界。那些石头一块一块堆放在院中，一块一块被清洗、上光，并定制底座，摆放在案几。

西宁、岷县、漳县、临洮、广河，凡是有奇石展的地方，凡是奇石市场，都有卜发荣的身影。

古生物海洋化石、古动物化石、陨石、彩陶、金代墓砖，还有民俗藏品，都被卜发荣分类收藏。

一块块奇石，一件件民俗藏品，还有古动物化石和古玩，让卜发荣的收藏琳琅满目。

卜发荣成了和政县奇石协会的会长，与县上的奇石收藏者和多名协会会员一起，让和政县的奇石收藏异彩纷呈。

当初，那么多的石头堆放在院子里、仓库里，抬眼，抬脚都是石头，看着发慌。

一天，有位领导一语惊醒卜发荣和罗春花，把石头堆在院子里，不如建个收藏馆，让更多喜欢石头的人享受到奇石的乐趣，让更多的人感受到宁和大地上的风物。

卜发荣听后动心了，与罗春花细细琢磨了好些日子，觉得那个提议特别好，与其放着，不如共享。

民俗陈列厅的古钱币。

于是，卜发荣在自家地块上修建了建筑面积3200平方米的收藏馆，并分门别类，使民俗收藏馆名副其实，经过筛选，一一归类到各自的展台，让游客观赏。

2014年9月末，卜发荣与奇石藏友杜伟军、张进波一起去马家堡乡，走村串街，寻觅奇石。

他们寻觅奇石已有经验，所以进入农家时，眼神放光，不放过任何机会，当然也不错失机会。

在一户农家堂屋的面柜底下，放着一块像鸟的石头，鸟身上疙里疙瘩的。卜发荣已挪不开眼，问男主人多少钱能买回去。

“一个泥娃娃，不值钱，要的话600块钱。不过还要问问我父亲卖不卖。”男主人语气淡淡，也做不了主。

卜发荣越看越喜欢，索性等男主人的父亲回家。

终于等到能做主卖泥娃娃的人时，卜发荣等得心都焦了，但是他按捺住焦急，假装不在意，对着那家的老主人，又是递烟又是问长问短的，像个熟人似的。

老汉去收苞谷了，看到家里的三位生人，也不吃惊。他们村里常有收石头的人，所以习惯了陌生人的走动。

卜发荣的举动，让他明白来者看上他家物件了，还没有开口问，他儿子就指着“泥娃娃”说了情况。

没有讨价还价，很简单，老人同意卖，反正是从河滩拾的，在面柜底下放了很多年，无人问津，本想扔掉，没有想到还值几百块，就很干脆地卖给了卜发荣，还亲自把“泥娃娃”抱出去放到了卜发荣的车上。

回家的路上，张进波看着看着，就对卜发荣说：“一万八，卖给我，怎么样?”

“不卖，给多少都不卖。”卜发荣的态度很坚决，明确告诉张进波，怎么都不卖。

那天晚上，他们三个人在卜发荣的家里喝酒庆祝。一边聊天，一边反复看像鸟一样的化石。喝到高兴处，干脆坐在地上，左看右看，怎么看都

卜发荣收藏的化石。

觉得是个宝物。

卜发荣高兴，杜伟军和张进波替卜发荣高兴，说石头、赏石头，话题始终是石头藏品，直到凌晨3点才各自回家。

就这样，那个“泥娃娃”化石成了卜发荣引以为荣的藏品。

2014年11月，在古动物化石研讨会上，从北京来的几位专家，对“泥娃娃”研究了半天，也没有弄清楚到底是哪种动物，也明确表示从来没有见过那样的化石。

于是，像鸟又不是鸟曾被称为“泥娃娃”的化石也进了展厅，每天接受游客的赞叹。

……

晚饭后，忙了一天的罗春花，累得直不起腰，但是家里养的花花草草，需要浇水、施肥，需要侍弄。当她的心在那些花草上时，卜发荣却开始了做功课，只要在家，转展厅成了他的必修课。

从二楼的奇石展厅开始，卜发荣一个一个展厅地看，越看越喜欢，一样一样地欣赏，揣摩。有时举着一块奇石，看上半天。看着看着，那些奇石栩栩如生，似有人影暗动，似有鸟语花香，甚至一撇一捺都那么有劲道。

那些他万分熟悉的生产农具，栲栳、提篮、背斗、连枷等等，令他想起年轻时干农活的种种情景，还有老牛车以及收藏的古床、龙椅，以及琴桌，都让生活变得温馨而美好。

很多时候，卜发荣只要一进展厅，哪怕有些不高兴或是不顺心的事，都一股脑儿地忘掉了，心情变得特别好。他很仔细，每样藏品几乎都要看一眼，有时到凌晨5点了，还在铲齿象化石前揣摩，想象亿万年前那些动物的生活场景。

卜发荣不是偶尔看到天亮的，而是一年里至少七八次，让喜欢在白昼与夜晚的更替中延展。

有人调侃卜发荣，说收藏馆里的藏品和展品似乎成了他的小老婆。他一笑了之。

夫唱妇随，卜发荣的喜欢影响着罗春花，她也开始去奇石展开眼界，并在闲暇之余，跟着卜发荣逛奇石、古玩市场，用实际行动默默支持。她自己也没有想到，她最初是坚决反对的，可是到头来，她竟然大力支持，并暗自喜欢上了那些展品和藏品。

罗春花是饱尝过生活艰辛的，对生产工具、生活用具展厅感到亲切，那些在她指端还有温度的用具，让她怀念已远去的流金岁月。当城市的孩子们在展厅叽叽喳喳、问这问那时，她总会安静地站在一旁，默默地打量和梳理那些曾经朝夕相处的物件，怀旧之情油然而生。

没有游客时，她也会坐在民俗展厅的椅子上，打量展厅，回忆卜发荣搞收藏以来的种种，感慨难免，欣慰有加。

一路走来，建收藏馆困难重重，尤其资金周转上的难度，着实让卜发荣和罗春花受尽煎熬，面对600万元的借贷，尽管有些惆怅，但是他们咬咬牙，还是坚持修建起了和政县独一无二的第一家个人收藏馆，且以渊源命名。

金源果汁、渊源民俗收藏馆，果汁厂与收藏馆，皆有一个“源”字。

罗春花在制定果汁的计划书。

所以幸福在源，甜美在源，美好向往都在源。

卜发荣和罗春花都是大气之人，他们想得周到，所以在一楼摆放了果汁，让游客喝着酸酸甜甜的果汁参观。自家产的果汁，送几瓶算得了什么呢?

有位北京的游客驾车旅游临夏的最后一站是和政，游览的最后一个地方也是卜发荣和罗春花的收藏馆。他们被吸引，也很震撼收藏馆里的藏品和展品，对卜发荣和罗春花敬畏有加，更是感谢罗春花对远道而来游客的热情。他们离开时，罗春花送了他们两箱果汁。虽然不相识，却因为果汁增加了情感。

他们走了，一个月后，罗春花收到了北京的快递，打开纸箱，是一箱子印有“渊源民俗收藏馆”字样的铅笔。罗春花有些吃惊，她怎么也没有想到，游客是有心人，因为送了他们几瓶果汁，就给收藏馆特意制作了铅笔留念。

一根铅笔不值钱，一瓶果汁不值钱，但是其中的尊重和赏识是无可比拟的。

情怀人家的收藏情怀，让卜发荣和罗春花演绎得淋漓尽致，让我们为他们宣传家乡、展示家乡风物所做出的一切致敬……

# 怒放在乡村的一朵山菊

汪彩艳（右一）在当归地里了解当归收入。

## 一

临夏州的乡村里，有个叫中光村的村子，在临夏县掌子沟乡，与大名鼎鼎的达沙村为邻。乡上有个副乡长叫汪彩艳，不管在掌子沟乡还是中光村村民心里，都有她的一席之地。

2016 年 5 月，田野碧绿，麦田浓绿，油菜长势正旺，掌子沟乡迎来了一位副乡长——汪彩艳。她身材高挑，瘦弱，一副架在鼻梁上的眼镜，给人一种弱不禁风之感。

6 月，中光村的村民迎来了他们的包村领导汪彩艳。

中光村支部书记马海彦、村主任韩金良、包村干部马国英和马占科有些担忧了：包村领导是女的，以后工作怎么开展？村民矛盾怎么解决？项目怎么争取？怎么实施？

他们表面上热情，但在心里打了无数个问号，也很疑惑乡上的领导让女乡长包他们村的想法。

其实，汪彩艳一点也不怀疑自己的工作能力，早在尹集镇当财政所长、漫路乡当副乡长时，她也包过村，出面解决了一系列的纠纷，尤其是群众在扶贫方面发生的一些不可思议的行为。

汪彩艳的包里，始终装着一把钢卷尺、一本小册子。带钢卷尺是为了方便工作，小册子则是精准扶贫工作手册，她在反复揣摩，如何依照政策，根据中光村每个贫困户的实际情况，确定适合发展脱贫的方法和路子。

精准扶贫，精准脱贫，就要突出精准。党的政策如何才能落实好，关键在于实施过程中从思想上、行动上都要扎扎实实，就是一个小小的想法，也要反复论证其可行性。

汪彩艳说精准扶贫工作，做好基础资料是关键，就跟打墙板、砌砖一样，基础工作不扎实的话，一系列潜在的问题就会阻挠下一步工作的顺利进行和深入开展。

夯实基础，是汪彩艳工作的方式方法之一。

中光村有 11 个社，共有 327 户 1475 人，建档立卡的贫困户 118 户 506 人，已经全部脱贫，除了 9 户 38 人返贫外，大家都赶在了奔小康的路上。

汪彩艳有个原则，就是解决群众问题，换位思考是法宝。遇到个别思想偏激、言辞粗暴的群众发牢骚、无理取闹时，首先要冷静理智，保持宽容平和的心态，不摆官腔，不计较，不生气，不急于争辩，更不能反驳，等他们完全发泄之后，先用理解的语气，表示他们的想法也有一定的道理，打消群众的对立念头，然后尽可能在政策允许的范围内给予帮助支持（如果不能，至少给予一点宽慰），最后再讲道理，比前比后去开导，说服教育，让他们也懂得换位思考，明白自己也有不对的地方，以便使想法趋于合理，让他们慢慢提高思想认识。万万不能当场与群众针锋相对地发生争执，否则将会激化矛盾，无法解决问题。

2017 年在核实精准扶贫户基本信息时，汪彩艳丝毫也不马虎，尽管有胃病在身，但她与中光村的包村干部和村支部书记、村主任一起，根据原始资料，一户一户核查。在村上干了 30 年村主任的韩金良觉得，这是以前做好的，根本没有必要。

第一次碰到这么细的包村领导，他们几个感到头疼。村里有几户贫困户、几户五保户、几户低保户以及他们的收入怎样等具体情况，韩金良他们闭着眼睛都能说得出来，甚至比自家的事还清楚，感觉汪彩艳的做法白费时间，走了弯路。可是，就算没必要，汪彩艳也要细心去做，逐一要捋，虽说他们心里不愿意，但还是抽时间随她照做，只是行动上慢了半拍。汪彩艳一点也不生气，她知道村上事多，也理解韩金良他们的忙碌与辛苦，认为他们的想法是情有可原的。于是她自己核，一户一户，一次一次，一遍一遍地先核资料，之后走访，一次，两次，甚至三次，直到亲自准确掌握第一手资料。

后来，汪彩艳在包村干部和村干部他们认为完全正确的信息中找出了一些错误，进行纠正。她审核做的报表，准确无误，精准扶贫对象的资料再输入大数据平台时，没有出现过差错，根据她做的基础资料共同研究制定的帮扶措施比以前更加合理到位，汪彩艳非但没有白费工夫走弯路，而且避免返工，做到了一步到位，提高了工作效率，慢慢地大家习惯了汪彩艳细得不得了的方式。

当某种习惯成自觉行为时，偏差的概率就被控制在了最小范围。汪彩艳已经习惯了面对群众，面对乡村事无巨细的严谨作风。

当韩进良他们当面说汪彩艳干工作细致时，汪彩艳则笑笑，扶一下眼

汪彩艳与村支部书记和村主任一起。

镜说，与她共事就要适应细致，一定要细致扎实，要不然，怎么能让群众满意、让群众放心呢？也是，汪彩艳的话在理，他们在工作上配合得越来越好，再也没了分歧。

日子一天天过去，田里的小麦在拔节，抽穗，扬花。中光村的村民们渐渐与新来的女乡长熟悉了，汪彩艳也更有信心，让中光村的群众在党的好政策下，贫困户早日脱贫，让一般家庭过上小康日子。

汪彩艳说，事多，所以她变得很健忘。但是关乎中光村群众的事，她记性极好。谁家孩子读高中，谁家有做生意的，谁家有本事搞农家乐，谁家养羊，谁家养牛，谁家墙基有问题，谁家老人身体有病等等，她都了如指掌。

## 二

汪彩艳是土族，已经在3个乡上当过4年的基层领导。虽说在乡上的时间不长，但佳话连连。

生活中，用文静一词描述她再恰当不过了。可是，进村入户以及在实际工作中，她的思维，她的冷静，她的理智，让人不相信好多举动或言辞出自于她。

2016年6月18日，周六，下班回家，天下起了雨，汪彩艳感觉累，早早睡了。一觉醒来，一看表，5点40分，打开窗户，大雨倾盆，心里一惊，突然担心起来，临夏市下这么大的雨，乡上肯定雨势更猛，8社的两户人家，位置低于路面，如果山水下来，顺势就会流入家里。其中一户马文明还在路边开了个小卖部，山水流入家中怎么办。于是，她一边给韩金良打电话，让他去看看情况，一边收拾，准备去乡上。

汪彩艳心系农户。

雨虽渐渐小了，但汪彩艳还是包了一辆出租车，急匆匆地往乡上赶。

6 点 40 分，汪彩艳赶到了。

不出她所料，马文明家的小卖部果然进水了，韩金良正帮着往外舀水。汪彩艳二话没说，挽起袖子、裤脚，与他们一起，将厨房和小卖部的水，一盆一盆往外倒。老人很感动，乡长帮他们干活，心里不是滋味，忙着拿毛巾，忙着倒茶。

水倒掉了，她再到中光村的辖区里转一圈，看看还有什么灾情。

雨渐渐停了，走到刀拉湾时，发现村民聚在那里，各个情绪激动，说要找乡领导给他们一个交代，如果不是上边公路扩建时把流淌山水的涵洞给堵了，就不会发生今天这种事！这不是天灾，这是人祸！原来山水还把坡地里的几块麦子淹了，她察看情况后，一面立即向书记、乡长汇报，一面安抚群众。过了一个小时，书记来了，乡长也来了，汪彩艳与他们一起再度查看灾情，那几亩地的麦子全部被洪水抹掉了，除了能收些麦秆，庄稼颗粒无收。

书记、乡长立即到县上向交通局长、分管县长、县主要领导汇报灾情和群众的强烈反应。群众看到乡领导的工作态度，愤怒渐渐平息。中午，县上派交通局局长带技术员来查看此事，汪彩艳的一颗心才安定下来，又忙着去中光村的几户五保户家，看看房屋有无漏水、塌顶现象。

第二天，县交通局安排工程人员开展补救工作，道路侧挖修 U 型渠，外侧建防洪墙，先把夏季再次发生水抹庄稼的现象给杜绝了，打算下一步就做涵洞。

工程队的人一进村，村民高兴了，对汪彩艳刮目相看，都议论说汪乡长还真是好干部，一个女的，不容易。

得到认可，得到夸赞，让汪彩艳感到欣慰。

汪彩艳有一套自己的工作方法，与群众打交道，首先要贴心，不能斤斤计较，干好群众工作的前提是与群众打成一片，增进感情，要让群众信任。

道理简单，但做到很难，可是几年来，汪彩艳坚持并做到了。

工作闲一点时，她走进村庄，到田间地头，与群众聊天、拉家常，问

汪彩艳了解村里老人的家庭情况。

收成，问生活，问想法，问打算，与他们拉近了距离。

初秋，早酥梨挂在枝头，累累的。汪彩艳进入群众家，一点也不客套，会对女主人说："口渴了，想吃个你家的果子"。女主人高兴，立即摘几个给她吃。

看到群众在上坡路上用人力车拉麦子时，不管认识不认识，她赶紧上前帮着推车，车子推上去了，群众微笑着说谢谢。

总之，她不放过每一次深入群众，与群众增进感情的机会。

用汪彩艳自己的话说，走村入户，与群众增进感情，了解他们的生产生活状况、思想动态，以及当下的需求；在遇到矛盾纠纷时，对他们的想法心里有数，就能有的放矢地去调解，好处理。

她说得到群众的接受和认可，心情也好，干工作来劲。

就是如此，汪彩艳与中光村的群众慢慢地靠近，渐渐地连心。群众也喜欢这位包村的女乡长。

凡是肯吃苦、能用心的人，都会赚得盆满钵满。汪彩艳即是。她赢得了乡上领导的支持，同事的青睐，群众的信任。

## 三

2016年盛夏，汪彩艳在掌子沟乡上班不到半年，她熟悉了工作流程，得心应手地工作，令她感觉很轻松。

8月10日上午，与每天都没有区别，依旧忙碌着。在办公室做精准扶贫资料，一户一户，她亲自核实，亲自填写，这是她的习惯，仔细仔细再仔细，是她一贯的作风。

那天，天气异常热，令人有些急躁。因为感冒了，所以尽管是盛夏，她办公室的窗户只开了一半。汪彩艳看看窗外，看看院子里的树，望望远山，索性把窗户全部打开。

头疼，她摘了眼镜，揉着额头，翻看着精准扶贫户的资料。中间喝了

汪彩艳与贫困户交谈。

点水，抬腕看看时间，已经10点了。

办公室的门开着，窗外阳光明媚，风儿调皮地不时撩拨她的头发，她再次看看窗外，吸口气，继续工作。

忽然，中光村9社的社长，急急忙忙地来了。他叫了声汪乡长，便把手里的草帽往桌上一放，也不说话，只坐在沙发上生闷气。

汪彩艳停下手中的工作，笑笑，取茶杯准备倒茶。

汪彩艳在与朋友们分享她的工作经验时说过：任何人都需要倾诉，都需要有个听众。百姓的事，再小也是大事。

因此，她有个习惯，不管是谁，村主任也好，村民也罢，诉苦的，告状的，她都笑脸相迎，等对方一股脑儿把该说的说完，她才说话。

汪彩艳让社长有什么事就说出来，社长说，快跟他去路边看看。他们9社的好几户群众都嚷嚷着要到乡上来，要求给通往阳山坡地去的公路边埋个水泥管，说一碗水没有端平，只给1社的马哈乃飞一户埋了水泥管，这可是牵扯9社十几户群众的路!

汪彩艳一听就知道是怎么回事了。前些日子，通往村民马哈乃飞地的那段路，在几场暴雨后被冲毁，架子车过不去，干农活有困难，眼看着麦子要收割了，但拉不到麦场上。马哈乃飞也着急，恰好碰见汪彩艳，于是求助。汪彩艳跟着马哈乃飞，实地查看之后，最后经过多方协调，在那段路上埋设了一个水泥管。马哈乃飞心里特别高兴，对汪彩艳一个劲地道谢。

9社的社长，茶倒上了也不喝一口，一个劲地说他们社的那条路，汪彩艳心里清楚，那条路没有严重到非要埋水泥管才能行走的程度，但她不能直截了当地说，所以跟社长说先去看看。

社长点头，嗯了一声。

汪彩艳连遮阳帽都顾不得戴，只是把打开的资料收拾好，就跟着社长出了办公室。

乡政府与那条路有些远，社长是骑着电动三轮车来的。汪彩艳二话没说，攀上车，坐在车厢里，在三轮车的颠簸中去9社。

路过的人都扭头看汪彩艳，有的捂着嘴巴笑着，有的很惊讶，有的打招呼："汪乡长要去哪里?"汪彩艳说下村，一笑了之。

一个副乡长，坐在电动三轮车里，难怪人家惊讶。汪彩艳不在乎。

远远地，汪彩艳看到十几个群众，在路边蹲的蹲，站的站。她心里盘算开了，怎样说才能让那些人心服口服，怎么做思想工作才能让他们打消要求埋水管的念头。

天热，汗滴先是渗出，而后就开始滴了。汪彩艳不住地擦汗，恰好一阵风吹来，吹乱了她的头发，她顺顺头发，很享受盛夏的风。

与此同时，站在那里的群众，也看到了汪彩艳坐在电动三轮车里来了，有些吃惊。汪彩艳从车厢里下来，拍拍身上的土，笑笑，跟他们打招呼。

有些人不好意思了，讪笑着，喊声汪乡长，就不说话了。

她扶扶眼镜，右手撩一下额发，也打招呼：你们热吗？都好着哩吧？

好着哩，好着哩，好着哩。都用"好着哩"答复她。

她也不说话，笑着看看四周，又四面看看。

沉不住气的人说，他们十几家人的地都在坡上，路不好，暴雨冲毁了一部分路，乡上也应该给埋个水泥管，要不然下雨了拉不成庄稼。

就是，就是。对着哩，应该埋给个。其他人都附和。

给一家私人走的路上埋了，我们十几家人，更应该埋。其中一位年长点的中年汉子嘟囔着。

社长也不说话，沉默着，看看本社的群众，再看一眼汪彩艳，只是把玩手里的草帽。

汪彩艳微笑着，听着，也不说话，等他们都说罢了，才指着路问道：路断了没有？干脆走不成了吗？没有水管，影响雨水流淌了吗？你们十几户是中光村的村民，他一户也是中光村的村民，什么私人不私人的，关键的问题是有没有必要埋，你们说是不是啊？

他们相互瞅瞅，再看一眼路，说路当然没断，冲得坑坑洼洼的，就是不好走。

汪彩艳耐心解释，既然路可以走，并不影响拉庄稼，也不影响下雨天水在路上自然流淌，我看埋水管也没多大的必要。去马哈乃飞家麦子地的路断了，没法走。不能拿人多人少说事，马哈乃飞是运气好，恰好赶上工程队修路，一衔接，就给埋设了。你们要求埋，但当下没有项目，怎么办？我想办法给领导汇报协调，埋上了更好，你们不要高兴，埋不上也不要生气，这不影响今年走路，最迟明年别的村有个渠道衬砌项目，到时候就有水泥管道，我尽最大努力给你们衔接埋上。

……

一个小时后，他们都被汪彩艳说服了，也就不再叫嚷，都悻悻地四散走开，各自去地里忙活。汪彩艳又坐上社长的电动三轮车，回乡上。

返回时，汪彩艳埋怨社长，怎么随随便便就让群众嚷嚷呢？没必要的事，你就应该解释答复，不能全由着群众的性子瞎起哄，有什么想法和要求你可以跟我和村干部好好说。凡事好商量，我们会尽量帮助群众，为群众提供方便。

社长说他没法说服，是他们逼着他的。

同事看到汪彩艳又从电动三轮车下来，就调侃她：副乡长居然坐电动三轮车去村上，真行！

她则笑笑，拍拍衣裤上的土，没说什么……

## 四

“要激发和调动贫困群众脱贫致富的积极性、主动性和创造性，打通政策落实‘最后一公里’，做到扶贫‘对象要精准，内容要精准，措施要精准，目标要精准’”。全省扶贫开发工作的会议精神，让干群的心里暖烘烘的，也被汪彩艳记得烂熟于心。

在利益面前，尤其是村干部与群众发生矛盾冲突时，让村干部发扬风格做出榜样，村干部要让步，让群众打消“乡村是一家，彼此袒护”的念头，才能调节处理好矛盾，让群众服气，是汪彩艳工作的方式方法之一。

在实际工作中，汪彩艳以自己独有的方式，独创性地开展工作，赢得了群众的掌声和赞誉。

村上每月召开民主日，有困难有想法让群众都提出来，群众对重新修建连心桥，既满怀期望，又很失望。好多年前的桥，成了危桥，提议了三四年都没有结果，尤其去年中光村是县上扶贫重点村，都没给修，认为再说也没啥作用，再三动员下，才一一道出。

汪彩艳保证尽最大努力，说没有什么事是不可能的，凡事只要努力，就会慢慢解决。

好运果然驾临。虽然中光村是去年的扶贫重点项目村，按常规 2017 年不再安排项目，但经过汪彩艳多次汇报，尤其是紧密结合乡党委打造关巴、达沙、白土窑集中连片旅游景区的整体思路，汇报中光村是旅游景区必经之路，还有中光村的好多优势，深得乡领导重视支持，经乡领导努力争取，中光村被列为“生态文明小康”试点村，2017 年争取了 100 万的资金。

有了钱，事就好办了。宽近 4 米，长 10 米的连心桥修好了。公路两旁渠道衬砌 1 公里，栽植松树，安装路灯、粉刷墙壁等美化亮化工作，及

汪彩艳入户开展工作。

道路硬化都一一进行。

2017 年 10 月 10 日，50 盏太阳能路灯拉进了村，不久，走夜路再也不用打手电筒了。

一遇到地界矛盾纠纷，有争议时，汪彩艳就从她包里掏出钢卷尺，认真测量。一个女乡长，包里居然装着钢卷尺，说为了便于工作，让在场的群众对她敬畏有加。

心是一杆秤，一把尺。1 斤，100 斤，1000 斤；1 寸，1 尺，1 米，1 丈，汪彩艳尽最大努力精准到位。

汪彩艳说，精准精准，要对精准扶贫户从一点一滴做起，从富民产业精准到心。

富民产业是开展精准扶贫精准脱贫工作的又一项举措。汪彩艳与村委一班人反复研究后，依据中光村的实际情况，因地制宜，依照群众特长，一一帮扶。

开牛肉拉面馆、搞装潢是中光村群众脱贫致富走的特色路子。汪彩艳会三番五次地鼓励一部分出不了远门的村民发展养殖业，也积极帮着那些身揣厨艺的人，在申请到扶贫贷款后，到各地开饭馆。一户一户一共 40 多户，在内蒙古、安徽、江苏、山东等地发展饮食业，10 多户在当地搞装潢，还有的搞门窗加工、贩运、经营等。令人惊喜的是，9 社有 24 户，除了 2 户发展餐饮业之外，剩下的 22 户都做生意脱贫致富。

把扶贫开发与美丽乡村建设结合起来，改变村社面貌，硬化村社道路使乡村容貌秀美亮丽，也为村民带来了商机。马文明是厨子，之前在县上某单位灶上做饭，一家人都是掌勺的，儿子、女婿都有一手好厨艺。因为家在学校附近，有些经济条件好的家长，采用划账、预支等方式让孩子在他家吃饭，算是个小饭馆，还不错。马文明盖的简易房闲着，汪彩艳动员之后，大盘鸡、农家饭等，在小饭馆上桌，很受大家欢迎，还有路过光顾过的人，特意带家人去品尝马文明做的原汁原味的农家饭。

汪彩艳动员马文明等有厨艺的人跟着乡党委的总体思路走，2018 年办农家乐，真正发展餐饮业。她说，让那些慕名去马文明小饭馆吃农家特色饭的客人真正感觉到农家乐的乐趣。同时，动员马一奴斯开办草鸡养殖场，为农家乐供应正宗草鸡，一举两得，前来旅游的人还会顺便买几只带回家尝尝鲜。

汪彩艳说，当下大家都注重舌尖上的安全，中光村厨艺好的群众，办农家乐最好。自家养的鸡爆炒，自家养的羊“吃平伙”，自家种的菜绿色环保无污染，还有苞谷洋芋、清油也是自家的产品。除此，树上的果子，想吃自己摘几个等等，都是很好的商机。盘几方土炕，让来客真正体验到农家生活，城市游客会喜欢的，既满足了味蕾，还能呼吸新鲜空气……

汪彩艳说的正是马文明和其他群众愿意做的。

以前中光村有不少木匠和泥水匠，所以她常对群众说，以前建筑工匠很吃开，现在时代变了，经过这几年的基础设施建设，行政事业单位的办公用房基本修建好了，2009 年以来的农村危房改造补助政策，农民私人住房也修得差不多了，尤其是因多年炒作的高价丰利驱使，城市房产普遍过剩，因此原来比较多的木匠和泥水匠相对过剩了，随着人们经济生活水平的日益提高，美食和小车的时代已经来临，所以，还没有抓上好营生的年轻人们，应该多学餐饮和车辆维修技术，脱贫致富要紧跟时代的步伐才能

汪彩艳询问养殖情况。

实现。

就这样，汪彩艳让一个个村民对接扶持养殖、种植、餐饮、贩运等富民产业，促进增产增收，还指明了中光村村民以后的发展出路。

由于掌子沟乡上70%多的群众是少数民族，文化程度普遍低，尤其是六七十岁的老年人80%以上不会写字，人们思想比较保守落后，对孩子们上学读书重视不够；由于这几年惠农政策力度不断加大，按2017年标准算，一家4口人的一、二类低保户，一年享受的低保金在万元以上，这在当地来说是一笔相当可观的收入，个别低保户认为就凭这些低保金，基本生活没有问题，用不着再下大苦，也有人生怕收入明显提高了会取消低保，养成个别低保户不愿出去打工的偷懒思想，所以想靠政策不想自力更生，等靠要的思想比较严重。针对这些情况，汪彩艳在民主日或村社会议上多次开导，说以后的社会是文化、科技的时代，没有文化的人出门将寸步难行，文化高的人和没文化的人，收入差距将越来越大，甚至是天壤之别，就像人工累死也比不上机械一样，所以家长们为了孩子的前途和一生的幸福，必须支持读书，重视教育，再苦也不能苦孩子，再穷也不能穷教育。十八大明确提出，2017年贫困地区初步脱贫，到2020年全国同步进入小康社会，所以从2017年开始将初步取消低保，到2020年不但取消低保，还会总体调整惠农政策。到那个时候，如果大家还没有身怀绝技，练好赚钱养家的本事，反而被养成懒汉，甚至把以前熟练的技术给丢掉了，吃不了苦，到时候日子怎么过？生活怎么办？有些群众听了，好像梦中惊醒一般。

汪彩艳在与其他乡镇的干部交流时说，精准扶贫首先要从思想上扶贫，我们要把输血式扶贫变成造血式扶贫，才是真正的扶贫，共谋发展奔小康是干部群众共同的目标和责任。

工作细致，能吃苦，主动性强，传达政策到位，有耐心——这是群众和村委会班子对汪彩艳的评价。不说别的，光是重新修连心桥就是汪彩艳工作能力和工作态度最好的见证，要不是汪彩艳多次汇报争取，多少年来，连心桥是座危桥，一点也不连心。

2017年，要根据乡上落脚旅游业的发展思路，在民主日的大会上，汪

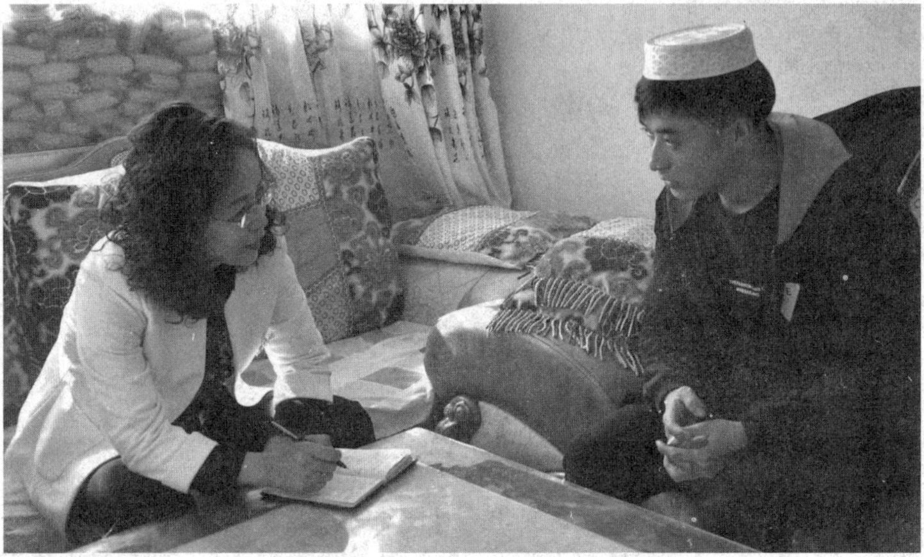

汪彩艳与外出务工的年轻人交谈。

彩艳建议种植油菜，既经济又实惠，还能对发展旅游业有助推作用。提议经过讨论，群众都赞同，更对计划连片种植 1500 亩油菜拍手称赞。对民主日，大家也越来越重视，积极发言献策，形成了共同讨论、共同决定村级事务的氛围。

汪彩艳给自己的工作定位：群众满意是好，可是扶贫工作仅有满意还不行，还要看群众生活的幸福指数。

试想，盛夏，连片的油菜花，黄灿灿，耀眼的色泽，蝶舞蜂飞。怡人的景色，新鲜的空气，行走或驱车路过，在天然氧吧里，深呼吸，抬头望天。碧蓝的天空，云朵飘荡，累了，歇息，在农家乐吃农家饭——天然散养的鸡，自家磨的面粉、榨的菜籽油，无污染环保的绿色食品，日子何等惬意！

希望升腾在中光村每个村民的心坎上，日子越过越红火。奔小康的路上，汪彩艳与他们一起，在努力。

汪彩艳犹如那朵最艳丽的油菜花，怒放在中光村的土地上，散发着芬芳。

# 让所有人的灵魂透着香气（代后记）

注意力被转移，狂躁又转换成了郁郁寡欢。

于是，尽力调整那些寡欢。寡欢什么？是岁月不饶人的落寞，还是对自己的不满意或是别的什么？

心愈加烦乱，因为一些被拖的事影响心情，实在不划算。

或许我最大的优点就是宽慰自己的方式很多，不会巴巴地等别人的安慰。每个人都是那么不易，能承载别人的心情吗？即使有，也是片刻的事，就像风吹过。

但我是例外，一些人的伤悲会塞进我的心情箱，陌生人的眼神、心仪人的表情，还有采访过的人和事，都挤在心底的一个角落，把心憋得满满的，有时候会窒息。于是难免恼怒，埋怨自己的自作多情！

结果干脆清空，可是心却又空得厉害，恓惶的感觉缠绕。

似乎有些矫情，姥姥说我心里藏不住事，浅的一眼见底。这么多年，我一直在改，但是似乎没有效果，除非在特定的场合或是对特别的人，装成淑女的样子，颔首微微一笑。还有一种情况，说出来丢人，远远看到，因为怕打招呼，故意看手机。要是恰好有店铺或是商场，就改了方向，只为躲避打招呼。

大多数情况下我都是好运气，但也有几次失利。比如为了躲避不知说什么的熟悉的陌生人，那几年不是智能手机也不上网，所以除了看短信就是查看联系人，左翻右看，看似看得认真，实则什么都没看。以为低头看手机躲过了打招呼，结果一抬头，与那人的目光相遇，只好笑得讪讪。当然也有成功的时候……

打个招呼就那么难吗？难，很难。不会说话，不会接话茬，不会的多了，或是躲不掉的遇见，不知该说什么。每每那时，特别羡慕那些能聊的人，无论什么样的人，都很轻松地面对。

小时候，若去邻居家借东西或是问事情，都是妹妹。姥姥不会使我去，她说我去了白去，听话只听半句，问也问半句。

姥姥懂我，知道我在做自己喜欢的事情时，比如拾麦穗，比如牵牛，比如看麦场不让鸟雀吃粮食，比如挑野菜……都会做得得心应手，一点也不差。就像现在，比如写作，比如游走，比如摄影，比如学二胡，我都很认真，都会让心静下来。

致敬伟大的姥姥，看人看事太准了，应该就是慧眼如炬。或许姥姥是用她的人生经历在看，用时光之眼在看。

长大了依旧如此。虽说工作性质让我与人打交道的机会多，但是采访时不会拘束，生活中还是怕与人聊天拉家常。

一直以来如此。随着年龄的增长，随着遇事的经验，我该成熟些，待人接物该从容，但还是吃力，却也没有懊恼过。

一些亲戚知道我的这个大缺点，问我去参加笔会活动时怎么做到不慌乱的，难道开会的人都熟悉吗？我如实回答，有些人知道但第一次见，说话少，所以不怕。还有一点，若要发言，我会提前准备……

当然每次都不是那样，被点名发言，在毫无准备的情况下，紧张、语无伦次、前言不搭后语、离题十万地漫说上几句，虽说不得要领，至少解了尴尬。

一些亲友纳闷，说我说话做事让人不放心，但是稿子怎么写得那么细？一些事怎么记得那么清楚？

我因此就落个名声：感兴趣的事都能记住，不感兴趣的说几遍也记不住。我欣然接受，那是事实。

就像我采访过的人，感动我打动我吸引我的，我会记住，并会来往。若他们遇到难题，我会力所能及相助，且真诚交往，并因为采访过写过稿子而自豪。当然，对于另外一些人，我会拒绝他们某些不合适的要求，依着我最初的采访目的写稿。

我没有采访任务，但是我不会忽略身边引领我的人，他们或比我老，或比我年轻，或是官员，或是普通人，但是他们身上闪耀的荣光会吸引我激励我，我也会如实记录。

《盛夏的果实》中采访的每一位主人公，他们在工作或事业上的进取心和拼搏的精神，他们正视工作生活的态度，他们的执着，他们毫不懈怠的责任心，他们在工作上的创新，他们的胸襟，他们的豁达，他们以自己的方式体现他们人生的价值；他们舍小家顾大家，他们的世界观、人生观、价值观，都打动和折服着他们身边的人，激励着很多人以执着的追求来描绘自己的人生。

我是感动的，我记住了很多个细节，也从很多的细节中发现了美，满满的正能量不仅激励着我，也引领着一批人。

马宁、徐晓权、黎霞、陈其豹、祁秀莉、李森和李海魂父子、魏学全等人，还有为地质勘查事业献出年轻生命的李祥龙，他们的人生况味，他们身上金子一样闪闪发光的美好，感染着身边的人。

他们有的是从事民政福利事业的人，有的是教师，有的是自主创业者，有的是公务员，有的是医生，有的是人民群众的贴心人，有的是为艺术传承而一直努力的人，他们都有一颗无私火热的心，有一颗大爱之心。

他们是一路的风景一路的歌者，他们是真正的舞者，他们是从季节的高度探视深度的报喜鸟，他们是坚持善良坚持感恩坚持简单的人，以追求以奉献诠释灵魂的人……

花开半夏，十篇文章的主人公，在三年的时间里前前后后贯穿着我的生活。采访后写稿时而一气呵成，时而写不出一个字，时而被感动。稿毕束之高阁，几易其稿，删删减减。最终结集，在《盛夏的果实》中相遇，也是缘分。

在这个珍贵的人世间，很多人和事就是这么珍贵。一些人为《盛夏的果实》付出了宝贵的时间和精力，一些人对《盛夏的果实》给予期待与厚望，都让我感动，感谢的话语说出来有些虚假和生硬，也有些客套，可是无以为谢，我支付不了无价的友情支援，唯有用余生的文字继续抒写爱，继续记录传播，一往情深。如泰戈尔所言：

让所有人的付出都有回报，让所有人的灵魂透着香气，让世间的温情永恒！

李　萍

2017 年深冬